COLLECTION FOLIO

François Bizot

Le Saut
du Varan

Édition revue par l'auteur

Gallimard

© *Éditions Flammarion, 2006 et 2008.*

Spécialiste du bouddhisme d'Asie du Sud-Est, membre de l'École française d'Extrême-Orient, directeur d'études à l'École pratique des hautes études, François Bizot est affecté depuis 1965 dans différents pays de la péninsule indochinoise. En 2000, il signe *Le portail*, récompensé par de nombreux prix, dont celui des lectrices de « Elle », catégorie Essai. *Le Saut du Varan* est son premier roman.

*À Jean Boulbet,
membre de l'École française d'Extrême-Orient.*

Toute ressemblance avec des personnes ou des situations ayant réellement existé ne serait que pure coïncidence.

I

Le 18 mars 1970, le général Lon Nol, favorable à l'intervention américaine, prenait le pouvoir au Cambodge à la suite d'un coup d'État, et proclamait la République khmère.

20 avril 1970. Tout avait commencé aux premières scintillations du Mékong, à l'heure où le profil des pagodes se découpe sur le ciel comme une peau du théâtre d'ombres.

Dans le faible éclairage des lumières de la ville, la porte entrebâillée du cabinet chinois où se trouvait son argent lui avait arraché un cri. Il avait jailli hors de la moustiquaire, dévalé les marches de la véranda, sauté dans la 504 neuve de l'ambassade mise à sa disposition et démarré en trombe.

Déjà la criée des vendeurs se mêlait au grouillement de la rue. Un flux de femmes en sarongs multicolores contrariait le train des cyclos surchargés des produits du Grand Lac. Le long des carreaux, derrière l'alignement des bourriches, son cerveau s'était arrêté sur tout : porteurs, marchandes de légumes, grappes de poulets somnolents, poissons irisés.

La chance, ou plutôt la malchance, l'avait conduit jusqu'à l'arrêt de bus où la petite voleuse — une fille de la campagne employée pour faire le ménage — s'était réfugiée, serrant dans ses bras ce qu'elle avait dérobé. Il l'avait jetée dans la voiture, indifférent au regard des passants. Assise près de lui, elle avait sangloté, posé la main sur son avant-bras, supplié qu'il ne lui fasse aucun mal, qu'il lui pardonne, qu'il la laisse partir. Le spectacle de sa soumission avait empli l'espace clos du véhicule. Les doigts de l'homme, crispés sur le volant, s'étaient mis à trembler. Gagné par une étrange mollesse, il s'était entendu répéter sur un ton ridicule et d'une voix qu'il connaissait à peine : « C'est très mal ce que tu as fait là. Je vais te faire jeter en prison. »

La voiture qu'il conduisait au hasard s'était engagée dans une rue serpentine, entre les étals d'un autre marché, jusqu'au boulevard Monivong. Il avait hésité devant une bifurcation, puis viré en direction de la chambre d'hôte qu'il avait occupée à son arrivée.

Passé l'entrée de l'immeuble où donnait l'escalier, il l'avait fait monter devant lui. Debout dans la pièce, le corps agité sous l'emprise d'un inquiétant mécanisme, incapable de la regarder dans les yeux, il avait bredouillé quelques phrases à propos des difficultés de la vie, de l'excessive rigueur des geôles cambodgiennes, puis invoqué son penchant au pardon moyennant une « petite punition ». Le mot était sorti en faisant glisser un mauvais sourire sur ses lèvres. Dans cet instant où le fonctionnaire laissait la place à l'homme, la fatuité de l'agent diplomatique qui ne peut s'empêcher de rester glorieux perça sous son visage. Il avait retourné la coupable, flageolant sur ses jambes, tâté rapidement ses seins et, d'une main fébrile, troussé son sarong. Les exhalaisons de la chair mise à nu avaient embrumé son cerveau.

Avec brutalité, il avait pénétré le repli ombré entrouvert sous l'anus aussi profondément que possible. Le glapissement affolé de la jeune fille avait exacerbé son excitation. L'éjaculation s'était produite massivement, mais l'orgasme, dont l'attente aiguë lui avait arc-bouté les pieds sur le sol, était survenu si vite, si éloigné de l'assouvissement escompté, qu'il en avait conçu une terrible angoisse. Il s'était retiré de l'entrecuisse écarté sous lui comme d'un gouffre, pétrifié dans la suspension de son désir, en proie à une indéfinissable terreur de lui-même. Rien qui ressemblât moins au repentir ou à la crainte ; ce qui subsistait de vie en lui s'était brusquement refermé. Sa verge s'était recourbée telle la corne ou le croc d'une bête qui vient de donner la mort. Il venait d'agir comme s'il était un autre, avec le sentiment de n'avoir jamais été autant lui-même. Au milieu de ce vertige, la vision de l'homme créé à l'image des monstres qui le hantent s'était imposée de soi. L'horreur avait fait cligner ses paupières, ses lèvres avaient tremblé, donnant à son visage, crispé entre les épaules, l'air d'un enfant perdu.

Il laissa la fille partir sur-le-champ, sans rien lui faire restituer du tout.

Depuis ce jour, Jean-Marie La Tour ne savait plus surmonter sa honte. Chaque matin, le souvenir de la scène ignominieuse lui contractait le visage. Le dégoût de soi-même imprégnait ses traits d'une expression qui pouvait passer pour de la morgue. En une seule fois, pourtant, il avait perdu son orgueil, à jamais réfugié dans une humilité secrète.

Ministre plénipotentiaire, La Tour avait le grade le plus élevé de la représentation diplomatique française, depuis le rappel de l'ambassadeur à Paris. L'homme était un peu épais, avec un visage déconnecté en deux parties l'une sur l'autre : le haut ironique, tenu par le front et les yeux ; le bas dénigreur, assujetti aux plis de la bouche. Chez lui, qui ne s'amusait de rien, l'hilarité était toujours triomphante et ne se déclenchait qu'au détriment d'autrui. Alors sa voix retentissait très haut, comme un fou rire de fille. Suffisant avec ses subordonnés, impertinent avec ses supérieurs, au total peu estimé, il était cependant généreux, mais avec timidité et si peu d'affectation que les services qu'il rendait — dont jamais, au grand jamais, il ne se payait lui-même — passaient pour une stricte exécution de son devoir. À la première occasion d'aider quelqu'un, le risque d'outrepasser les directives de Paris ne balançait pas à ses yeux une obligation morale. « Allons ! pas de remerciements. S'il vous plaît. Il n'y a que l'intention qui oblige. Celui qui profite d'un bien que je ne veux faire qu'à moi, récitait-il d'un ton sentencieux, ne me doit aucune reconnaissance. Rousseau. »

Aux réunions du vendredi, où il arrivait en retard en s'excusant d'un mot, vêtu du costume pétrole qui ajoutait à sa distinction, chacun devenait conscient de sa propre apparence. Sa langue bien tournée, ses paroles brèves, l'absolue franchise de ses moindres pensées, souvent assorties de propos scabreux, étonnaient ses rivaux, agitaient leurs esprits. Dans les couloirs, La Tour recueillait tous les sourires et tous les sarcasmes. En ce printemps de l'année 1970, des personnages qui attiraient l'attention au sein des milieux diplomatiques de Phnom Penh, le moins effacé, le moins ignoré était bien celui qui avait rang de premier conseiller à l'ambassade de France.

La capitale cambodgienne était son dernier poste. Il avait embrassé la Carrière par idéalisme et s'apprêtait à la quitter sans plus d'illusions, après une dizaine d'affectations sous tous les climats. L'intérêt de l'existence, jugeait-il en fin de compte, était de rencontrer des gens, de ne plus les revoir, puis de les retrouver comme on retrouve une ancienne fiancée, après un long voyage. Progressivement, il s'était imprégné de l'expérience du monde et des choses pour ressembler à l'un de ces hommes qui savent tout sur tout, comme on en compte dans la plupart des postes, et qui ne servent à rien. Pour autant il n'était pas disposé à renoncer aux avantages de son rang et avait réclamé le bureau laissé vacant par le départ du chargé d'affaires, dont les fenêtres donnaient sur les parterres en fleurs du monument aux morts.

Comme chaque jour, il avait pris possession de son bureau climatisé où, longuement, il restait noyé dans la pénombre, imprégné de son indignité.

La pluie s'était mise à tomber, d'abord en chute légère, avec un crépitement de grains de sable, puis elle s'était répandue en cascades bruyantes qui dissipaient, en rebondissant, les vapeurs chaudes de l'asphalte. Planté devant la fenêtre, le diplomate regardait les camions militaires s'élancer sur le boulevard en soulevant d'épaisses gerbes d'eau. Mme Verdier, l'ex-secrétaire de l'ambassadeur, heurta légèrement à la porte. Sans se retourner, il la laissa déposer un dossier contenant des photos.

Au premier coup d'œil, il vit qu'il s'agissait d'un rapport de police, adressé aux autorités françaises par le procureur de Siemreap, sur la déposition d'un certain Berthier, chef de chantier à la Conservation d'Angkor. Il le parcourut et ses yeux s'arrêtèrent sur le ventre béant d'une femme qu'il reconnut tout de suite. C'était la petite voleuse relâchée cinq mois plus tôt.

— C'est arrivé samedi. Il faut leur donner une réponse, dit la secrétaire en sortant. Ils veulent savoir tout de suite ce que nous comptons faire. M. Debras ne reviendra pas avant la semaine prochaine. De toute façon, sur ces dossiers, c'est nous qui décidons.

La Tour se sentit défaillir. Dès que Mme Verdier eut refermé la porte derrière elle, il s'effondra dans le fauteuil et ferma les yeux. La vision avait redéchiré d'un coup sa conscience. Il reprit le dossier avec précipitation pour en examiner le contenu.

République du Cambodge
Ministère de l'Intérieur

PROCÈS-VERBAL

L'an mil neuf cent soixante-dix, le 12 septembre, à seize heures trente,

Nous, Boun SOK, Inspecteur de police en fonction au commissariat de Siemreap,

Nous trouvant au service,

Constatons que se présente M. Ouy KIM, Officier de police judiciaire, chef du village de Ta Siem, commune de Svay Leu, sous-préfecture de Siemreap, province de Siemreap, qui conduit devant nous un ressortissant français, lequel répond comme suit à nos questions :

SUR SON IDENTITÉ

« Je me nomme BERTHIER Marcel, j'ai 49 ans, je suis de nationalité française, je suis marié sans enfant et je demeure à la Conservation d'Angkor.

« Je suis au Cambodge depuis neuf ans, j'exerce la profession de chef de chantier mécanicien à la Conservation d'Angkor, pour un salaire mensuel de 6 500 francs.

« Je n'ai pas d'antécédents judiciaires. »

SUR LES FAITS

« À la demande de M. BRINVILLIER, Conservateur d'Angkor, je me suis rendu en camion Unimog, le 9 septembre dernier, accompagné d'un secrétaire et de huit coolies, au nord-est du Phnom Kulen, sur le site n° 22, à l'ouest du village de Ta Siem, aux fins de rapporter une grande statue en pierre figurant le bœuf sacré dit Preah Kô, partiellement dégagée du sol par les pluies.

« Le 10 septembre, vers huit heures du matin, je quittais avec mon camion Ta Siem, où j'étais revenu dormir, afin de rejoindre mon équipe qui avait passé la nuit sur le chantier pour garder le matériel. À cent mètres environ de l'embranchement qui mène au Preah Kô, soit à deux kilomètres de Ta Siem, j'ai avisé le corps d'une femme à moitié dévêtue, recroquevillé dans le fossé, au bord du chemin. Je suis descendu de voiture et j'ai constaté qu'elle était morte. Il était huit heures trente-cinq. Je suis aussitôt retourné à Ta Siem pour prévenir le chef de village. »

QUESTION : « Connaissiez-vous cette femme ? »

RÉPONSE : « Non, je ne l'avais jamais vue. »

QUESTION : « Avez-vous aperçu quelqu'un près du cadavre ? »

RÉPONSE : « Non, je n'ai croisé personne en route, ce chemin est très peu fréquenté, et d'autre part j'étais seul lors de ma découverte. »

« Je n'ai plus rien à ajouter sur cette affaire. »

Après lecture faite par lui-même, l'intéressé persiste et signe avec nous le présent, il est dix-sept heures trente.

L'INSPECTEUR DE POLICE
LE TÉMOIN

Et sans désemparer,

PROCÈS-VERBAL DE CONSTATATION

Assisté de M. Ouy KIM, chef du village de Ta Siem, Procédons à l'examen minutieux des mains et avant-bras du témoin. Deux longues éraflures, portant des traces de sang séché, sont visibles au-dessus du poignet droit. Ses vêtements ne supportent aucune marque suspecte.

QUESTION : « Quelle est l'origine de ces éraflures ? »

RÉPONSE : « Il s'agit d'une égratignure que je me suis faite le 9 septembre au soir, en aidant les coolies à dégager avec des branchages le camion Unimog enlisé sur la piste. »

L'INSPECTEUR DE POLICE
L'OFFICIER DE POLICE JUDICIAIRE
LE TÉMOIN

À la demande du procureur de Siemreap, prenons toutes dispositions, auprès des autorités locales de la sous-préfecture de Svay Leu, pour faire conduire le corps à l'institut médico-légal de l'hôpital de Siemreap aux fins d'autopsie.

L'INSPECTEUR DE POLICE

Et de même suite,
Chargeons le chef de village de Ta Siem, officier de police judiciaire, d'effectuer une enquête de voisinage aux fins d'identifier la victime et de recueillir tous éléments pouvant intéresser l'enquête.

L'INSPECTEUR DE POLICE

Dans le même temps,

Nous constatons que le chef de village de Ta Siem, officier de police judiciaire, nous dépose un rapport de transport sur les lieux que nous affectons au présent. Effectué en présence du témoin, le dit rapport fait état que la victime n'est pas identifiée.

L'INSPECTEUR DE POLICE

République du Cambodge
Poste de Ta Siem

RAPPORT DE CONSTATATION
SUITE AU TRANSPORT SUR LES LIEUX

L'an mil neuf cent soixante-dix, le 12 septembre, à dix heures dix,

Nous, Ouy KIM, chef de village de Ta Siem, commune de Svay Leu, sous-préfecture de Siemreap, province de Siemreap,

Accompagné du témoin, BERTHIER Marcel,

Nous rendons à deux kilomètres au nord de Ta Siem, sur la route de Kantuot,

Où étant à dix heures quarante-cinq, certifions ce qui suit :

À cent mètres à l'est de la route, constatons la présence dans le fossé d'un corps de sexe féminin, dénudé jusqu'à la taille, en position ramassée, les jambes et les bras repliés et couverts de sang. Les mains de la victime sont crispées sur une large plaie visible au-dessus du pubis.

Il s'agit d'une femme jeune, de race khmère, inconnue de nous. Au niveau du visage, aucune trace suspecte n'est constatée. Les yeux sont ouverts.

L'état du corps, déjà froid, permet de faire remonter la mort à quatre ou cinq heures, c'est-à-dire au lever du soleil. Les traces laissées dans le sol montrent clairement que la victime s'est traînée sur un trajet assez long, dont le départ se perd à environ trente mètres, à l'est, dans un bosquet d'arbustes qui longe la piste à cet endroit. Sur ce trajet, nous trouvons un sarong maculé de sang, à une dizaine de mètres du corps, qui semble avoir été perdu par la victime alors qu'elle se déplaçait en rampant. À proximité du bosquet, nous constatons la présence d'un plateau rituel contenant cigarettes, encens, bougies, bétel, arec, etc., sans pouvoir affirmer qu'il existe un lien entre la morte et ces offrandes.

Ayant fouillé les lieux sur une grande distance, nous n'avons trouvé aucun autre objet sucseptible d'orienter les recherches.

LE CHEF DU VILLAGE DE TA SIEM,
OFFICIER DE POLICE JUDICIAIRE

Le rapport d'enquête, établi trois jours plus tard par le chef de village retourné à Ta Siem, en vue de l'identification demandée par le commissaire de police, confirmait que la victime n'était pas de la commune. Suivaient les conclusions de l'autopsie. Elles émanaient d'un médecin légiste venu spécialement de Phnom Penh sur la requête du procureur de Siemreap. Les Khmers s'étaient manifestement intéressés à l'affaire parce qu'un Français de la Conservation s'y trouvait mêlé.

La Tour en relut plusieurs fois les considérants et demeurait hébété. Il était précisé qu'il s'agissait d'une femme enceinte, âgée de dix-huit ans, dont la gravidité avait été interrompue à cinq mois par exérèse du fœtus. Son corps n'avait subi aucun sévice, en dehors de l'ouverture pratiquée dans l'abdomen à l'aide d'un instrument tranchant ayant causé la mort par hémorragie. Le décès n'était survenu que douze à quinze heures après l'éventration. Il s'attarda un instant sur la description de la victime : un mètre soixante-huit, cheveux longs, yeux foncés, lobes des oreilles troués et distendus, dentition laquée. Il se souvint de sa bouche qui s'entrouvrait sur la noirceur des dents ; en revanche, il n'avait pas remarqué les oreilles percées, sans doute à cause des cheveux.

Pour finir, il parcourut une note ajoutée au dossier, envoyée à l'ambassade par le conservateur d'Angkor. Elle attirait l'attention sur les conséquences désastreuses de cette affaire si les autorités françaises n'adoptaient pas une « attitude de grande fermeté ». Ce n'était pas l'honneur d'un collaborateur qui était attaqué, il y avait beaucoup plus grave. La poursuite des chantiers dans la zone d'Angkor, désormais sous contrôle communiste, était perçue par le nouveau gouvernement, favorable aux Américains, comme un complot des Français destiné à les empêcher d'y lancer des opérations. Le conservateur affirmait que cette mort, dans laquelle un technicien français se trouvait malencontreusement impliqué, risquait fort d'être l'objet d'une exploitation politique, en vue de mettre un terme aux activités de la Conservation et d'autoriser la reprise des combats dans les temples. Selon lui, il fallait impérativement étouffer l'affaire.

La Tour reposa le dossier ; les pensées tournoyaient dans sa tête avec l'agitation d'une ruche.

« Mon Dieu, qu'ai-je fait ! souffla-t-il. Non mais, de quoi je me mêle ! "Grande fermeté". Pour qui se prend-il, celui-là ? »

En un temps où, disait-il, l'âge n'apporte plus que des inquiétudes, il avait embauché la fille pour sa fraîcheur, sans arrière-pensée, seulement parce qu'il lui avait semblé que sa présence agrémenterait ses jours. Quand elle traversait le salon ou poussait la porte de sa chambre pour lui faire son lit, il laissait glisser son imagination sur ses galbes et fermait les yeux. Dans son cerveau se formaient des images précises, comme les mouvements imprimés à son sexe par le frottement des jambes. Elle ne portait rien sous son sarong, à l'instar des autres paysannes ; le tissu de coton qui enserrait la taille appliquait directement sur la peau. Jamais, en revanche, elle n'aurait omis de mettre un soutien-gorge, dont la mode s'était imposée partout au Cambodge comme un acte de civilité, et il regardait avec ravissement le sien se remplir quand elle se penchait. Ainsi profitait-il de sa présence sous son toit, en se moquant un peu de lui-même car il ne lui serait jamais venu à l'idée de tenter quoi que ce fût. D'ailleurs, en dépit de leur différence d'âge, la demoiselle était méfiante. Depuis son enfance elle avait appris que les filles doivent avoir peur des hommes, qu'ils sont habités par des monstres dormants qu'un regard ou un sourire est de nature à réveiller.

Elle-même percevait tout : le mouvement des yeux entraînés dans son sillage, l'inspection de ses formes, le rythme entrecoupé de l'haleine. Elle savait par exemple que, lorsqu'elle balayait le salon, les ondulations de son corps produisaient sur lui les mêmes effets que le frôlement poudreux des ailes du papillon sur le lézard ; aussi estimait-elle toujours, au centimètre près, l'exacte distance qu'elle devait maintenir entre elle et lui, en deçà de laquelle sa survie n'était plus assurée.

Bref, tous deux avaient vécu dans le secret de leur nature respective, sans que jamais l'un ou l'autre ne sorte du silence. Parfois, sous l'effet de cette rétention sans espoir, La Tour avait des hallucinations érotiques qui propageaient des ondes jusque dans son pénis.

Certes, depuis quelques années, comme il lui arrivait de le déplorer en parodiant un désarroi profond, sa vigueur ne se dressait plus tout à fait à l'image de cette « tour » dont il jurait que tous les mâles de sa famille tiraient orgueilleusement leur nom depuis des siècles. Il se convainquait volontiers que, en dépit de son âge, il s'agissait moins d'un problème d'érection que d'appétit. Son monde intérieur n'était plus comme autrefois sujet à l'obsession de la chair ; c'était du dehors que devait être maintenant stimulée son ardeur. Il pouvait recevoir, mais beaucoup moins donner. Et encore, pas tout le temps ! Il arrivait désormais que la vue d'un corps, d'un baiser, le haut d'une cuisse, l'oppresse.

Quoi qu'il en fût, la pauvre petite avait pourvu au nécessaire sans le savoir, jusqu'à ressusciter en lui de funestes pulsions dont il n'avait jamais soupçonné la présence.

Il se leva de son fauteuil à roulettes. Le dossier alla buter contre le meuble où il classait ses documents personnels et sur lequel on pouvait apercevoir dans un cadre la photo d'une jeune femme souriante, tenant un chiot dans les bras. Debout, il se passa la main sur le sexe comme sur l'arme du crime. La culpabilité maintenant se substituait à la honte. Dans son univers sans dieux d'homme moderne, dès l'instant où le malheur qu'il avait occasionné aurait pu ne pas se produire, c'était lui le seul fautif. Il fallait qu'il sût ce qui s'était passé. Exérèse du fœtus... quelle abomination ! L'avait-on tuée parce qu'elle était enceinte ? Était-ce son propre enfant, à lui ? Cinq mois, ça collait exactement.

En l'absence d'Emmanuel Debras, numéro deux à Bangkok, qui faisait office de chargé d'affaires à Phnom Penh où il ne venait que deux jours par semaine, c'était à lui, La Tour, d'expédier les questions courantes. Aussi mobilisa-t-il sur-le-champ les services consulaires pour répondre à la demande cambodgienne et diligenter l'instruction. Pareille initiative de sa part était sans doute dangereuse : la petite avait pu parler, il risquait de se compromettre. En même temps, il ne pouvait pas se dérober à ses responsabilités, sous peine d'éveiller la suspicion. C'est forcément ainsi qu'il aurait agi s'il n'avait pas tremblé de se retrouver lié à l'affaire. Il devait donc jouer serré, montrer qu'il opérait avec une droiture souveraine, sans le moindre signe d'hésitation. D'ailleurs, il pensait avoir la haute main dans une enquête placée sous le contrôle de la France.

En présence du consul, La Tour fit appeler l'inspecteur divisionnaire Boni, qui venait justement d'arriver à Phnom Penh.

Jérôme Boni avait été affecté à l'ambassade de France dans le cadre d'un accord de coopération régionale entre les pays asiatiques et les services de la DEA[1]. Sa mission était d'installer au Cambodge les infrastructures d'une antenne de l'OCRTIS[2], en liaison avec les « stups » de Thaïlande où il avait travaillé plusieurs années.

La Tour l'entretint de l'affaire, en rappelant pompeusement que la vérité se trouve déposée dans les faits : il lui revenait d'aller l'y chercher en procédant aux investigations nécessaires sur les lieux, à commencer par l'audition de ce Berthier dont la déposition semblait poser plusieurs problèmes. De toute façon, il fallait le mettre sur la sellette pour montrer aux Khmers qu'on prenait en compte leurs soupçons. On ne pouvait en aucun cas, et quoi qu'en dît le consul, risquer de donner l'impression que la première réaction de

1. Drug Enforcement Administration.
2. Office central pour la répression du trafic illicite des stupéfiants.

la France devant la mort d'une paysanne était de couvrir ses ressortissants.

« Tenez ! Vous lirez. C'est en français », et il ajouta, pour faire le malin : « On a de la chance que leur vingt-troisième congrès national n'ait pas décidé la khmérisation des rapports de police en même temps que le reste, pas vrai ? »

L'inspecteur ne broncha pas. Ancien de la brigade mondaine, Boni connaissait la chanson et en avait vu d'autres. C'était un homme à la figure apathique, au regard abattu par le poids d'une immense rêverie intérieure. La moue derrière laquelle il semblait vouloir se tenir replié n'exprimait pas le dédain, mais cet ennui et cette fatigue des hommes dont la vie devient sans but à force de toujours poursuivre la même femme, inexistante ou morte à eux depuis longtemps. Ce qui attachait dans son être, c'était cette peine qui marquait sa silhouette aussi bien que ses traits. Il se mouvait avec lenteur, jamais impatient de connaître le fond des choses. Qu'un suspect soit coupable ou pas, qu'un père de famille soit ignoble ou non lui était indifférent, et il l'avouait avec la sérénité que donne l'expérience d'une longue incompréhension de l'homme. Au cours des interrogatoires auxquels il avait dû si souvent procéder, c'était l'incurable pessimisme de sa physionomie, bien mieux que toute torture, qui parvenait à troubler les plus coriaces. Envers les pires meurtriers, toujours il avait quelque égard et cherchait à se mettre à leur place pour comprendre. Les crimes les plus abjects pouvaient encore l'écœurer, jamais le surprendre.

Il écouta La Tour en tendant l'oreille, le visage las, comme s'il avait entendu quelque chose de triste. Puis il gonfla les joues et se redressa.

« Bon. C'est tout ?

— Comment ça, c'est tout ! se récria La Tour de sa voix nasillarde. Cela ne vous suffit-il pas, monsieur l'inspecteur divisionnaire ?

— Si, répondit-il avec une molle conviction. Mais, avant de me rendre à Siemreap, la procédure m'oblige à avertir mon correspondant ici. Car il devra m'accompagner bien entendu. C'est le règlement, comme vous savez.

— Faites.

— Et puis, continua-t-il sur le même ton, il faudra me dire de quel moyen je disposerai pour me déplacer avec lui, si c'est d'un char ou d'un parachute. »

Interloqué, La Tour observa le fonctionnaire qu'il n'avait fait que croiser dans les couloirs. Sa gouaillerie le laissait pantois. S'était-il douté de quelque chose ? Il prit le parti de ne pas relever l'insolence et se rangea à l'idée qu'elle ne pouvait traduire qu'une sotte confiance en soi.

« Vous n'ignorez pas, monsieur le conseiller, dit Boni sans noter l'hésitation du diplomate, que Siemreap est en état de siège depuis plus de trois mois et que la semaine dernière — j'ai lu ça dans l'avion de Bangkok — un communiqué annonçait que toute la zone située, euh... au-dessus du Grand Lac, je crois, était passée aux insurgés. Il n'est donc pas sûr que je puisse aller jusqu'à, euh... ce patelin.

— Ta Siem.

— Ta Siem.

— Vous n'ignorez pas, monsieur l'inspecteur, lui retourna La Tour du tac au tac, qu'il n'est pas dans le projet des vietcongs de bloquer les accès au chef-lieu de la province ; leur intention n'est ni de prendre la ville ni d'étouffer la région. Sinon, depuis le 6 juin[1], vous pensez ! Ce serait déjà fait. Non, ce qu'ils veulent, c'est seulement occuper le site d'Angkor. Angkor c'est mondial, n'est-ce pas ? s'écria-t-il en ouvrant les bras. D'ailleurs, les locaux de la Conservation sont situés sur le front nord, en première ligne. Et, que je sache, les experts français sont sur place.

— Ils continuent à travailler ?

— Ils y sont autorisés par les deux parties. Les gouvernementaux comme les communistes. Le temps qu'il faudra pour colmater les restaurations architecturales en cours et fermer les chantiers. Vous verrez. Le conservateur se rend tous les jours dans les temples où œuvrent plusieurs centaines de coolies que nous payons, au nez et à la barbe de l'état-major proaméricain. Il vous faudra rencontrer ce Georges Brinvillier. Je vais le faire prévenir. Un homme pas commode, dit-on. En tout cas, c'est lui qui règne en maître sur une situation pour le moins délicate. Je dois reconnaître, d'ailleurs, qu'il a réussi habilement, en plaidant auprès des instances internationales, à imposer l'indépendance de la Conservation et à obtenir l'arrêt des salves d'artillerie sur les monuments. Bien entendu, les Nord-Vietnamiens se terrent

1. Date de l'encerclement de Siemreap.

dans les temples en toute sécurité. Eh ! On n'a rien sans rien ! En conséquence de quoi, n'est-ce pas, les militaires de Siemreap le détestent. Ils sont furieux. Il faut dire, ajouta-t-il songeur, que notre politique de soutien, à la fois au prince Sihanouk et à l'agresseur vietcong, n'arrange rien non plus.

— Faut se mettre à leur place, releva l'inspecteur.

— N'est-ce pas ! Bref, tout ça pour vous dire que c'est un peu comme au Sud-Vietnam, si j'ai bien compris : les experts français croisent en chemin l'occupant qui leur fait des signes amicaux.

— Ben voyons ! dit Boni en s'accoudant sur son siège et en prenant une profonde inspiration qui se prolongea en un accès de toux.

— Je vous dirai, monsieur l'inspecteur, qu'il y a quelques bonnes raisons à cela : nous prenons grand soin, en effet, de fermer les yeux sur la dîme de ciment et de fer à béton que les Viets prélèvent au moment de l'approvisionnement des chantiers. C'est très délicat de notre part, n'est-ce pas ?

— Faudra pas s'étonner si on se fait virer, oui !

— Je ne suis pas sûr que ce soit une politique très clairvoyante, vous avez peut-être raison, mais cela n'est pas de mon ressort, ni du vôtre. En tout cas, pour l'instant, ça nous autorise à circuler encore dans la région. Nous sommes les seuls. Le département s'en félicite et notre conservateur est ravi. Eh ! Ça lui permet de faire rentrer au dépôt les statues du parc qui présentent un intérêt artistique ou historique, ainsi que certaines très belles pièces des sites extérieurs, pour les mettre à l'abri sous des sacs de sable. Et nous revoilà à notre affaire, monsieur l'inspecteur ! C'est comme ça que ce Berthier s'est retrouvé à Ta Siem. Sans parachute. En foi de quoi, voyez-vous, je vous dis que la circulation reste possible, sauf bien entendu pour les militaires. Vous vous en rendrez compte par vous-même sur place, et vous ferez pour le mieux, j'en suis sûr. Vous avez carte blanche. D'ailleurs, si le chef du village de Ta Siem a pu venir à Siemreap pour les besoins de l'enquête et si le corps a pu y être amené "aux fins" d'autopsie... comme on dit chez vous, c'est quand même bien qu'il y a moyen, non ? »

Boni regagna le bureau qu'il partageait au rez-de-chaussée de la chancellerie avec sa nouvelle secrétaire, Josiane, une blonde expansive recrutée sur place, mariée à un ingénieur pondichérien de la mission technique. En France il dépendait du ministère de l'Intérieur, tandis qu'au Cambodge il était sous la tutelle de l'ambassade et obéissait à La Tour. De toute façon, la perspective d'une incursion dans la campagne ne l'affligeait nullement. Il avait le pressentiment que quelque chose l'attendait encore, sans trop savoir quoi... une nouvelle enfance, une promesse. Il se gardait de trop y songer, par crainte d'empêcher les occasions de se produire. En même temps, il se sentait déjà vieux. Passé le moment, la disponibilité, la vacance où il arrive que l'homme s'enracine agissent comme un frein au lieu d'être une force. Pourtant, quand Boni s'assit à son bureau, c'était l'inconnu qui l'aiguillonnait encore.

Certes, il avait déjà visité les temples d'Angkor quand il était en poste en Thaïlande, et, pour ses chefs de la place Beauvau, il passait pour le spécialiste de l'Asie. Cependant, Ta Siem, c'était autre chose. L'expérience qu'il avait du monde asiatique, si différent du sien, résultait de sa pratique de la rue et des milieux interlopes de Bangkok. Il se figurait mal à quoi pouvaient ressembler la vie, les gens, dans un village de l'hinterland cambodgien. En fait, le dehors désenchanté de Boni ne venait pas de ses face-à-face avec l'espèce humaine, comme il le laissait entendre ; ceux-là n'avaient jamais atteint le fond passionnel et généreux de sa vraie nature, toujours aux aguets. Le potentiel qu'il projetait dans chaque rencontre possible pouvait s'accroître au point de polariser son activité cérébrale. Chaque situation nouvelle l'excitait comme un chiot : elle mobilisait exagérément ses sens sans égayer ses yeux. Sa désespérance provenait d'une souffrance qu'il n'épanchait pas ; et ce silence, qui le dépassait, constituait sa personnalité.

Aussi est-ce avec une totale insouciance et un égal désappointement qu'il se prépara au départ, sans s'interroger sur les aléas d'une mission qui frôlait l'absurde, sans savoir s'il pourrait jamais revenir. Il passa plusieurs coups de téléphone pour avertir ses collègues.

Comme il s'y attendait un peu, le commissaire divisionnaire cambodgien, qui assurait la liaison entre ses services et l'ambassade, ne l'entendit pas de cette oreille. Les dangers de l'enquête lui semblaient disproportionnés à l'enjeu. Chaque jour les morts se comptaient par centaines. Comment songer sérieusement à envoyer des officiers de la police urbaine enquêter sur le meurtre d'une simple paysanne ? C'est contraint par ses chefs qu'il suivit le Français, non sans prévenir, avec mauvaise humeur, qu'il ne bougerait pas de l'hôtel. De toute manière, il était plus gradé que Boni, et personne ne pouvait exiger qu'il aille sur le terrain pousser lui-même les recherches.

Cette perspective de mener seul l'enquête ne troublait pas l'inspecteur. Il assura son collègue qu'il n'aurait rien à faire sur place, sinon l'attendre de pied ferme au bar. Une seule chose lui reviendrait, s'il en était d'accord : aller au commissariat pour signaler leur venue et poser quelques questions en ville sur ce Berthier. Boni, lui, se rendrait à la Conservation.

Josiane eut les plus grandes difficultés à leur trouver un avion.

« Vous allez à la Conservation d'Angkor, monsieur l'inspecteur ?

— Jé-rôme !

— Pardon. Jérôme ? Alors, vous verrez Martial Rénot... Ah ! Rénot ! gémit la jeune femme avec un sourire béat en fermant lentement les yeux comme une actrice de théâtre.

— Rénot ? Qui c'est celui-là !

— Un homme. Un vrai. Un peu loufoque, mais séduisant, envoûtant... hmm ! Je l'ai croisé à deux reprises, sur place, là-bas, et je vous jure qu'il m'a fallu quelques instants pour m'en remettre. C'est pas tellement qu'il soit beau. C'est son regard.

— Bon, d'accord. Merci pour les autres, hein ! répondit Boni en exagérant son dépit.

— Il fait partie des experts français. Hélas, c'est sans espoir.

— Ah bon ? Pourquoi ? Les femmes, c'est pas son truc ?

— Oh, non ! c'est pas ça. Il ne touche pas aux Françaises, pas aux Blanches, quoi. Lui, c'est les filles locales. Vous savez que l'aéroport de Siemreap est aux mains des communistes. Il a fallu vous trouver des places dans un avion militaire capable de se poser sur une piste de terre. Ça n'a pas été du gâteau, je peux vous le dire ! »

L'avion atterrit à Siemreap avec son chargement hétéroclite de soldats, de femmes, d'enfants, d'armes, de canards, de légumes frais, de sacs qui sentaient le poisson. Les deux policiers montèrent dans un camion qui les déposa au marché couvert. Ils prirent le temps de déguster un bol de *kouytiou* dans le brouhaha de guerriers aux allures de pirates, avant de se rendre au Grand Hôtel où leurs chambres étaient réservées.

Sans attendre, Boni s'excusa auprès de son collègue qui se disait ravi de sa piaule et continua à pied jusqu'au barrage militaire. Il s'aventura seul au milieu de la petite route qui bordait le *stung* sous de grands ombrages, le long de maisons ouvertes, inhabitées. D'élégantes norias grinçaient contre ses berges, élevant leurs gobelets d'eau trouble jusqu'à des jardins mutilés, envahis de rebuts. Par-dessus les toits, les cimes des cocotiers laissaient pendre leurs palmes déchiquetées par les salves. Des fûts d'aréquiers jonchaient pêle-mêle la chaussée, immenses plumeaux aux cœurs amputés par les défenseurs de la ville, tous grands tacticiens de la terre brûlée. Des volées d'oiseaux de toutes sortes de couleurs s'abattaient sur l'herbe des bas-côtés, encombrée de cartons collés, de chiffons, de bouteilles, de capsules, d'amas d'ordures tassées par les pluies dont l'air portait l'odeur. Boni marchait entre les ornières remplies de boue. Son regard fouillait le village, s'attardait sur la rive opposée, revenait précipitamment à sa hauteur pour explorer les décombres, scruter l'intérieur des habitations. Cet endroit du monde, où le hasard l'avait si étrangement entraîné, était vide de toute présence humaine. Un instant il pensa à son père, à ses amis restés en France, à cent lieues d'imaginer où il se trouvait à cette heure, et il en éprouva une jubilation furtive qui lui donna du courage.

Après un dernier tournant, il arriva aux abords du parc de la Conservation d'Angkor. Il découvrit là un jardin botanique, dans lequel chaque plante était identifiée par une étiquette en latin et en khmer. Ici, on était en France. Le lieu, entouré d'un simple muret de pierre, respirait le calme, la sérénité ; l'impression jurait avec le désordre extérieur. De hautes frondaisons, où sautaient des rats palmistes, cerclaient plusieurs villas de style colonial, fraîchement reblanchies à la chaux, et, plus loin, le garage et les bureaux, de construction récente. De larges allées cimentées convergeaient vers un rond-point où se dressaient, telle une fontaine romaine mouchetée de lichens, les morceaux appareillés d'un épi de faîtage provenant d'un monument disparu. Encadrés de haies, de boules, de massifs fleuris, des dizaines de frangipaniers, alourdis d'orchidées, déversaient leur parfum liquoreux sur le gazon japonais. Au milieu des pelouses gorgées d'eau, qu'illuminaient le jaune et le rouge des touffes de cannas, s'élevaient d'énormes *dvarapala*[1], monolithes retirés des temples, rongés durant des siècles par les fientes de chauves-souris, maintenant sculptures contemporaines. Un jardinier silencieux bougeait son râteau à l'entour d'un bosquet d'arbustes. « Voilà au moins des gens qui savent ce que maintenir une présence veut dire », songea Boni, animé lui-même d'une certaine fierté.

Une jeep décapotée, pleine de jeunes filles vêtues de teintes vives, déboucha du portail et pila à sa hauteur.

« Salut-salut ! lança le conducteur d'un air surpris en se grattant énergiquement l'avant-bras. Ta gueule !

— Bonjour ! répondit Boni sans se laisser démonter. Je voudrais voir le conservateur. Savez-vous s'il est là ? »

Le personnage au volant avait les yeux gris, perlés — les Khmers disent « des yeux de poisson mort » —, les paupières bridées sur des pommettes hautes et saillantes, le cheveu noir avec des reflets brûlés. Sa peau hâlée était criblée de rousseurs. Il portait une chemise fleurie, largement ouverte sur un collier d'amulettes qui s'entrechoquaient. D'un air à la fois distrait et

---

1. « Gardiens de porte » placés devant l'entrée des monuments.

occupé, l'homme regarda de tous les côtés, fouilla la boîte à gants avec des gestes désordonnés, marmonna à son entourage quelques mots sans suite, et la plus jeune des passagères, poussée par les autres, se resserra contre lui.

« Montez-montez ! souffla-t-il, la voix teintée d'un accent du Sud-Ouest, avec une sorte d'irritation et des mouvements saccadés. Tiens ! elle vous a fait de la place. »

Puis, sur un ton plaintif :

« La pauvrette, il ne faut pas la vexer ! Trlrl !... Allez-allez ! Elle est gentille, non ? »

Boni grimpa sans trop comprendre. En se baissant pour prendre place sur le siège de la jeep, il ne put s'empêcher, pendant un court instant, de détailler les talismans au cou du conducteur. Les policiers thaïs de Bangkok — tous d'anciens militaires — lui en avaient montré, et il lui sembla pouvoir les identifier, avec émerveillement : bouddha taillé dans un boutoir-plein imprégné de taches rougeâtres, calcul d'éléphant luisant et craquelé comme un céladon, bézoard opalin serti d'or. Au cours de ses planques interminables, en voiture, dans les bars, il avait maintes fois entendu ses collègues évoquer de telles bizarreries de la nature, très recherchées pour leur pouvoir protecteur, qui ne sont efficaces que si l'animal ou l'homme qui les a produites consent à s'en défaire.

La jeep sortit de la Conservation, longea le bord du chemin pour éviter de sauter dans les trous, puis franchit le pont de bois de Phum Treang en soulevant les planches une à une, dans un claquement continu. Mêlés aux teintes glauques du *stung*, les rayons du soleil ondulaient, diffusant leurs clignements de lumière par l'interstice des palmes. La voiture s'enfonça dans une traverse bordée de bambous, enfila une galerie de verdure dont les lourds chapiteaux, garnis de plantes épiphytes, tressaient une voûte ininterrompue qui débouchait au grand jour.

À deux cents mètres devant eux, un bois sacré surgissait de la rizière. Au milieu de troncs centenaires, dont le couvert se découpait haut dans le ciel, s'élevait une étonnante demeure de type anglo-colonial, avec une véranda à l'étage et un portique ajouré.

Boni émit un sifflement.

« C'est là qu'il habite ? »

La jeep s'immobilisa aux premiers arbres de lisière, devant une esplanade bordée de cariotas alternant avec des massifs de bougainvillées. Les filles disparurent entre les touffes du sous-bois d'où émergeaient de petits palmiers, sans ordre, sans symétrie, qui donnaient à la végétation un air sauvage savamment entretenu.

Le conducteur se tourna vers Boni.

« Allez venez ! Je ne transpire pas, je glue ! » dit-il, énigmatique, roulant des yeux.

Il ôta sa chemise et se faufila entre les palmes émeraude de deux grands cycas qui recouvraient l'entrée. Boni eut le temps d'apercevoir qu'il se déplaçait par petits à-coups, sans pouvoir dire si cela venait d'une blessure au pied ou d'un penchant, hors de son public, pour les pitreries.

Le policier se retrouva seul. Il était en nage lui aussi ; l'air était immobile et brûlant. Il regarda l'heure à sa montre : midi. Un coup de tonnerre ébranla l'îlot. Des gouttes résonnèrent à la surface des feuilles, d'abord avec parcimonie, puis en chute libre dans l'épaisse moiteur accumulée sous les arbres. Il prit sa course pour gagner le perron. Un éclair illumina le vestibule, faisant surgir l'éclat ivoirin de deux grandes défenses tachées de rouille qui encadraient l'accès à la salle de séjour.

Un sarong autour des reins, l'homme de la jeep déboula en bronchant dans la pièce, comme essoufflé par l'eau froide de la douche sur sa peau surchauffée.

« Ça date de mon grand-père, lança-t-il en avançant les lèvres en direction des deux pointes. C'était son métier : chasseur de grands fauves. Pfeuh ! Han !... Il a tiré cet énorme porteur devenu fou, à la demande du gouverneur de Dalat, au Vietnam, en 1898. »

Boni se retourna, surpris par les sons étranges qui sortaient de sa gorge.

« Vous... vous êtes né ici ?

— Moi ? Non, en France. Trlrl ! Dans l'Ariège, le pays de mon ARRIÈRE-grand-père. Oh là là ! c'est toute une histoire, vous savez. Mon arrière-grand-père est arrivé dans le coin en 1860. Culé ! C'était le dernier rejeton, euh... d'une famille bourgeoise fauchée, qui n'avait pas réussi à le retenir dans les murs de la maison patrimoniale. Brr... faut le comprendre aussi, hein ? De toute façon, quand on n'est pas corse, ici, on est du

Sud-Ouest. Il a fait les campagnes contre la Chine et l'Annam. Puis il a épousé une princesse cambodgienne, mon arrière-grand-mère.

— Votre mère était en France ?

— Non. Enfin, oui. Heu... en fait, dit-il avec un air froncé comme si la réponse devenait difficile, mon père s'est marié à Hanoi avec une Eurasienne. La fille du directeur des chemins de fer. Ta gueule ! Culé ! Ils ont fait leur voyage de noces en métropole. Ma mère a dû accoucher là-bas. Mais ne restez pas là ! Venez ! Entrez, dit-il en s'arrêtant pour le laisser passer. Eh oui ! à cette époque. Finalement, j'ai été élevé dans les Pyrénées et j'ai suivi une formation de géologue, à Toulouse. Je suis arrivé ici en 45, avec le corps expéditionnaire.

— Que d'aventures ! dit l'inspecteur en tendant la main. Boni. Vous êtes Rénot, je suppose ? Enchanté. J'ai entendu parler de vous. Moi, je suis policier à l'ambassade. Et qu'est-ce que vous faites maintenant, si c'est pas indiscret ? Toujours dans la géologie ?

— Oh ! Moi ? Non. J'ai un peu changé. Si vous voulez, euh... je travaille sur les coutumes des gens d'ici.

— Intéressant !

— Les rites, la religion, la mort, précisa-t-il avec un geste vague de la main.

— Quel sujet ! Grandes questions, n'est-ce pas ? J'aurais voulu rencontrer le conservateur. D'ailleurs, j'ai cru un instant que vous m'emmeniez chez lui, que c'était ici qu'il habitait.

— Eh non ! répondit l'homme tout en fixant attentivement quelque chose dehors. Je ne sais pas s'il est là. C'est compliqué. De toute façon, maintenant, il faut manger. Vous allez manger ? Et puis, il faut aussi attendre que ça se calME AHHHH CHROUK ! CHROUK[1] ! » hurla-t-il soudain, tout en continuant, comme si de rien n'était, à rouler du doigt d'imperceptibles peluches de peau morte sur les arrondis de son torse.

Boni se figea. Par la fenêtre il aperçut une fille passer entre les gouttes et chasser à grands gestes un cochon noir qui fouillait la boue au pied d'une jeune colocase.

Dehors, l'averse augmentait, fluide, cinglante, ravinant le sol. Rénot entraîna le policier dans le salon. On entendait le martèlement de la pluie sur les quatre pans du toit couvert de tuiles sonores. Les deux hommes s'engagèrent dans le hall au plafond surélevé, où l'on découvrait le panorama à travers de larges baies : par-delà le vert acide de la campagne inondée, les palmiers à sucre du paysage cambodgien formaient un mur noir à l'horizon. La disposition inhabituelle des galeries extérieures et des alignements de la façade se retrouvait dans l'aménagement des aîtres. La salle était divisée par trois rangées de piliers métalliques peints en gris. Sur la grande table meublant le centre de la pièce, un second couvert était déjà disposé, face à celui du maître de maison. De vieilles lances provenant des tribus montagnardes, avec de longs manches empennés

1. Cochon, porc (khmer : *cruk*).

disposés autour d'un bouclier, ornaient le plus grand mur et semblaient soutenir, à trois mètres du sol, le décrochement de la galerie. Dans un angle, devant le piano demi-queue garni d'un vase balustre d'Angkor, deux gros tambours tendus de peau par des lanières en cuir de rhinocéros. Des filles, toutes plus belles les unes que les autres, hantaient chaque recoin de la demeure. Le frôlement de leurs pieds nus sur le plancher luisant fit vibrer l'inspecteur. Ils s'assirent à la table. Rénot remplit goulûment l'assiette devant lui.

« Hmm !... hmm !... Ch'est bon, chervez-vous ! fit-il, l'air douloureux, la cuillère pointée sur les plats brûlants.

— Merci », dit Boni après avoir pris soin de souffler longuement sur la première bouchée.

La conversation réduite à quelques mots engendra un début de malaise tandis que s'apaisait la pluie. Plusieurs rafales d'eau, projetées du sommet des arbres par le vent, s'écrasèrent sur les vitres. Rénot choisit le moment pour se lever, dans une sorte d'accès d'énergie ou de réveil, laissant penser qu'il était survenu quelque chose. Il fit le tour du piano, s'éclipsa derrière une porte, reparut en prononçant des paroles adressées à on ne sait qui, puis reprit place sans desserrer les dents, avec la liberté des gens qui se sentent seuls au monde. Le silence dura le temps que l'un et l'autre finissent leur assiette et boivent le café, introduisant une immobilité ni vide ni froide, laissant les bruits lointains monter dans une continuité tranquille.

Chez Rénot, tôt ou tard c'était un préalable, une règle infrangible, un test : il avait reçu des Khmers que la richesse d'une rencontre se joue à la qualité du silence qu'on est en mesure d'établir. Ce n'est qu'en se taisant qu'on peut percer l'autre, éprouver son ambiance, détecter ses intentions, atteindre son âme sous l'intelligence.

> *Tais-toi pour reconnaître*
> *Le cœur de ceux qui t'aiment,*
> *Tais-toi pour déceler*
> *Celui de tes ennemis.*

Sans les mots, l'homme se livre, il avance sans défense. Notre vraie vie est faite de ces silences, comme nos amours de ceux que l'on instaure avec une femme. D'ailleurs, n'est-ce pas pour plus d'intimité entre eux que les moines s'en font une règle aussi ? Parler, c'est fuir l'instant donné, tenir l'autre à distance, mettre sa présence hors d'atteinte. Donc : apprendre à se taire.

Ce dogme avait un corollaire que Rénot chérissait tout autant : parler pour ne rien dire. Quand elle sert la pensée, la parole se dévoue à la ruse. Autrement, elle retrouve sa fonction primitive : permettre la relation magnétique, animale, qui donne aux êtres les moyens de correspondre. Les mots vides de sens retournent à leur état de son, telles ces notes chantées, rituelles, émises par les grands mammifères pour diffuser des signes de confiance, d'apaisement.

Sur les vitres, de grosses gouttes ruisselaient en zigzag, petits sentiers dans la neige. Boni en suivait la chute imprévisible, comme du temps de son enfance, quand il jouait à faire choir des billes le long d'un assemblage de clous.

Brusquement, l'ethnologue se frotta les mains et sortit de son mutisme.

« Avant-hier, ici, il est tombé dix-huit millimètres dans l'après-midi. Trlrl… Comme ça, en quelques heures. Vous me direz que pour la saison, on est fin septembre, non ?

— Oui, le 22.

— Tu parles ! Normalement, c'est le coefficient le plus élevé de l'année. Pour les plants de riz, tout se joue en ce moment.

— Ça tombe pas mal aussi à Phnom Penh, releva Boni. La piste d'avion était tout inondée. »

Satisfait de l'inanité des propos, Rénot changea de registre. Il commença son numéro. Volubile et frémissant, à coups de phrases décousues et de gestes excessifs, il entraîna l'inspecteur sur des sujets jetés pêle-mêle, ceux qu'on évoque habituellement à propos de la vie et du pays des Khmers, où il pouvait aisément donner des preuves de son savoir étendu, et sur d'autres, plus généraux, plus philosophiques, comme l'évolution, l'homme, la terre, l'existence, etc., sur lesquels il avait des vues singulières, toutes marquées par le rejet des principes moraux et sociaux les plus ordinaires. Pour lui, l'homme et la bête ressortissaient au même règne et, dans cette proximité, la seconde avait peu à envier au premier.

Boni ne fut pas long à tomber sous le charme. Le personnage qui s'animait devant lui avec brusquerie et malice, ou avec une douceur inattendue, lui communiquait une force anormale, presque spirituelle. Alors il laissa ses pensées rouler, se mélanger à des idées diverses, tout en examinant à portée de loupe le nez pointu, boursouflé, les traces de couperose, les yeux singulièrement maintenus par la tension des paupières, les oreilles couvertes de duvet et de taches lie-de-vin, les joues imberbes où chatoyaient les pointes de poils espacés, les lèvres arquées sur des dents blanches et pointues, les doigts longs, mobiles, pleins de vigueur. Sûrement, la beauté d'un être ne tient pas à quelques normes précises, mais à des essences diverses, incertaines, très secrètes, des équilibres particuliers suscitant la grâce, une présence dans les manières, les expressions, que recèlent les traits.

En bon flic, Boni observait d'instinct, faisait des remarques, mettait les choses en comparaison. Ce penchant lui fit prêter l'oreille aux reniflements, aux chuintements curieux, associés à des mimiques, qui revenaient entre les phrases du maître de maison. Il y avait des « trlrl », sortes de roulades frillées, accompagnées d'un mouvement du bras ; des « pfeuh » brusques et sonores, provoqués par d'inexplicables contractions du diaphragme ; des « han » aspirés et des « beu » glottalisés qui figeaient son expression, avec un spasme de surprise, et l'obligeaient à tirer la langue. Le corps était animé d'à-coups, la tête de sursauts plus ou moins visibles, les doigts dessinaient d'étranges figures, ses regards cherchaient l'alignement dans des axes de symétries abstruses. Parfois, son visage se raidissait au début d'une réplique, laissant croire qu'il allait pousser un cri à se décrocher la mâchoire, et c'est un juron qui sortait, articulé d'une voix blanche. D'autres fois, il soufflait de côté, sur son épaule gauche ou sur son épaule droite, comme pour écarter une mouche qui revenait toujours.

Ce que Boni ne voyait pas, c'était le joug que subissait le corps de Rénot, en proie à un fonctionnement mystérieux, d'une logique bizarre, semblable au jeu des surréalistes. Le réel s'y organisait comme dans les songes ou dans quelque géométrie perceptive, c'est-à-dire selon des axes et des correspondances imaginaires qui se rejoignent, se positionnent, se définissent, sans que la raison s'en mêle. En droitier, ce qu'il aimait devait se tenir à droite. Ses bras se divisaient au coude circonvenant quatre secteurs : d'un côté, l'épaule droite pour l'amour, la beauté pure ; de l'autre, l'épaule gauche pour le triste, le difforme ; aux deux mains les impressions intermédiaires. Telle était l'organisation spatiale des contorsions que Rénot devait faire pour se situer de bas en haut, de gauche à droite, en fonction des sentiments qui l'assaillaient face aux choses ou aux êtres.

Dès l'enfance, il avait dû apprendre à vivre avec ce handicap, qui lui avait longtemps valu les railleries des autres. Jusqu'au jour où il était parvenu, sans vraiment s'en rendre compte ni l'avoir décidé, à en faire une sorte d'habillage extravagant de sa personnalité, qui exerçait une curieuse attraction. Sans plus chercher à camoufler ses clignements d'yeux ou ses tics vocaux en les enveloppant dans d'impossibles stratégies, il dissociait, comme un pianiste les deux mains, l'expression de sa pensée proprement dite de ce qui relevait des embarras de son élocution et de ses gestes. Dès lors, au lieu d'être comiques ou gênants, ses tics semblèrent s'harmoniser entre eux, s'accorder avec les idées auxquelles ils venaient s'attacher, y ajouter des affectations, tour à tour de la pruderie, de la grandiloquence, de la bravoure, et se changer en quelque chose de bien plus captivant qui ne cessait pas d'émouvoir, de fasciner.

L'inspecteur comprit : le bonhomme lui-même était un animal que les mouvements de la pensée faisaient sans cesse bouger. Dès l'abord, il se mettait en prise avec celui qui se trouvait en face pour déceler ses odeurs, lire ses émotions, percer ses sentiments, et son cerveau associait, combinait, parvenait à tout savoir de l'autre, sans pour autant tout comprendre. Chez cet homme qui n'aimait pas expliquer et qui ne fonctionnait que par sauts et par bonds, par ricochets, jamais de manière directe, l'intelligence était brute, spontanée ; elle lui était venue toute seule, sans méthode, sans modèle, comme en forêt la parole aux mainates sauvages dont le langage naturel, pourtant réduit, est si étrange et si vibrant à la fois.

Cette pensée recluse, qui s'éparpillait adroitement, recoupait si peu les raisonnements que le policier tenait ordinairement avec ses amis, dans son propre cercle, qu'elle lui était surprises, paradoxes, et qu'il ne pouvait rien y ajouter. Rénot abordait les choses sous des angles insolites, comme si la résistance qu'il avait dû développer pour composer avec ses tics l'avait rendu spécial, doué de perceptions subtiles. Il apparut à Boni tel un homme nouveau, un de ces précurseurs sur lesquels se fonde l'évolution en inventant d'improbables croisements.

« Il y a eu un crime, dit Boni. Vous êtes peut-être au courant ? Une fille d'un village. Ta Siem. Au nord. Vous connaissez ? »

Rénot étouffa une exclamation et fit semblant d'avaler de travers.

« Sans blague ! Depuis quand la police se déplace pour la mort d'une paysanne ? C'est tous les jours maintenant que ça arrive.

— Peut-être, mais il y a un Français dans l'histoire, un dénommé Berthier, chef de chantier à la Conservation. Vous devez le connaître.

— Berthier ? répéta Rénot, l'œil sur sa montre. Il rentre après cinq heures. Bien sûr que je le connais », affirma-t-il avec une expression quasi indéchiffrable, dont il savait que le policier ne pourrait pas comprendre si elle était liée à leur conversation ou à autre chose qui se serait produit sans qu'il s'en fût aperçu. « Allons donc ! reprit-il. Culé ! Il ne ferait pas de mal à une mouche, celui-là. Tordu, mais bon type.

— Tordu ? dit l'inspecteur.

— Bof ! Remarquez, je dis ça. Vous avez raison. C'est toujours difficile, holà ! Qui ne l'est pas ? Trlrl... Mais tout de même ! se récria-t-il avec d'autant plus d'énergie qu'il était convaincu que ses penchants à lui étaient ceux de tout le monde.

55

Des fois, il s'intéresse à de ces trucs, faut voir ! Disons que ce n'est pas la beauté qui l'attire chez les femmes.

— Ouais, vous savez, les goûts et les couleurs...
— Hmm ! Enfin bon. C'est pour ça que vous voulez voir G. B. ? heu... Brinvillier ? corrigea-t-il.
— Normalement, il a dû être prévenu de ma visite. Je comptais le saluer, par politesse, avant de rencontrer Berthier. Drôle d'affaire. Une môme éventrée.
— Éventrée ?
— Absolument.
— Remarquez, dit Rénot en prenant un ton d'oracle, dans un cas comme celui-là, vous devez d'abord vous préoccuper de savoir une chose. Pfeuh ! Pfeuh !
— Ah oui ? s'étonna Boni avec des yeux ahuris.
— Le crime, votre crime, là, il était autorisé ou pas ? Je veux dire, fondé ? acceptable ?
— Je ne vois pas où vous voulez en venir.
— Bien sûr que si ! Réfléchissez. C'est toute la différence, allons ! Êtes-vous sûr ou non que cette affaire soit de votre ressort ?
— J'ai du mal à vous suivre, avoua le policier, visiblement inquiet.
— Mais non ! Regardez. Personne n'a le droit de trucider personne, n'est-ce pas ? Bon. C'est interdit, ça relève de la police, c'est votre métier, et vous ne devez pas chômer. Par contre, culé ! Si le même crime, le même ! votre gamine éventrée, par exemple, se place, disons, dans un dessein plus vaste, obéit à une volonté politique, aux directives d'un parti, s'il entre, je ne sais pas, moi,

dans le cadre d'une mission, de pratiques religieuses, d'une opération militaire ou révolutionnaire. En d'autres termes, ta gueule ! Si son mobile n'est pas d'assouvir les besoins d'un seul mais de plusieurs assassins qui élaborent des plans, développent des tactiques, alors, excusez-moi, vous pouvez aller vous rhabiller.

— Pourquoi cela ?

— Parce que, affirma Rénot, placide, en se redressant sur sa chaise avec un grand sourire, dans ce cas, le meurtre et tout son barda, hein ? viol, vol, pillage, etc., ça devient non seulement licite mais méritoire. Et ça vous échappe.

— Ah ! Ouais ! Si vous voulez, convint l'inspecteur, à la fois surpris et amusé. Je vois. On peut dire cela, en effet. On ne nous apprend pas à observer ce genre de distinction dans la police. Mais ce n'est pas faux, d'une certaine manière, vous avez raison. On n'enquête pas quand les gens font la guerre. Malheureusement, ici, je crains qu'il ne s'agisse d'un crime qui n'est pas permis, du plus bestial.

— Aïe-aïe-aïe-aïe-aïe... ne dites pas ça ! gémit théâtralement Rénot. Vous voulez dire "monstrueux". Ce qui n'est pas du tout la même chose.

— Bof... Vous faites vraiment une différence ? demanda le policier sur un ton rigolard.

— Bien sûr ! La bête, c'est tout le contraire du monstre. Le seul monstre sur terre, c'est l'homme. Voilà la vérité. Et ça remonte, heu... disons, en gros, à la fin des anthropophages. Avant, quand il fouillait le ventre de ses proies, c'est seulement qu'il voulait bouffer. »

L'inspecteur demeura silencieux, avec une moue incrédule, presque désapprobatrice, incapable de mesurer le degré d'exagération dans les propos de son hôte.

« Le crime isolé, passionnel, crapuleux, poursuivit l'ethnologue, qu'on fait en se cachant, c'est celui qui relève de notre côté animal, de notre vieille nature. D'accord ? En revanche, ça se complique quand ce n'est plus ce mécanisme primitif qui se déchaîne pour tuer. Là ça déconne. Et cette monstruosité-là, c'est l'étape la plus récente, la plus accomplie de notre développement. Depuis qu'on rejette nos émotions pour raisonner plus juste. En se démarquant des conditions de l'espèce, l'homme est capable du pire. Tenez ! ce n'est pas la peine d'aller chercher bien loin. Il devient un Khmer rouge. Vous avez vu ce qu'ils font dans les campagnes ? Ils égorgent tout le monde. Et la France les soutient. »

Devant lui, Boni garda le silence ; il opinait tout en songeant qu'il avait au moins visé juste : son hôte était bien un animal, qui défendait avec vigueur le statut des bêtes face à celui des hommes.

Rénot savait le parti que l'être humain cherche à tirer de ses crimes — guerres, génocides, exterminations de masse. Il était convaincu que l'homme moderne était ce tueur partout. Aussi condamnait-il la naïveté qui conduisait l'humanité à faire d'Hitler, aujourd'hui, le diable par excellence, l'« inhumain » fait homme, et avec lui les grands criminels de l'Histoire. Il pensait, au contraire, que nous ne sortirions de l'enfance que le jour où, sans vouloir masquer l'abomination, nous aurions le courage de réhabiliter l'homme en eux, de les humaniser de plein droit, afin d'ouvrir les yeux. C'étaient bel et bien des hommes, toujours semblables aux autres. Aussi n'aimait-il pas s'appesantir sur cette fatalité, dont il se détournait comme on le fait d'un mal qui nous habite, dès lors qu'on sait qu'on n'en guérira pas.

« Certes ! consentit l'inspecteur. Tout cela est compliqué, mais je veux bien vous croire. J'ai entendu rapporter des choses en effet horribles sur les Khmers rouges, et qui resteront impunies. Pour abonder dans votre sens, j'étais de passage en France le mois dernier, et cette cruauté des communistes cambodgiens est passée sous silence. À la rigueur, les journaux l'évoquent, mais comme une sorte de passage obligé, un peu comparable aux douleurs de l'accouchement. C'est secret. On se tait sur ces choses, n'est-ce pas, parce qu'il n'y a pas lieu de s'y arrêter. Un mal nécessaire, pour qu'émergent les bienfaits de la révolution. Un monde meilleur. Et quand il est impossible de dissimuler l'horreur, ils la contournent en invoquant la pureté de l'intention…

— Oh !… je sais ! je sais ! maugréa Rénot. Il y en a qui disent ça à Phnom Penh aussi. »

Soudain, il posa sur son invité un regard pétillant de malice, releva le sourcil de façon hésitante, porta ses mains à hauteur du nez, les frotta l'une contre l'autre. Le policier avait de bonnes réactions, ils pourraient devenir amis.

« Cela dit, reprit l'inspecteur, pour la gamine éventrée, monstre ou animal, vous avouerez que ça ne change pas grand-chose. En outre, elle était enceinte.

— Enceinte ? répéta Rénot.
— Enceinte. De cinq mois.
— On a retrouvé le fœtus ?
— Non, pourquoi ?
— Non, comme ça. »

Boni était trop vieux singe pour le pousser dans ses retranchements d'emblée. Il se fit la remarque, sans rien laisser paraître, qu'une telle question n'allait nullement de soi et que ce diable d'Asiate pouvait savoir des choses.

« Bon, allez. Je vous y emmène, dit Rénot. On va bien voir. Venez ! »

Pour rien au monde Georges Brinvillier n'aurait manqué sa tournée quotidienne des chantiers. Il se déplaçait à vélo, souvent sous la pluie, quel que fût son état de santé. L'attrait allait bien au-delà de l'investigation archéologique. Commandant de réserve, très lié à l'armée depuis sa campagne d'Algérie, il travaillait pour les services de renseignement français. Chaque visite lui procurait de nouvelles informations sur le dispositif mis en place par Hanoi, qui intéressaient au plus haut point l'attaché militaire de l'ambassade. À plusieurs reprises il avait vu le chef local des opérations, un haut gradé nord-vietnamien nommé Tám, homme affable et plein d'autorité auquel il vouait une certaine admiration. Chaque fois il lui offrait de menus cadeaux, dans l'espoir qu'il l'autoriserait à continuer ses rondes aussi longtemps que possible.

Cet office, qu'il exerçait dans l'ombre, l'avait amené à rencontrer, au cours d'un voyage éclair à Paris, plusieurs personnalités du gouvernement. La fierté qu'il en avait conçue vint s'ajouter, dès le début des hostilités, au prestige que lui avait donné sa fonction de conservateur en le projetant sur la scène internationale, à l'occasion de l'inscription du groupe d'Angkor au patrimoine mondial de l'Unesco.

Aussi ses proches ne tardèrent-ils pas à déceler dans son regard une nouvelle expression de supériorité, incompréhensible pour eux, qui leur fit mesurer la distance de plus en plus grande qui s'installait entre lui et les autres. Chaque jour, quand il rentrait de sa tournée, zigzaguant d'une tache d'ombre à l'autre pour éviter la lumière de midi qui ruisselait sur son cou, c'était avec la hâte de s'enfermer dans son bureau climatisé et de clore les volets.

Pourtant, les trois Français qui l'entouraient lui étaient encore utiles : l'ingénieur Julien Fabricius, un opiomane pour lequel il avait de l'affection et qui lui devait tout, mais dont le trop grand dévouement l'agaçait ; le chef de chantier Marcel Berthier, à la fois mécanicien, garagiste, majordome et mouchard ; l'ethnologue Martial Rénot, un ancien géologue pétrolier détaché à l'EFEO[1] par le BRGM[2], qui faisait une thèse sur le bouddhisme des Khmers. Fabricius calculait le bétonnage des maçonneries, Berthier surveillait les coolies et suivait les travaux, Rénot, grâce à sa connaissance des langues et du pays, s'occupait des relations avec les autorités des deux bords, entre lesquelles la Conservation s'efforçait de naviguer.

1. École française d'Extrême-Orient.
2. Bureau des recherches géologiques et minières.

Ces trois hommes n'avaient rien en commun, si ce n'est la grimace faite ensemble chaque fois que Brinvillier s'éclipsait sans les voir ; ils se touchaient le front, secouaient la tête en haussant les épaules, avec cet air confondu qu'on prend devant son semblable quand il perd les pédales. Lorsque l'un d'eux frappait à sa porte, Brinvillier ne répondait tout simplement pas. Refusant tout contact, il dirigeait de loin la Conservation dont il avait une fois pour toutes établi chaque rouage dans le moindre détail. Il ne donnait plus d'instructions que par écrit, sans jamais rien expliquer, et ses ordres précis étaient toujours rédigés avec minutie, de ses doigts courts et retroussés, d'une délicatesse féminine. Aux boys qui le servaient il ne parlait pas davantage, habitué depuis trop longtemps à cet isolement de l'être supérieur qui trouve naturel que ses inquiétudes ne soient divulguées à quiconque.

Le conservateur d'Angkor était de petite taille, massif, très brun, avec une courte barbe en pointe qui pénétrait ses joues et lui donnait un air méphistophélique dont il aimait jouer. Du diable il semblait aussi avoir l'intelligence, tant il était difficile d'en imaginer une plus intuitive, plus déliée, plus prompte, plus pénétrante que la sienne. Enfant, son âme avait été forgée dans cette matière poreuse et tendre que la nature réserve aux poètes. Hélas ! la mort prématurée d'un père admiré et chéri, face à une mère dévorante, lui avait fait éprouver le sentiment d'une trahison si cruelle que sa sensibilité tout entière s'était brutalement vitrifiée. Le résultat était un homme ombrageux, solitaire, qui ne pouvait témoigner de simplicité vraie qu'en cachette, aux tout petits, mais son raffinement, son esprit flamboyant et ses hauteurs lui avaient valu une grande considération dans les milieux diplomatiques. La seule compagnie qu'il prisait encore était celle des inconnus en visite, avec qui il pouvait aborder les sujets à son goût, à savoir ceux qui rendaient son existence désirable ; ce qu'il racontait était alors souvent drôle, satisfaisant pour sa personne, reluisant même, et c'est à peine s'il s'apercevait que la réalité était autre.

Rien ne faisait mieux travailler ni vagabonder l'esprit du conservateur que ses promenades solitaires dans les monuments. Là, tout en réfléchissant à ses hypothèses sur l'architecture des temples, il s'interpellait tout haut, esquissait des mimiques, se moquait de lui-même. L'espace d'un moment, son cœur débordait d'humanité, sa poitrine ressentait les vibrations de la terre, son existence reprenait des proportions infimes. La seule sincérité qui l'habitait encore lui venait de ces séances régulières d'humilité. Il se sentait alors uni à toute la création et disposé à aimer le monde entier.

Cette paix, cet enthousiasme, il s'efforçait de les garder, sans y parvenir, en se claquemurant. Car Brinvillier vivait depuis peu un échec. Dès le début des événements, qui avaient entraîné le retour en France de ses principaux rivaux et affranchi son pouvoir sur place, il avait acquis le droit de faire prévaloir son désir, de commander, de décider seul. Or, plus il jouissait de ce nouvel exercice, moins il était en mesure de se soustraire à une propension insoupçonnée jusque-là, celle de tyranniser ses inférieurs, tout particulièrement les plus soumis, notamment l'ingénieur Fabricius dont il disait avec assurance qu'il monterait aux cocotiers du parc s'il le lui demandait. C'était plus fort que lui : leur seule présence l'exaspérait, s'adresser à eux devenait un supplice. Dans ces moments il ne savait plus se contenir et, sans comprendre ce qui se passait en lui, il harcelait sa victime, parfois jusqu'à la voir pleurer. Rien n'y changeait : plus elle se faisait humble, plus il la torturait, la reprenant avec cruauté, la ridiculisant publiquement, lui criant des ordres, devenant d'autant plus odieux que le regard de l'autre lui renvoyait une image dégradante de lui-même. L'apparition de ces comportements l'avait plongé dans la perplexité et lui faisait peur, et c'était pour ne pas y laisser prise qu'il évitait de plus en plus les contacts.

En temps normal, pareille attitude aurait pu tout bloquer. Mais les difficultés de la situation, les risques que ses subordonnés encouraient, bravant les mines et les obus, leur engagement, leur sens du devoir, leur patriotisme aussi (le drapeau tricolore flottait sur la Conservation avec celui de l'Unesco), donnaient aux actes et aux choses des valeurs différentes, atténuant l'effet des vexations.

Bref, chez les Français, l'ambiance était mauvaise. En arrivant à Siemreap, Boni ne savait pas où il mettait les pieds.

En ce bel après-midi de septembre, le conservateur ne broncha donc pas lorsqu'il entendit frapper à ses carreaux. À travers la fenêtre, Rénot et Boni l'apercevaient de dos, voûté sur sa table et comme juché dans les arbres du parc dont les vitres du bureau renvoyaient la lumière. Rénot toqua une nouvelle fois.

« Aïe ! Il n'entend pas, dit-il, gêné, en se retournant vers l'inspecteur. Je m'y attendais. Que faire-que faire… Trlrl ! Entrons par le patio. Venez. »

De son côté, Brinvillier n'aimait pas être surpris ; cela faisait partie de ses défenses. Il avait des repères et décelait de loin les visiteurs en louchant. Il fut en mesure d'identifier la démarche du premier, mais pas la silhouette du second. Rénot venait très rarement le voir, et c'était le seul avec lequel il continuait de prendre des gants. Ses grimaces, ses gestes, son verbe débité à une vitesse folle, l'extravagance de sa personnalité l'épataient secrètement. Dans l'incertitude, et pour éviter tout impair, il prit le parti d'aller à leur rencontre, comme si de rien n'était, afin de pouvoir aisément éconduire l'importun et de régler du même coup la question de le faire asseoir ou non. Il tomba sur eux comme par hasard, au moment où il sortait.

« Tiens ! fit-il, l'air surpris.

— Bonjour-bonjour, je me sauve ! s'empressa de dire Rénot. Il y a quelqu'un qui voulait vous voir. »

Brinvillier regardait ses propres doigts manipuler le trousseau de clefs pour fermer la porte derrière lui. Ses yeux glacés, mais d'une mobilité surprenante, frôlèrent le visiteur.

« Oui ?

— Inspecteur divisionnaire Boni. Je suis chargé d'enquêter dans le cadre d'une commission rogatoire délivrée par le parquet de Siemreap. L'ambassade a dû vous prévenir.

— De quoi s'agit-il, monsieur le divisionnaire ? » demanda Brinvillier d'une voix refroidie, le dos tourné à son interlocuteur.

« Je voudrais interroger un dénommé Berthier Marcel, qui travaille ici. Puis-je aussi vous poser quelques questions à son sujet ?

— Croyez-vous le moment bien choisi pour cela ?

— Non. Bien sûr. Dites-moi quand je peux repasser sans vous déranger.

— Que voulez-vous savoir ? »

Boni comprit que le conservateur n'était nullement disposé à le recevoir.

« Rien de précis, répondit-il sur un ton sec. Il a découvert le corps d'une femme, dans la région de Ta Siem, comme vous le savez, et sa déclaration comporte des obscurités que l'ambassade m'a chargé d'éclaircir, à la demande des Khmers qui sont très attentifs à l'affaire. On peut se demander pourquoi, d'ailleurs. Il est vrai qu'il avait des traces de griffes sur les bras, mais bon. Avez-vous quelque chose à me signaler ? La procédure m'oblige à vous demander si vous lui connaissez un comportement particulier, des manies, s'il est connu pour fréquenter… certains lieux, les boxons, que sais-je ? » dit-il en élevant la voix, par provocation, pour souligner l'incongruité qu'il y avait à traiter de pareilles questions debout dans une cour.

Brinvillier se tut un instant, afin de montrer qu'il savait combien un jugement sur autrui devait être médité.

« Il m'a dit deux mots de l'affaire, en effet, répondit-il en se retournant. Bien entendu, j'ai compris qu'il n'était concerné en rien. Mais c'est toujours la même histoire. Et je suis obligé de dire que votre venue ici montre qu'il ne s'agit pas seulement d'une modalité de la police locale. Témoigner qu'on a vu quelque chose — autrement dit, accomplir tout simplement son devoir, n'est-ce pas ? —, ça vous rend suspect ! Je n'ai rien à vous dire sur ses manies, dont j'ignore tout. Je n'enquête pas sur la vie privée de mes employés. Au demeurant, l'homme est un bon chef de chantier. En ce moment, je m'appuie beaucoup sur lui. Quelqu'un de sûr. Même s'il picole un peu, ajouta-t-il avec un demi-sourire ; jamais pendant le travail, cependant. Vous n'imaginez tout de même pas que c'est lui l'assassin ! lança-t-il soudain, en regardant pour la première fois l'inspecteur, d'un air excessivement mielleux.

— Je n'ai aucune imagination.

— Vous trouverez son logement juste derrière le dépôt des stèles, ajouta-t-il en s'en allant. C'est par là, tout au bout. Il arrive après cinq heures. Vous verrez sa 2 CV devant chez lui. »

Brinvillier s'échappa dans l'obscurité d'un étroit couloir pour réapparaître aussitôt.

« Vous aurez compris, n'est-ce pas, je n'en doute pas un instant, que si Berthier était impliqué d'une manière ou d'une autre, au mieux, il devrait quitter le Cambodge. Mais derrière lui, c'est tout le dispositif de notre présence ici qui est visé. Voilà, monsieur le divisionnaire, ce qui devrait vous permettre de comprendre, en vérité, pourquoi les Khmers sont si attentifs à cette affaire ! Bien sûr, j'avais demandé à l'ambassade d'être ferme et de bloquer toute enquête. Je vois une fois de plus que je n'ai pas été entendu. Ces messieurs de Phnom Penh ont d'autres chats à fouetter ! La compromission de Berthier arrangerait pourtant bien les militaires du général Lon Nol, qui se foutent des temples comme de leur première chemise et qui n'attendent que notre départ pour les bombarder. Quelle bonne aubaine ce serait ! »

Le ciel s'ouvrit. Une éclaircie intensifia la lumière à vue d'œil. Les murs blancs diffusèrent leur clarté, tel l'intérieur d'une ampoule translucide, illuminant avec une extrême netteté le bouquet de bambous chargé de pluie qui ornait le patio. Boni sentit ses pupilles se contracter, pareilles à des diaphragmes iris. Il s'en alla sous les couverts du parc en allumant une cigarette.

Rénot avait laissé l'inspecteur en compagnie de Brinvillier et regagné sa maison au plus vite. L'intrusion du policier chamboulait les subtiles manœuvres qui le mobilisaient depuis la veille.

La scène le hantait. Il se revoyait allongé, tandis qu'elle s'approchait et qu'il avait tendu la main, lentement, dans un mouvement si contenu qu'elle ne l'avait pas repoussé. Le jeu des muscles sous le tissu l'avait remué si profondément qu'il s'était détourné pour qu'elle ne le vît pas.

Rénot était très sensible aux femmes, leur chair avait un pouvoir magique. La peau, l'odeur lui provoquaient de tels transports qu'il n'imaginait pas de séparation entre l'âme et le corps.

Prohm avait une beauté surprenante. De ses yeux charmants, touche-à-tout, se dégageait d'abord son ingénuité, puis transparaissaient des curiosités, des amusements, des cruautés, des caresses, des brillances, où flottait toujours une sorte d'équivoque. C'était sa souplesse animale qui frappait, ses perpétuels ondoiements. Ses bras, ses cuisses, son dos s'animaient en longues stries musculaires qui se tendaient sans jamais se raidir. Lorsqu'elle courbait le buste en arrière, l'aine se creusait de deux légers méplats où venaient zigzaguer des affleurements bleuâtres. L'entrée de son ventre, marquée d'une rosette qui boursouflait sous le chevron, reliait le nombril par un imperceptible duvet. Bridés entre les jambes, les pétales de sa boutonnière avaient le velouté de la sous-barbe du cheval et les tons bitume de la céramique angkorienne. Le bulbe des seins comblait l'espace de la poitrine, avec leur cône enflé, entouré d'un délicat bourgeonnement. Son visage, où quelques asymétries troublaient déjà le rayonnement enfantin, était marqué d'une encoche sur le front. Le nez formait une ligne droite, à la base de laquelle se tendaient deux fils d'or qui remontaient la lèvre. Le regard vacillait sans relâche, noyé dans la lumière de ses iris très sombres dont le pourtour dégradé fusionnait avec le blanc cuivré de l'œil. Alourdis d'une pendeloque, les lobes de ses oreilles oscillaient de part et d'autre du cou. Ses dents enduites de gomme laque luisaient dans sa bouche tel un rang de perles noires, petites et régulières. Enfin, c'était l'arc relevé des sourcils, dont l'épaisseur chez la femme fait écho à la pilosité du pénil, puis l'œillet de la bouche, dont il ne parvenait pas à détacher le regard, tant il savait que sa ganse gonflée reproduisait les bords d'une cavité plus profonde.

 L'arrivée de Prohm avait éclipsé les autres formes de la beauté. Les goûts de Rénot avaient changé du jour au lendemain, et ce qui n'était point fait exactement sur ce modèle lui déplaisait maintenant.

Le matin même, tous deux s'étaient disputés pour une broutille. Rénot avait horreur des nems de viande crue, à la mode vietnamienne ; les petits cubes de porc au vermicelle, enveloppés dans la feuille du bananier, transmettaient selon lui tous les vers intestinaux de la Terre. Non seulement il se défendait d'en manger lui-même, mais il l'interdisait aux filles de sa maison. Prohm aimait ces friandises pour leur goût faisandé. Prise en flagrant délit, elle s'était rebellée et avait claqué la porte.

C'est donc guidé par la peur qu'il retourna chez lui et qu'il se précipita dans la chambre. Son chemisier demeurait sur la natte déroulée près du lit. C'était la seule chose qui comptait : elle était toujours là. Depuis le jour où elle avait passé sa porte, il vivait dans l'anxiété qu'elle s'en aille. Le soir, ivre d'impatience, il attendait que la maison s'endormît pour accéder à des espaces infinis, à ce nouveau firmament entré tout à coup et qui le remplissait. Bonne fille, tantôt fière, tantôt lasse, chaque fois étonnée, elle se prêtait à tout ce qu'il voulait.

Prohm était là depuis peu. Une des nombreuses filles qui égayaient sa maison, et pour quelques-unes ses insomnies, disait la connaître, elle, ou ses parents, ou une de ses tantes, il ne s'en souvenait plus et s'en moquait complètement. En revanche, il n'oublierait jamais qu'au premier moment de leur rencontre elle avait perçu ses tics, s'y était arrêtée d'un œil précis d'animal qui circonscrit tout par les sens, puis qu'elle en avait pris la mesure. Souvent, les grimaces de Rénot faisaient peur ; les gens y voyaient des significations. Les sons bizarres qui s'échappaient de sa bouche, les mots saugrenus dont lui-même ignorait l'origine étaient perçus comme le signe d'une présence spirituelle dont il tirait un pouvoir. Au cours des cérémonies villageoises de transes collectives auxquelles il adorait se rendre pour l'arythmie des tambours, les *krou*[1] avaient identifié la puissance qui l'habitait avec le dieu Pisnoukar, l'architecte des temples d'Angkor au milieu desquels le Français travaillait justement. Pareil transfert l'amusait, et il ne démentait rien.

En arrivant chez lui, elle avait répondu aux questions sans nier qu'elle s'était enfuie, mais sans donner de détails. Sur le coup, Rénot n'avait guère prêté attention aux raisons qui l'avaient fait partir : celles-ci ne pouvaient être que bonnes et inscrites dans le ciel. Il ne l'avait pas non plus interrogée sur le village d'où elle venait, situé d'après ce qu'elle disait à plus de quatre jours de marche du Phnom Kulen, au sein d'une région qu'il croyait inhabitée. L'endroit aurait compté plus d'une centaine de maisons et se trouvait au pied d'une cascade appelée le « Saut du Varan ». C'est en pensant à tout cela que le village de Ta Siem, où avait été trouvée la morte, revint à son esprit. C'était l'un des derniers avant ce grand espace de terres giboyeuses, couvert de forêt mixte,

---

1. Maîtres spirituels, spécialistes des techniques de transe et des formules de protection.

aux marges duquel il avait exploré des reliefs karstiques qu'occupait une poignée d'ermites.

Rénot connaissait par cœur les cartes dressées par le Service géographique de l'Indochine avant et après la Seconde Guerre mondiale. Elles représentaient encore cette zone vierge par un grand espace blanc, entre 13 et 14° de latitude nord. Les prospections de la Conservation d'Angkor avaient montré ensuite que ces terres plates du Nord-Est n'étaient vides qu'en apparence et qu'on y trouvait un peu partout des vestiges d'ouvrages sacrés, de sites rupestres, d'installations anciennes, de chaussées, d'aménagements hydrauliques, etc. Mais la forêt et la broussaille qui les recouvraient depuis des siècles avaient redonné au paysage un aspect naturel et sauvage, avec d'imperceptibles traces d'occupation humaine.

« K'Prohm ! Où est K'Prohm ! » demanda-t-il.

Il traversa le salon en direction de la pièce en appentis qui faisait office de cuisine et où, en fin de journée, les filles se tenaient accroupies, le buste ballant, les bras dépliés sur le sarong tendu par les genoux, les fesses au ras du plancher. Elles riaient, papotaient, tout en pilant, hachant, frottant, épluchant les différentes sortes d'herbes et de pousses qu'elles avaient trouvées pour le repas du soir.

« K'Prohm ?

— Elle est partie, *lok ewy* ! lui répondirent-elles en chœur, les sourcils froncés, pour afficher leur jalousie. La favorite du maître n'a pas daigné rester plus longtemps. Elle n'était pas assez bien traitée. »

Derrière un pilier, près du brasero où fumait une marmite, des gloussements étouffés lui parvinrent.

Rénot laissa pendre sa mâchoire démesurément et se figea dans une expression de stupeur.

« Ah ! mon vieux cœur… », gémit-il en titubant, comme au théâtre, les doigts crispés sur sa poitrine.

Alors la diva sortit de sa cachette avec un rire enfantin qui le fit jubiler. Il se frotta les paumes bruyamment, les claqua à plusieurs reprises — c'était chez lui l'unique façon de montrer sa bonne humeur —, puis s'accroupit le bras tendu, ouvrant et fermant la main pour la faire s'approcher.

« Demoiselle ! je voudrais te parler. Trlrl !… Trlrl !… Raconte-moi un peu. J'y pense. Pourquoi la cadette a-t-elle quitté son village ? »

Le visage de la petite se renfrogna. Elle alla se pencher sur la marmite dont elle souleva le couvercle avec concentration. Rénot reposa sa question.

« C'est mon frère », répondit-elle de cet accent curieux, syncopé, presque sans diphtongues — elle faisait sonner les *r* et les *s* finals —, qui amusait tout le monde et étonnait l'ethnologue, parce que cette prononciation semblait suivre l'orthographe des premières inscriptions d'Angkor. « Mon père et mon frère aîné. La famille d'un garçon était venue me demander en mariage.

— Et alors ! Ce garçon était donc si vilain ou si pauvre ?

— Non. Son horoscope n'allait pas avec le mien. Nos signes étaient du même naga. Le mariage portait malheur à mes parents. Sa famille proféra des menaces. Mon frère m'a fait partir pour couper court à tout.

— Eh ! Ce n'était pas plus simple de s'éclipser quelques jours ? »

Soudain, le visage de Rénot se mit à rayonner.

« Ah ! mais oui, suis-je bête... Je comprends ! Merci ! Merci ! » dit-il l'œil rieur, en joignant lentement les mains par-dessus sa tête comme s'il prononçait une invocation. « Le père de Mlle Prohm, doué de prescience, avait vu dans son infinie sagesse ce que sa fille chérie ignorait encore, à savoir que l'amour l'attendait à Phum Treang... qu'un pauvre Français, languissant, solitaire, se morfondait en rêvant à elle... »

Il fut interrompu par un concert de rires et de huées.

« K'Prohm, continua-t-il, mais c'est pareil partout. Trlrl !... Quand l'entremetteuse demande à entrer dans une maison pour arranger un mariage, les parents de la fille ne peuvent pas l'éconduire. Ce serait un affront trop grave pour la famille du garçon. C'est à la fille de disculper les siens. Elle disparaît dans un village voisin, chez une tante ou une cousine, pour afficher publiquement son refus, puis revient quand la colère du prétendant est retombée. Non ?

— Non, *lok*. Tu ne comprends pas. Chez moi, nous n'avons pas les mêmes usages. Personne ne peut s'en aller. C'est interdit depuis toujours.

— Mais comment ça... pourquoi ! s'exclama-t-il, prenant les autres à témoin.

— Prohm ne sait pas, *lok*. Sur nos terres, les *krou* ne tolèrent aucune infraction, aucun écart. La tradition est très rigoureuse. Malheur à celui qui cherche à la changer. C'est très différent d'ici, en Terres neuves. Tu n'as...

— Terres neuves ? coupa-t-il avec un sourire qui tournait à la grimace. Comment ça...

— Chez nous, on dit "Terres neuves" pour parler du pays hors de nos frontières. Tu n'as jamais vu pareille chose, *lok euy* ! Mon grand frère est un *krou*. Je l'entends depuis que je suis petite. Il dit : "La tradition des anciens n'est nulle part conservée comme ici." Il dit : "Notre territoire, c'est l'ultime refuge des coutumes de jadis. » Il dit : "La profanation des Vieilles Terres annoncera la fin du pays khmer." »

La jeune fille ouvrait les yeux devant elle, comme si la vie ne devait plus lui apporter que des peines. On entendit le frémissement des feuillages qui enveloppaient l'îlot. Comme autant de bouches de chaleur, les grands *Dipterocarpus* bleu et gris maintenaient sur les lieux une pesanteur spécifique qui distillait des effets émollients.

« Demoiselle Prohm est une *khmer doem*, une Khmère des origines ! dit malicieusement la fille à côté de laquelle se trouvait Rénot.

— Voyez-vous ça, lui répliqua-t-il. K'Chhüey est vraiment très savante. Une Khmère des origines ? D'où tu tiens cela ?

— *Veuy* !... Chhüey sait tout ! » répondit-elle, impérieuse.

Elle se rengorgea, fronça les sourcils, allongea le bras pour suggérer le manche d'un *chapay* dont elle se mit à gratter les cordes.

« Tring, tring, tring, kling ! fit-elle en minaudant. Connaissez-vous la légende ? Voici Ta Chhüey[1], le vieux conteur, ici présent, qui vous prie d'écouter attentivement. »

Elle se mit à dodeliner de la tête, à pouffer de rire, à chercher ses mots, à bredouiller l'histoire d'un temple perdu depuis l'époque d'Angkor. Rénot observa avec reconnaissance que les pitreries de la musicienne avaient fait apparaître le sourire sur les lèvres de Prohm. Il esquissa à son tour des gestes de danseuse dans un excès de gaieté.

L'ethnologue savait depuis longtemps que l'existence d'une communauté ancestrale, vivant en marge du monde, hantait l'imaginaire des habitants de la campagne. Sur ces hommes, sur leur sauvagerie et leur force, on racontait des choses qui confinaient à la fable. Leur territoire était perçu comme une sorte de cœur vivant, garant de l'immortalité du royaume, en même temps qu'un lieu sacré, un centre du monde auquel seul l'initiation bouddhique pouvait donner accès. Une sorte de retour aux sources, rituel. À tel point qu'on était en droit de se demander s'il ne s'agissait pas simplement d'une allégorie du corps, celui que le yogin a pour mission d'intégrer au cours de ses exercices. Depuis des lustres les conteurs colportaient la légende de village en village,

---

1. Grand-père Chhüey (k. : *ta*, ancêtre, grand-père).

y mêlaient des passages du Râmâyana, et tout le monde semblait y croire, sans jamais chercher à savoir plus avant.

La conjecture l'avait fait rêver, au point de le subjuguer un temps. Malheureusement, les premières missions chargées de dresser l'inventaire des monuments et des inscriptions répartis dans le pays n'avaient jamais rien rapporté qui lui donnât crédit. L'idée demeurait malgré tout séduisante, et il s'était même rendu à Phnom Penh afin de compulser, dans leur encre violette et leur papier jauni, les cahiers de rapport, journaux, notes, carnets de fouilles des grands pionniers qui avaient prospecté la région au siècle dernier. Il en était revenu bredouille après plusieurs jours d'affilée passés au siège de l'EFEO, mais sans abandonner l'hypothèse au fond de lui. Ainsi allait Rénot, qui se résignait rarement, plus par manque de rigueur, du reste, que par suite dans les idées.

Certes, il savait mieux que personne que le chercheur, dans la brousse, est à la merci des informateurs qui le conduisent à leur guise. Qu'il peut passer sans le voir à proximité d'un site non recensé si aucun indigène n'est là pour lui mettre le nez dessus. Un explorateur ne trouve jamais rien, aimait-il répéter à qui voulait l'entendre : il est conduit par les habitants à faire une trouvaille. C'est dans un tel interstice que Rénot situait le « terrain ». Il voyait son rôle comme celui d'un médium — l'alternative du chercheur étant de dire des niaiseries ou de faire d'immortelles découvertes. Car découvrir et créer, c'était la même chose ; on ne trouvait au final que ce qu'on était en mesure d'inventer, de rêver, de pêcher dans le vivier de l'imagination. Son incapacité à prendre pour argent comptant les convictions des autres l'avait d'ailleurs amené à découvrir, avant tous les archéologues, la fonction symbolique des sculptures décorant à sa source le lit de la rivière qui inondait Angkor : ainsi purifiée, l'eau sacralisait les temples.

Rénot n'était pas sans savoir non plus que la Conservation avait repris dans son programme la couverture photographique de la zone qui incluait justement l'espace inexploré, à une échelle offrant des indications détaillées sur l'occupation du sol, bien meilleure que celle de la campagne de 1951, demeurée inachevée. Même si l'interprétation des images doit toujours être vérifiée par des observations de terrain, une agglomération d'hommes, ça laisse des traces, et Brinvillier n'avait jamais rien signalé de tel dans ses rapports.

Toutes ces idées occupaient Rénot quand la grosse voix de Chhüey le fit revenir à lui. Il n'avait jamais bien écouté non plus les paroles qu'elle s'ingéniait à retrouver. S'il avait bonne mémoire, l'histoire s'intitulait « Poème de la ville dans la forêt », *lboek nokor prei*... ou quelque chose comme cela. Il décida de but en blanc d'aller chez Ta Kva, le chanteur aveugle de la route du Phnom Kraum, à cinq kilomètres au sud de Siemreap. Le musicien était renommé. Il avait composé une ode à la fameuse cité à partir d'un texte qu'il tenait de son père.

Le jour tombait sur la frange des palmes qui bordaient le *stung* quand Rénot stoppa devant la maison de Ta Kva. Les hauts cocotiers du village s'endormaient sur les habitations, scintillant des gouttes de la dernière averse dans le soleil couchant. Le musicien les accueillit à l'étage. Sa vieille mère toute courbée leur servit du thé. Des voisins accoururent avec leurs enfants pour regarder le Français. Chhüey disposa devant le chanteur une coupe d'offrande réglementaire et prit la parole.

« *Veuy, lok ta !* Le Français voudrait entendre l'histoire du village dans les bambous… Tu sais, là où l'on dit qu'il y a un temple.

— Ah ! ah ! ah !… », fit l'aveugle, et il épancha sa joie, faisant diverger en même temps la prunelle de ses yeux bouchés. « Le "Poème de la ville dans la forêt" ?

— C'est ça ! cria Rénot, confondant surdité et cécité. Je t'ai déjà entendu le chanter. Je voudrais écouter les paroles du début. C'est au début, n'est-ce pas ? quand il y a cette description. Si, si, je me souviens. Il y a un endroit, enfoui sous les arbres, je ne sais plus. »

Ta Kva avala plusieurs petites gorgées de thé en riant, acquiesça avec de grands signes, cracha dans l'interstice du plancher, et racla les cordes de son vieux *chapay* en bois de jacquier.

[Accords rythmés…]
*« Frères, sœurs, oncles, tantes, grands-pères
   et grand-mères !*

*Écoutez euy ! l'extraordinaire histoire
  de la cité perdue, dans la forêt.
Par la volonté de l'Auguste, il y eut un prince
  qui obtint la royauté,
Dans l'année çaka marquée des huit Vasu
  et des neuf ouvertures.
Le roi offrit à celui-ci le temple du bosquet
  des bambous,
Afin qu'il y fonde euy euy ! un village,
  au pied du grand varan,
Et qu'y vivent les cent esclaves, hommes et femmes,
Libérés de leurs entraves, pour y servir l'unique
  Vajrasattva. »*
[...]

Rénot fit revenir le chanteur sur le même couplet plusieurs fois et demanda à Prohm :

« Il y a beaucoup de varans là où tu habites ?

— Non *lok*, il y a une sculpture dans le rocher, juste au-dessus de la cascade, qui en représente un. C'est pour ça qu'on dit le "Saut du Varan". »

Rénot se figea, tel un chien à l'arrêt.

« C'est pas plutôt un lézard[1] ? dit-il, comme si l'idée lui tombait de la lune.

— Non. On dit *trakuot* [2]. C'est le dieu qui protège le village.

---

1. Dans les versions locales du Râmâyana, Shiva prend la forme d'un lézard pour séduire l'épouse de Vishnu.
2. Varan (k. : *trakuot*).

« Marcel Berthier ? »

La 2 CV camionnette s'était arrêtée devant le bungalow que Boni était venu surveiller après son entrevue avec le conservateur. Il humait l'air du soir, assis près du garage sur un bloc de grès dont les ciselures érodées absorbaient l'attention. De loin lui était parvenu l'écho intermittent de tirs en rafale et une explosion l'avait fait sursauter, à différentes reprises. Une vie grouillait alentour, mais tout se taisait uniformément quand tonnaient les canons de la ville.

Berthier était sorti de la voiture torse nu et en short, grommelant quelque chose.

« Excusez-moi, vous êtes monsieur Berthier ?

— Miss, viens ici ! » répondit Berthier en s'immobilisant, les sourcils froncés, le doigt pointé vers le sol, l'air impitoyable. « Miss ! »

Boni s'arrêta. De la 2 CV sortit une vieille chienne dont l'arrière-train pelé était enduit de mercurochrome. Elle accourut vers son maître, oreilles baissées, les yeux sur lui, chargés d'admiration.

« Miss ! reprit Berthier sévèrement. Dis bonjour à monsieur... monsieur ?

— ...

— Monsieur comment ? C'est comment votre nom ?

— Euh... Boni », dit l'inspecteur avec réticence, un peu irrité par le grotesque de la situation et par l'animal qui lui tournait le dos et se trémoussait devant son maître.

« Ah ! vous êtes italien. Dis bonjour à monsieur Boni. Miss !... Miss !... Miss, dis bonjour à monsieur Boni !

— Laissez, ça ne fait rien, répondit Boni, l'air gêné.

— Non ! Miss !... Miss !... Allez, dis bonjour !

— Je vous assure, vraiment... »

Berthier ne voulait rien entendre et continuait à faire claquer ses doigts, obnubilé par son idée, s'adressant à l'animal comme à un vaurien à qui on ne cède pas, prenant une voix tour à tour métallique et gutturale. La chienne piétinait avec ferveur, l'œil docile, la queue basse, faisant mine de se hâter vers Boni puis voltant au dernier moment.

« Miss ! » hurla le chef de chantier en roulant des yeux.

Soudain, il se baissa. La chienne connaissait la musique. Elle arriva sur lui et lécha son visage et sa bouche dans une effusion de tendresse.

« Ha, ha, ha !... Tu es belle. Oui... »

L'homme se redressa, tout ébouriffé, et tendit la main à Boni.

« Berthier Marcel. Monsieur, bonsoir, articula-t-il. Qu'y a-t-il pour votre service ?

— Excusez-moi, je suis inspecteur de police. L'ambassade m'a chargé de l'affaire de Ta Siem qui est remontée jusqu'à nous. Si vous avez quelques minutes, j'aurais voulu revoir avec vous certains points de votre déposition. Mais vous êtes peut-être fatigué, et je peux revenir demain matin. »

Le garagiste prit un air furieux.

« Je ne suis JAMAIS fatigué, monsieur ! » répondit-il.

Boni sourit avec confusion, gagné par une subite lassitude. La sueur baignait son front comme ses vêtements. Il sentit sur sa peau le craquètement des cigales qui vibraient dans l'air chaud. L'idée lui vint de planter là son interlocuteur.

« Entrez ! » ordonna Berthier.

Il indiqua le bungalow d'un mouvement latéral de la tête et s'avança majestueusement, le bras gauche en premier, en montrant le chemin.

Ses épaules asymétriques tombaient de part et d'autre d'une poitrine imberbe de ch'timi. Pour avancer, il se déplaçait de côté, un peu comme un crabe, en bougeant les pinces. Sa tête pointue, volontiers hargneuse, était posée sur un cou où s'arrêtaient des cheveux raides et filasse. De cette tournure singulière, à laquelle s'ajoutaient des yeux rapprochés et fixes, se serait tout de suite dégagée une allure de petite frappe si ses lèvres minces, miraculeusement, n'avaient manifesté un je-ne-sais-quoi de candeur, de naïveté confiante et, en définitive, de sympathie, qui faisait que tout le monde voyait plutôt son côté « bon gars ».

Glissé entre les feuilles sombres de deux gros taros, le passage en ciment donnait accès à une porte moustiquaire. L'habitation, peinte en gris, était construite de plain-pied avec un jardinet surchargé de papayers, bordé d'une ligne de cactus piqués de fleurs blanches. Ils traversèrent le vestibule en deux ou trois pas et entrèrent dans une pièce, à la fois salon et salle à manger. L'endroit était coquet, encombré de coquillages et de bibelots venant d'un peu partout. Au mur, un chromo de la baie d'Along occupait tout l'espace.

« Hé ! La vieille ! Viens nous servir l'apéritif », clama-t-il d'une voix autoritaire.

Une Vietnamienne au visage réjoui, encore plutôt jeune, bien en chair, fit son apparition.

« Bonjour, dit-elle avec un sourire qui découvrait de belles dents. Berthier pas poli, hein ? Toujours plaisanter. Pas demander c'est quoi boire ! Y en a pastis ? cognac ?... la bière ? »

Boni ne répondit pas. Il aimait examiner les gens sans qu'ils le sachent ; on ne voit rien quand on parle, alors qu'on les perce aisément du dehors. Il entr'aperçut de la fierté dans l'œil du garagiste qui regardait sa femme. Le type était spécial, peu de doute là-dessus, mais c'était le brave bougre dont lui avait causé Rénot. Non pas que Boni se laissât guider par son flair — il y avait eu recours trop souvent pour s'y fier tout à fait —, c'était une simple question de psychologie : l'homme était transparent. En même temps il était plein de malice aussi. On est tous faits de cette fusion des genres, confondus dans le même but : dissimuler. Après tant d'années dans le métier, Boni savait qu'on ne pouvait être sûr de personne. Le cerveau nous trompe, ses perceptions les plus assurées sont peu fiables, biaisent la conscience. Sans nouveaux indices, l'examen contradictoire du témoignage de Berthier n'apporterait pas grand-chose. Il choisit le pastis.

« Ce n'est pas de refus. Oui, avec beaucoup d'eau, merci. Quelle chaleur. Mais je ne veux pas vous déranger trop longtemps. Ma visite est d'ailleurs de pure forme. C'est juste pour mon rapport, dit-il, l'air entendu.

— Qu'est-ce que vous voulez ? commença le chef de chantier, sans chercher de détour. Quand j'ai vu la môme à moitié à poil dans le fossé, franchement, j'ai eu les foies. Je me suis demandé s'il y avait pas un fou qui allait me sauter dessus avec un couteau. Merde, fallait voir ! Y a plein de trucs qui vous passent par la tête dans ces moments-là. Après, dans la bagnole, j'ai même pensé qu'elle avait reçu un éclat d'obus. De toute façon, sur son ventre, y avait déjà des larves de mouche comaques, ajouta-t-il en rapprochant le pouce de l'index. D'après le chef de village, ça montrait qu'elle était morte depuis au moins vingt-quatre heures. Or moi, la veille, je suis resté toute la journée avec les coolies. Alors, quand le type de la province m'a demandé pourquoi j'étais griffé au bras, je voulais même pas lui répondre. Non mais, ça va pas ? Je m'étais éraflé avec des branches pour dégager l'Unimog. Rien du tout, quoi. Ça se voyait à peine. J'avais même pas senti. Tenez, on voit plus rien, fit-il en regardant ses avant-bras. Et merde ! Qu'ils pensent ce qu'ils veulent !

— Allons ! monsieur Berthier, dit Boni en se redressant. Ne vous mettez pas martel en tête. Il faut plus que ça pour transformer des présomptions en preuves. Vous savez, dans cette affaire, pour l'instant, je ne vois rien de sérieux qu'on puisse retenir contre vous. »

L'inspecteur s'attacha à prononcer sa réponse si simplement, avec une telle bonhomie, que le chef de chantier, qui ne voulait rien laisser paraître de son anxiété, s'en trouva tranquillisé.

« Tenez ! dit Berthier en ouvrant un tiroir. J'ai même fait des photos. Regardez.

— Des photos de la victime ? s'étonna l'inspecteur. Mais ce n'est pas dans le rapport ! Vous les avez prises sur le coup, avant votre déposition ?

— Non. C'est quand je suis revenu avec le chef de village. D'ailleurs on le voit dessus. Là, vous voyez ?

— En effet... »

L'inspecteur examina les clichés.

« Je peux en garder un jeu ?

— Je veux bien, répondit Berthier sans hésiter, à condition que ça ne me retombe pas sur le nez, hein ? Attention !

— En aucun cas. Soyez-en sûr. Au contraire. »

Il y eut un silence.

« Bon, reprit Boni. Allez ! je dois vous laisser. La nuit arrive. Merci. Il faut que je rentre au Grand Hôtel. Je suis venu avec un collègue cambodgien. Il doit m'attendre. Je repasserai demain matin, si vous voulez bien. Pour faire les choses en règle.

— Hein ? s'exclama son hôte en faisant un bond, soudain furieux. Non mais, vous êtes devenu malade ! Vous êtes totalement fou ou quoi ? Les "Lon Nol" vont vous allumer au premier barrage ! La nuit, ces cons tirent sur n'importe quoi. Vous dormirez ici », déclara-t-il, péremptoire.

Berthier poussait systématiquement le bouchon trop loin. Il adorait rendre service, et pouvait ainsi brusquer ceux qu'il tenait par la reconnaissance. Cependant, il le faisait avec tant de sincérité que personne n'osait le froisser, sous peine de ridicule. Il avait tellement pris l'habitude de regarder sa petite vie mesquine comme si elle était grande qu'il n'existait plus autrement que dans l'amplification. Tout était devenu extrême chez lui, ses mérites, ses prouesses, ses paroles. Il n'hésitait pas plus à avoir des excès de langage avec les gens qu'il devait respecter qu'à lancer des ordres à n'importe qui et à tout propos. Mais, là encore, ses outrances étaient si simplettes, ses sommations si maladroites, ses desseins si inoffensifs, que ceux à qui il s'adressait n'avaient pas d'autre alternative que d'acquiescer et d'en rire.

« Mais, euh…, répliqua Boni en bougeant sur sa chaise.

— Mais il n'y a pas de mais ! comme on dit chez nous. Ha ! ha ! ha !… La vieille ! Prépare la chambre de M. le commissaire. C'est comme ça qu'on dit, hein ? Et puis, au diable l'avarice ! Ce soir c'est rillettes maison et buffle-steak pommes frites. Vous allez voir, elle fait les meilleures rillettes d'Asie du Sud-Est. Non, sans rire. Eh ! reprit-il en se retournant. Demande au secrétaire d'aller inviter Rénot à manger. Qu'il lui dise qu'on l'attend. Allez, vite ! Dis-lui de prendre le vélo. »

La nuit était tombée en un clin d'œil, étouffante. Elle s'était élevée des arbres et la clarté lunaire jetait des ombres sur la Conservation. De loin, près du garage, les pétarades d'un groupe électrogène se mêlaient aux rots des crapauds-buffles. Rénot arrêta sa jeep sous le lampadaire de l'allée. Prohm et Chhüey, qui l'accompagnaient, se faufilèrent jusqu'aux cuisines par le jardinet. Il fit son apparition dans le salon, triomphant, avec à bout de bras un lacet de rotin auquel s'accrochaient les épines d'un gros durion.

« Ho, ho ! dit Berthier, tout émerveillé. T'as trouvé ça où ? Il est beau, hein !

— Tu parles, c'est un *mong thong* ! Ça vient tout droit du Siam, de Nakhon Nayok. Eh, eh, eh ! ajouta-t-il sur un ton satanique.

— Qu'est-ce que c'est ? demanda Boni. C'est ça qui sent comme ça ? Oh ! mon Dieu, quelle odeur !... C'est particulier, n'est-ce pas ?

— Ah ! Ça, c'est comme beaucoup de choses, répondit Rénot, énigmatique. Ta gueule ! Au début ça surprend, ensuite on ne peut plus s'en passer. Mais il faut en accepter les règles. Si, si... C'est le seul fruit au monde qui décide du moment de se faire bouffer. Faut être là. Vous avez tout juste le temps. Culé ! Avant, ses piquants acérés le rendent intouchable ; après, c'est foutu. Trop tard.

— Qu'est-ce qui se passe après ? interrogea Boni.

— Ben... il pourrit. Il se couvre d'une sanie rosée, infecte.

— Et comment on sait que c'est le bon moment ? Il siffle ou quoi ? dit l'inspecteur avec un clin d'œil.

— Il s'a-tten-drit, dit Rénot en détachant les syllabes. Ses épines s'amollissent. Il se fend par le bas, à peine, juste ce qu'il faut, de quoi laisser passer d'abord le doigt.

— Bah !... pas tant de chichis ! Ça va plus vite avec un bon couteau, trancha Berthier, l'œil brusquement querelleur. Donne-moi ça. Je vais te l'ouvrir en moins de deux, ton durion, tu vas voir.

— Non mais, qu'est-ce qui te prend ? Ma parole, t'es une brute ! dit Rénot, navré. Alors toi, c'est ça : tu dégaines tout de suite ! » ajouta-t-il en se tournant avec apitoiement en direction de l'inspecteur, l'air de dire : « Si c'est pas malheureux ! »

Le silence qui suivit jeta un froid que l'ethnologue tenta de dissiper.

« Aïe ! Tu vois ! Tu vas te faire coffrer avec tes conneries, insista-t-il un peu lourdement. C'est vrai, quoi. Ça se respecte ! Surtout comme ça, quand ça te fait signe, quand ça te guide... Je recommence. Donc, il s'adoucit et s'entrouvre. Là, tu le places délicatement devant toi, sur le dos. Tu mets le pouce dans le sillon ramolli, tu écartes sans forcer, en montant. Tu suis la ligne qui zigzague. Là... voilà. Et maintenant, qu'est-ce que tu vois ? Hein, dis ?

— Arrête ! Tu nous fais bander avec tes histoires... Allez, dépêche ! Hmm ! fit le chef de chantier en passant la langue sur ses lèvres.

— Tu vois un bulbe d'ambre fin, sans taches ni plis, dans sa tunique soyeuse, un peu mou, qui semble vouloir se dresser. Touche ! Ça ne colle pas au doigt. C'est ce velouté, ce moelleux qui garantit la pureté de la chair, à peine enrichie de délicates caroncules qui roulent sous la langue. Après, tu écartes bien — là tu forces un petit peu, maintenant c'est possible, mais seulement maintenant — et tu dégages la pulpe dorée, qui ne demande qu'à quitter son logement de nacre... comme ça. Alors tu prends la partie qui se tend vers toi, en la basculant à peine pour qu'elle vienne. Regarde. Voilà.

— Arrête, bon Dieu ! » hurla Berthier, comme ravi en extase, fier du numéro de son copain et prenant l'invité à témoin.

L'inspecteur, ravi lui aussi, s'approcha pour observer le quartier que lui montrait Rénot, sans pouvoir surmonter sa violente répulsion.

« Oh..., fit-il à regret. Franchement, pfff..., j'ai du mal. C'est l'odeur... je ne supporte pas.

— Ben ouais, quoi ! ça sent la merde, dit Berthier, satisfait. Et alors ?

— Je ne sais pas ce que tu veux dire, attaqua Rénot en haussant le ton, l'air fâché. Tu as l'odorat complètement perturbé ! Le parfum est fort, c'est vrai, mais ça fait partie du truc. »

La maîtresse de maison entra à reculons dans la pièce insuffisamment éclairée par le tube de néon, poussant la porte moustiquaire avec son dos, tenant à deux mains le plateau où elle avait disposé verres, glace, olives, cacahuètes salées et assiettes.

« Monsieur l'inspecteur, pardon ! dit-elle aussitôt. Berthier pas toucher sa canette ! » Elle fixait le policier d'un air tragique, sans se départir d'un sourire poli. « Cambodge, pas dire, pas voir, hein !… Berthier c'est pas griffes, c'est branches mortes. »

Sa voix, qui sonnait comme un grelot, se fêla sur les dernières syllabes. Elle retourna dans la cuisine.

« Mais qu'est-ce que tu viens nous chanter la messe, hein ? cria Berthier.

— Allez-allez ! intervint Rénot. Madame Berthier, venez-venez ! Il faut goûter le durion. Où est K'Prohm, K'Prohm ? K'Chhüey ? »

L'inspecteur prit la parole.

« Je ne voudrais pas qu'il y ait le moindre malentendu sur ma visite. Je le répète. M. Berthier n'est accusé de rien. Seulement, cette affaire est bizarre. On ne comprend pas. Et dans ces cas-là, la police soupçonne un peu tout le monde.

— Eh ! ça c'est votre boulot, rétorqua Berthier, le ton provocateur. De toute façon, le rombier qu'a fait ça, on a tout de suite compris, hein ? Pas la peine de faire un dessin. Une histoire de titine, tiens ! Toujours la même chose. Miam-miam ! Pas vrai, monsieur l'inspecteur ?

— Malheureusement, je crains que ce ne soit pas si simple, reprit Boni d'un revers de la main. En venant ici, ce que je voudrais, c'est d'abord trouver quelqu'un qui me guide jusqu'au chef de village. Celui-là, je veux lui parler. Monsieur Berthier ! dit gravement Boni qui aimait ferrer son homme. Voulez-vous me conduire à Ta Siem ?

— Moi ? dit Berthier après un sursaut, comme si la question ne lui était pas adressée.

— Voulez-vous me conduire à Ta Siem ?

— Moi ? Mais je suis incapable d'aller à Ta Siem ! J'ai pas fait attention à la route et ça change tout le temps !... Demandez ça au secrétaire. Faut dire qu'il avait une telle trouille, à glagla ! ça m'étonnerait qu'il y retourne, surtout après les accrochages de l'autre jour. D'ailleurs, maintenant, on passe plus par Vat Trach, c'est coupé. En plus, il s'était fait accompagner d'un beau-frère, je crois, censé connaître le chemin. Ce qui n'a pas empêché qu'on se paume des tas de fois. Non mais... vous n'imaginez pas. C'est une véritable expédition. Moi, c'est hors de question. Et puis quelle fatigue ! Je préfère encore la prison, eh ! eh ! eh !... Ça se voit que vous ne connaissez pas le pays, vous. De toute façon, G. B. voudra pas. Y a le boulot, je peux pas partir. »

Berthier gigotait sur son siège. Miss dormait à ses pieds ; elle ouvrit les yeux sur lui en bougeant la queue lentement. Il alluma une cigarette, sans contrôler le tremblement de ses doigts jaunis par le tabac. Il eut la désagréable impression que tout le monde s'en faisait la remarque.

« Y a qu'un type qu'est capable de vous y conduire, dit-il. Lui, en plus, il a rien à demander au patron. Mais c'est pas moi qui peux décider à sa place.

— Holà-holà ! tout doucement... Pas si vite ! » rétorqua Rénot, l'air de rien, tout en continuant à déguster son péché mignon.

Dans sa tête les choses se bousculaient cependant. Il entrevoyait les avantages d'une telle balade, aux frais de la police, avec toutes les autorisations nécessaires. Ce flic venait lui offrir la plus magnifique occasion qu'il aurait jamais de compléter ses relevés cartographiques et ethnographiques. C'était sans doute aussi la dernière possibilité d'explorer les traces du monde qui disparaissait. Les combats, la guérilla communiste de type chinois allaient mettre un terme à toutes les traditions. Celles-ci survivaient par leur vitalité, mais plus encore par leur éloignement, les difficultés de communication, l'impossibilité du moindre échange avec le monde moderne. Même la simple circulation des hommes, dans ce milieu dominé par l'animisme, la tyrannie des dieux, était réglementée par des interdits qui compliquaient la pénétration étrangère. La guerre allait tout faire disparaître. Ce serait aussi l'occasion d'approcher la famille de Prohm et de s'attacher la petite.

Il résolut d'y aller, plus exactement de voir venir. Rénot ne se ruait sur rien, il n'avait pas de but. Exister représentait une fin en soi, et, dans ce continuum, le péril était d'avoir à faire des choix. L'homme devait naviguer à vue, suivre le fil des choses, se régler pas à pas sur les événements, sans secousse, toute intervention arrivait trop tard.

« Ça fait un périple de combien de kilomètres ? » demanda Boni.

Rénot prit un air hésitant.

« C'est une mauvaise piste, sablonneuse, difficile. Faudrait aller jusqu'à Roluos, couper par Vat Trach…

— Non ! cria Berthier. Je te dis qu'on peut plus. T'es sourd ou quoi ?

— Bon, d'accord… et de toute façon filer sur le temple de Beng Mealea. Tiens ! ce serait l'occasion de jeter un coup d'œil sur la partie du préau ouest qui s'est effondrée. Le gardien est venu le dire l'autre jour. Et puis continuer jusqu'à Svay Leu. Là, ça fait quoi, hein ?… Une soixante-dizaine.

— Eh ben, t'en ajoutes quinze pour Ta Siem. Mais la piste est dégueulasse. On avait mis la matinée. T'as intérêt à avoir un treuil.

— Eh ! Tu vois qu'il connaît la route, dit Rénot. Comment sont les contrôles, vous avez vu des Viets ?

— Les petits frères de la côte ? Eh ! eh ! eh !… Je préfère ça que les Khmers rouges. Si t'es de la Conservation d'Angkor, ils te font pas chier. Quand ils t'arrêtent, tu dis : "CA ! CA !" Attention, faut pas se gourer, hein ! C'est pas CIA ! Eh ! eh ! eh !… Hein ? Non. Quelques paquets de cigarettes, et tu passes. Les Khmers rouges, c'est souvent des gamins. Si tu ne leur fais pas peur en affirmant que t'as une autorisation des "camarades vietnamiens" — des *mitt vietnam,* comme ils disent —, ils te tirent un coup de flingot dessus sans réfléchir, ces cons-là !

II

Pour sortir par la route nationale n° 6, fermée depuis le début du mois de juin, les militaires de Siemreap exigeaient des papiers officiels, visés par l'Intérieur. Un laissez-passer en bonne et due forme leur fut délivré, non sans mal, grâce aux relations de Rénot sur place et à La Tour qui, de Phnom Penh, avait mis sur l'affaire tout le poids de l'ambassade. En outre, Boni se trouva muni d'une demande de passage en vietnamien émanant des autorités françaises, pour le cas où ils croiseraient des troupes du Nord-Vietnam. De haute lutte enfin, il avait obtenu un ordre de mission signé conjointement par le représentant de l'Unesco et le conservateur d'Angkor.

Brinvillier s'y était d'abord vivement opposé, invoquant des impossibilités sans donner le début d'une explication. Il avait changé d'avis en apprenant que Rénot envisageait d'accompagner le policier. Son refus pouvait devenir suspect. Alors, il s'était rangé à l'idée que l'ethnologue sonderait le récent éboulement de Beng Mealea. Et, comme si leur voyage ne le souciait en rien, il avait émis la recommandation que Rénot prît des notes sur une région qu'il serait probablement le dernier à voir avant longtemps.

Pour l'inspecteur, l'aventure, la vraie, dont chacun pouvait rêver et attendre beaucoup en son for intérieur, allait commencer, avec une enquête délicate mais bien balisée. C'était la première fois depuis des années qu'il n'avait pas pitié de lui-même, qu'il ressentait l'envie de quelque chose.

Avant de s'endormir, Boni avait ouvert la fenêtre sur les arbres de la Conservation, et le garagiste l'avait réveillé aux petites heures du jour. La pièce s'était remplie de la rosée du parc. Il avait enfilé un short de planteur, avec des mocassins rouges et des chaussettes qui lui bombaient le mollet. La jeep était déjà dans l'allée. Son capot arborait l'écu bleu et blanc de l'Unesco à côté des entrelacs du sigle de l'EFEO.

« Hé ! l'explorateur ! plaisanta Berthier de sa voix haut perchée. Ah ! ah ! ah !... Amenez votre sac ici. Donnez ! »

La femme du chef de chantier arrangeait les bagages à l'arrière, s'ingéniant à coincer autant de pots de *prahok*, de bananes séchées, de sel que possible, sous le regard maussade de son mari qui regrettait maintenant de s'être exclu du voyage. Prohm et Chhüey protestaient en riant, la louant à haute voix, affirmant qu'ils n'épuiseraient jamais tant de provisions à eux tous.

« Pas perdu ! disait-elle avec force grimaces.

C'est donner aux gens aider sur la route. Là-bas y en a rien !

— Comment ça va ? » lança Boni de loin, à l'adresse des filles.

Il avança pour les saluer, mains jointes sous le nez, à la thaï. Rénot jeta un coup d'œil sur lui. C'était un gros mais son poids meublait fermement ses rondeurs, donnant à ses gestes une allure sympathique, à la fois gauche et alerte.

« Vous venez aussi ? leur dit le policier. J'en suis ravi. C'est une très bonne idée.

— Deux rombiers tout seuls, ça ne va jamais très loin ! répliqua Rénot sans lever le nez. Ça n'inspire pas confiance. Bon. Allez ! On y va-on y va ! dit-il, le ton catégorique, tout en continuant à sangler un jerrycan d'essence supplémentaire que leur prêtait Berthier. Sinon, c'est plus la peine ! À partir de maintenant, on se bouffe le bénéfice. »

La voiture traversa Siemreap. Boni renonça à prendre une soupe chinoise au marché mais voulut faire un saut à l'hôtel, où son collègue n'avait pas passé la nuit non plus. Le réceptionniste lui remit un message qu'il glissa dans sa poche avant de regagner la jeep en courant. À l'entrée comme à la sortie de la ville, ils furent arrêtés aux barrages malgré leurs autorisations et durent parlementer avec les soldats, qui provoquaient les deux filles par des œillades agressives.

Ils roulèrent en direction de Kompong Thom, en pleine rizière, sur l'ancienne route coloniale totalement déserte, encombrée d'amas terreux. Un kilomètre plus loin se dressait une barricade d'objets divers, amoncelés sur toute la largeur de la voie, qui pouvait être piégée. Rénot sauta de la jeep, furieux, embarrassé, hésitant sur l'attitude à suivre. Sans que personne lui eût rien demandé, Chhüey descendit elle aussi, remonta son sarong entre les jambes, plissa les yeux et trempa le bout de son pied dans l'eau froide qui débordait sur l'asphalte ; elle pénétra jusqu'à la ceinture dans le fossé, au fond duquel se couchaient les longues herbes de la berge. De l'autre côté, elle lança quelques mots à d'éventuelles sentinelles, fouillant du regard chaque bosquet qui bordait la chaussée. Elle examina l'enchevêtrement de chaises, de caisses, de rondins qui formait la barrière, puis s'assura qu'on pouvait sans dommage y ouvrir un couloir.

Boni était médusé. Il ignorait qu'une femme, ce pouvait être cela aussi. Sa silhouette de gamine maigrelette, sans hanches, sans derrière, n'avait pas retenu son regard sur le coup ; il l'avait imaginée avec des jambes fluettes. Or les longues cuisses claires qu'elle venait de mettre au jour donnaient immédiatement envie. Un instant, il avait pensé intervenir pour l'empêcher de prendre des risques, mais Rénot l'en avait dissuadé d'un geste, laissant entendre qu'elle savait ce qu'elle faisait, avec l'air de dire, non sans fierté : « T'occupe ! regarde plutôt. » Car oser, devancer, se livrer la première, était un point d'honneur, un orgueil de la femme asiatique, un pli ancestral que Boni ne pouvait connaître.

Il y avait plus de dix ans que Chhüey était chez Rénot, où sa grande sœur faisait la cuisine. Tout de suite, elle s'était mise à nourrir pour ce *barang*[1], qui ne l'était qu'à moitié, une totale confiance mêlée d'adoration. L'homme était respecté dans le village, être en sa compagnie l'emplissait de dignité. Il était si gentil, si drôle, si fort, que plus la proximité dans laquelle elle vivait avec lui était devenue grande, plus elle y avait trouvé de nouveaux sujets de s'attacher à lui. La vie à ses côtés paraissait si enviable qu'elle avait instinctivement peur de se retrouver seule. Dans sa jeune tête de paysanne qui attendait beaucoup de l'existence, elle s'était jurée de ne jamais le quitter. Aussi voulait-elle l'accompagner partout, dans ses déplacements en brousse comme dans les monastères, et lui la laissait participer à ses recherches. De loin, on la voyait le suivre de son pas léger, à quelques mètres de distance. Parfois, chez le Chinois ou au marché, elle intervenait pour protéger ses intérêts, comme s'il s'était agi des siens, allant jusqu'à prendre sa défense quand il avait une altercation avec un ivrogne, un commerçant ou un fonctionnaire, à cause de son tempérament soupe au lait. Les habitants du village, tout autant que les Français, riaient de cette petite bonne femme qui veillait sur Rénot avec tant d'attention. Quelquefois, la nuit, alors que les autres filles occupaient les nattes qui recouvraient le plancher de la chambre commune, il la retrouvait endormie au creux de son lit, où il allait s'allonger quand

1. Français.

même, sans la réveiller. À certains moments, dans son sommeil, elle se serrait contre lui. Il la laissait, trop heureux de ces instants. Sa fraîcheur à son côté le calmait. Il la regardait sans la toucher, de même qu'il n'aurait jamais songé à cueillir une orchidée sauvage. Les années passèrent, et l'adolescente devint une femme, bientôt curieuse du corps de l'homme avec qui elle vivait. Dans l'obscurité, ses doigts légers hésitaient parfois, et ses premières hardiesses se dissimulaient sous son innocence. Lui n'intervenait jamais, refusant d'instruire ou de contrecarrer, la laissant vivre et agir à sa guise. Rénot aurait souhaité que ces moments n'évoluent pas, qu'ils se reproduisent indéfiniment.

Chhüey était une drôle de fille, une fleur étrange. Son corps était exempt des arrondis généreux qui épanouissaient celui de Prohm. À l'âge où la chair commence à s'émouvoir, les parties de son corps qui auraient dû s'amplifier étaient restées immatures. L'inventivité et les goûts épurés de Rénot allaient rencontrer ce défaut en particulier. C'est à cette grâce dépouillée que les carences naturelles avaient miraculeusement donnée à ses lignes qu'il prêtait toute son attention, quand il la faisait se dénuder devant lui. Il y avait dans sa maigreur une indécence qui charmait. Toute frémissante sous ses regards, les plus légers mouvements de son bassin le tenaient en haleine. Il aimait s'allonger sur le dos, elle debout par-dessus lui. Dans ces instants bénis, ses seins petits et ronds se séparaient en haut du thorax, entre ses longs bras, et devenaient superflus ;

car sous son ventre musclé de garçon où gaufrait le nombril, son pubis presque imberbe pointait le bout de la langue, amusant bigorneau capuchonné que Rénot ne se lassait pas d'aspirer pour l'attirer tout vivant hors de sa porcelaine.

Des femmes, il n'en manquait pas ; aucune des étreintes qu'il goûtait avec d'autres cependant ne lui faisait découvrir à ce point l'exquise sensation des caresses, la piquante volupté de titillations silencieuses qui renouvelaient en lui les excitations de l'amour. Ces instants avec Chhüey, dont il n'avait jamais lui-même l'initiative, l'avaient ouvert à de nouvelles formes de jouissance qui avaient pris le pas sur les autres. Jusqu'au jour où le père, approché par la famille d'un jeune homme, était venu reprendre sa fille afin d'arranger un mariage. Chhüey s'était cachée pour pleurer toutes les larmes de son corps. De son côté, Rénot refusait de voir partir une femme engagée à ce point dans sa propre existence. Le prix qu'il attachait à ses yeux rieurs, si avides, si proches, ne tenait à aucun préjugé : il surpassait l'entendement. Il avait besoin du son de sa voix, cette voix espiègle, hardie, qui d'instinct visait toujours en lui le fond intime de l'homme. Il était allé aussitôt supplier le vieil *achar*[1] du village de mettre tout en œuvre pour organiser son propre mariage avec la petite et verser une compensation à la famille du garçon. Le vieillard avait plusieurs entremetteuses de qualité sous sa coupe et parvint à retourner la si-

1. Officiant laïque, chargé des pratiques cultuelles et des rites.

tuation. Au cours d'une cérémonie qui restait le plus beau jour de sa vie, Chhüey était donc devenue la maîtresse de maison.

Assez vite, cependant, les sens de Rénot dans la force de l'âge avaient libéré d'autres désirs : découvrir, regarder, prendre contre lui des filles qu'il ne connaissait pas. Rénot avait abstrait ce goût de la femme auquel il consumait sa vie, pour en tirer la conviction qu'il était renouvelable à l'identique, à condition de perpétuellement le remplacer. C'était là compter sans l'écoute de Chhüey, unie à lui par tant d'affinités, qui comprit que si n'importe quel jeune et joli corps serait dorénavant toujours mieux désigné que le sien pour répondre à l'attente de son homme, il lui revenait d'ambitionner une autre place pour elle-même. Elle sut se soustraire par un silence parfait aux dangers qui la menaçaient. Voyant tout et ne disant rien, ce fut elle toujours qui partagea son grand lit.

Rénot lui était reconnaissant, tout en refusant de prendre la mesure du sacrifice qu'elle faisait. Il avait une règle, qu'il suivait rigoureusement et dont personne n'aurait su dire s'il s'agissait d'une faiblesse, d'une infirmité, ou si, au contraire, c'était de là que lui venait cet étrange pouvoir sur les êtres : jamais il ne cherchait à se mettre à la place de l'autre. Sur ce point il était une sorte de bête, qui n'exigeait rien de personne, qui n'attendait rien de son prochain, mais qui happait ce qu'on lui tendait. À l'image du paysan cambodgien, il était généreux par intérêt, calculateur par tempérament, et trop inattentif pour approfondir les choses. Cette attitude prévalait dans ses amours, où il ne respectait l'autre que s'il en tirait un bénéfice immédiat, sans indulgence, persuadé que l'inverse conduisait à l'impasse. Tout le temps que durait sa domination sur une nouvelle convertie, celle-ci ne pouvait rien faire de ce qu'elle désirait ; il lui fallait oublier ses goûts, subir ses bontés, consentir à ses voluptés. Il appliquait imperturbablement dans ce domaine une sorte de philosophie de son cru qui lui faisait rejeter toute charité, parce que, disait-il en chantonnant entre ses dents, « la bandaison, papa, ça n'se comman-de-pas ! ». À chaque passade, il offrait simplement à Chhüey le même bracelet, la même bague ou le même collier en or qu'à la nouvelle élue. La jeune femme recevait publiquement son cadeau comme un tribut expiatoire et une preuve d'amour qui renforçaient ses droits sur lui. Très vite, à ce jeu, elle lui devint indispensable. Il la consultait, et c'est à elle, d'abord, que la dernière devait plaire.

Parfois, quand il en désirait une autre, elle lui demandait : « Tu ne m'aimes donc pas ? » Mais comme il l'aimait et qu'il vivait depuis toujours dans le respect des femmes afin de sauvegarder son indépendance, Rénot en était sincèrement venu à prendre ses passades pour un vœu de son épouse.

Ils refermèrent derrière eux la barricade en rempilant les chaises. Prohm s'empressa d'aider Chhüey à passer un sarong sec. La voiture repartit en hâte, au milieu des rizières abandonnées, traversant une vaste région inondée où surnageaient des îlots de palmiers noirs. La clarté diffuse du matin avait blanchi le ciel. L'air chaud s'engouffrait en claquant sous la bâche, frappait les visages, faisait voltiger les cheveux. Ils passèrent devant plusieurs grands monuments qui dressaient leurs tours non loin de la route.

« C'est quoi celui-là ? » demanda Boni en indiquant la haute pyramide d'un temple à gradins, profilée au-dessus des arbres.

« Bakong ! Bakong ! *lok*, répondirent d'une seule voix les deux filles.

— Oui, mais la visite, ça sera pour une autre fois, si vous voulez bien, dit Rénot. D'accord ? D'ailleurs, bon, c'est un bel ensemble, mais entièrement reconstruit, ajouta-t-il en faisant la moue. Alors c'est plus beau de loin que de près. L'anastylose, c'est un truc d'architecte. C'est bien du dehors. Culé ! Trlrl... Pour faire des photos. Sinon dedans, ça vide tout. On s'emmerde. Y a plus de présence. C'est comme une poupée gonflable ou, si vous voulez, un leurre. Ça remet seulement les volumes et les ouvertures à leur place. Ils démontent tout pierre par pierre, et puis ils les remettent bien comme il faut dans l'ordre, sur une base en ciment armé. Pfeuh ! Pfeuh ! L'anastylose, c'est ça. »

Le paysage changea. Ils entrèrent dans une zone où le sol exhaussé, couvert de bosquets épineux et de licualas, laissait apparaître çà et là d'immenses reliques défeuillées, aux pieds blanchis par les feux de brousse. Rénot ralentit tout à coup. Il engagea la jeep le long du bas-côté, la laissa bringuebaler et se frayer un passage en zigzag parmi les coulées d'eau, les souches, les touffes d'herbe. Il regarda Boni, se rengorgea, et l'avisa avec une voix de tête qu'ils quittaient les douceurs de l'asphalte pour se livrer aux joies de la piste sablonneuse.

« Le "gosier *toulousaing*" » ! commenta-t-il avec un air théâtral, et il émit coup sur coup, en contractant la bouche, plusieurs plaintes prolongées d'un vibrant trémolo.

Cependant ses yeux ne quittaient plus le rétroviseur. Des hommes en armes, aperçus de loin sans rien dire, et qu'il avait tenté de contourner en coupant la brousse, s'étaient détachés du carrefour et les rattrapaient à la course.

« Vous ne bougez pas ! Je reviens-je reviens », dit-il à Boni et aux filles en sautant de la voiture.

L'estomac de l'inspecteur se serra à la vue des soldats qui se précipitaient dans leur direction. Sa chemise plaquée par la transpiration se décolla avec une sensation désagréable de froid. Aucun buisson ne bougeait. Tout devint présent : le grésillement des insectes, les exhalaisons du sol, le silence des deux filles à l'arrière. Il vit revenir l'ethnologue qui faisait de grands gestes, se retournait en marchant, et quatre hommes en noir qui le suivaient à distance. C'étaient de jeunes paysans à l'esprit noué, hésitant sur la manière d'appliquer leurs consignes. L'un d'eux se pencha pour regarder sous la bâche.

« Où vas-tu ? » demanda-t-il, désignant Boni de son arme.

L'inspecteur se tourna vers Rénot.

« Petit frère ! parle avec moi, répondit l'ethnologue. L'étranger ne connaît pas la langue. Nous sommes français. Nous devons aller à Beng Mealea, je te l'ai dit.

— Où allez-vous ? dit à nouveau le Khmer, cette fois aux deux filles, comme si les mots de Rénot n'avaient pas atteint son cerveau.

— À Beng Mealea, répondit Chhüey. Que le grand frère ne s'étonne pas ! Les deux Français travaillent à la Conservation d'Angkor. Ils ont des autorisations. Nous les accompagnons. La famille de la petite sœur qui est ici avec moi habite là-bas, dans un de nos villages, grand frère, *euy* ! »

Le garde examinait tout d'un air qui traduisait aussi bien la cogitation que l'embarras. Il jeta de nouveau un coup d'œil aux papiers tamponnés que Rénot brandissait.

« Vous serez arrêtés au barrage de Vat Trach. Ils ne laissent plus passer. La route est fermée. »

Boni ressentit le besoin d'en griller une. Il sortit ses Gauloises et imprima des secousses au paquet qu'il tenait dans ses doigts. Avec un sourire niais, le chef pinça le bout d'une cigarette entre ses gros ongles. Boni l'alluma à l'aide d'un briquet tempête qu'il lui laissa sans un mot.

« Elle a été coupée à plusieurs endroits par des tirs d'artillerie », dit le milicien en faisant demi-tour.

Il entraîna ses hommes avec lui d'un coup de tête, soudain pressé de regagner le carrefour de Prek Dam.

« Eh bé dis donc ! fit Rénot au bout d'un moment, l'œil sur l'inspecteur comme s'il le mettait en joue. "Pécaïre", qu'ils diraient chez nous. On sait y faire dans la police, hein ? Chapeau !

— Bof ! J'en ai toujours une demi-douzaine dans mon sac. Mais ça, c'est pas la police, c'est la Thaïlande. Putain ! » grogna-t-il, mettant tout à coup la main sur le message de l'hôtel.

Il sortit l'enveloppe pliée de sa poche.

Rénot regagna sa place derrière le volant et se frotta les mains avec tant de vigueur qu'on eût dit qu'il voulait qu'elles s'enflamment.

« Vous êtes sûr que Berthier ne ferait pas de mal à une mouche ? demanda Boni en remontant dans la jeep. Vous êtes sûr ?

— Mmouais... je crois », répondit Rénot. Il tourna le démarreur. « Mais bon !... Pourquoi ?

— Parce que là, le collègue flic resté à l'hôtel, il me passe la copie d'un procès-verbal d'audition. Une bonne femme, euh... Casseneuve, Gilberte, quarante-huit ans, française, en visite à Angkor. Elle a déposé une plainte contre Berthier. Tentative de viol. Ça remonte à quatre ans. »

L'ethnologue manipulait le volant dans un sens puis dans l'autre et franchit un effondrement du sol dans lequel la voiture patinait.

« Attendez ! Mais c'est une vieille histoire ! Ça avait fait rigoler tout le monde. Pfeuh ! Ta gueule ! Quel couillon aussi ! Draguer un laideron pareil ! Plus elles sont moches, moins elles se laissent baiser. »

Rénot parut franchement dégoûté.

« Faut dire qu'il y avait plein de mecs qui faisaient la même chose, continua-t-il. C'est vache à dire, mais que voulez-vous. L'ingénieur, le géomètre, le tailleur de pierre, le chef de chantier, ils étaient tous mieux que lui ! Et là, chacun pour soi, hein ! C'était à celui qui embarquerait la plus belle à l'aéroport. Han ! Culé ! Eh bien, je vais vous dire. Faut pas croire, souvent ça marchait. La fille passait un week-end de rêve, tiens ! Visite des temples, voiture décapotée, romance, ciel étoilé… Tout ça impunément et pour pas un rond. Berthier tentait sa chance auprès de celles qui restaient. C'est comme ça qu'il est tombé sur cette coincée. De toute façon, bon. Ça fait bientôt dix ans que je le connais, je vais vous dire. Vous voulez savoir ce que je pense ? Il est au poil, comme ça, mais on peut pas compter dessus. Pour le reste, il est pas pire qu'un autre. Je crois que vous feriez fausse route en vous obstinant sur lui. Ce truc-là, le truc de Ta Siem, c'est autre chose. Vous verrez ce que je vous dis.

— Arrêtez, voyons ! Si vous voulez disculper votre copain, ne le présentez pas comme un type normal. Car plus j'y pense, plus je crois que le mec qui a fait ça est tout sauf pervers.

— Holà ! Moi je ne veux rien disculper du tout.

— Dites, s'il vous plaît, fit soudain Boni, désolé. Excusez-moi, vous pouvez stopper ? Faut vraiment que je pisse. »

Rénot immobilisa les roues entre deux flaques fangeuses. L'inspecteur avança de quelques pas pour contourner un buisson, derrière lequel il rejeta le torse en arrière et pencha la tête avec soulagement.

La jeep rejoignit le sillon carrossable qui fendait le paysage plein nord, avec une rectitude si parfaite qu'on l'aurait dit tracé au cordeau. Un tel alignement ne pouvait être qu'une marque hostile de l'homme ; il contrariait les lois de la création et blessait la vue. Sur l'affleurement granuleux de la terre, où tout caresse l'œil quand c'est l'œuvre du temps, rien n'est droit. Du ciel, c'est ce qui permet de distinguer d'emblée la route ou le canal des rides émouvantes que forment les rivières, les montagnes, toutes produites par l'oscillation des fluides mystérieux qui courent à sa surface. Seules les œuvres humaines assujettissent la nature à cette rectitude, tout comme les systèmes de pensée échafaudent leurs doctrines en suivant toujours le même tracé simplificateur.

Une couche de latérite labourée par les inondations recouvrait les premiers kilomètres. Un nuage cuivré s'élança dans leur sillage, d'abord en roulant et en se rabattant au sol, pour lentement se fondre à la surface, puis s'évaporer dans le lointain.

« Il n'y a pas de vietcongs ? demanda Boni en observant la lisière d'un village dont le reflet s'inversait dans l'eau moirée du fossé.

— Oui, eh bien c'est tant mieux ! répondit Rénot, la bouche en coin.

— Ah ! je n'y comprends donc rien, fit l'inspecteur. Je croyais qu'ils étaient plus compréhensifs que les Khmers rouges, moins dangereux.

— C'est pas une raison. Pour nous, martela Rénot, à partir de maintenant, ce qui est dangereux, très dangereux, c'est d'être témoins de quelque chose. Attention ! On entre dans un immense théâtre, au milieu des acteurs, dans des coulisses merdeuses. Pas de curiosité. Se détourner au bon moment. Moins on en saura, mieux on se portera.

— C'est quoi le risque ?

— De tomber sur du top secret. Une unité nord-vietnamienne par exemple, avec tout le bataclan. Là, je peux te dire qu'ils n'hésiteraient pas longtemps. Tous les mecs qui se sont fait pincer et qu'on n'a jamais revus, ils étaient devenus des témoins de la présence vietcong, sans l'avoir cherché. C'est pas comme au Sud-Vietnam où les *bodoï* font le coup de feu sous leurs propres couleurs. Ici, vous comprenez, c'est un pays frère mais c'est pas chez eux. Ils ne veulent pas passer pour des envahisseurs. Ils se cachent derrière des soulèvements populaires, censés fournir les troupes antirépublicaines. La propagande de Sihanouk, à Pékin, nie leur existence. Tu parles ! Ils ne seraient que de simples conseillers, comme il y a des Sud-Coréens à Phnom Penh. Des Khmers rouges tout seuls, à la rigueur, on pourrait les photographier. Mais s'il y a des Viets avec eux, on fait le con. Faut regarder droit devant soi, et-ne-rien-voir ! »

Coup sur coup, trois obus miaulèrent dans le ciel au-dessus d'eux, suivis juste après des détonations étouffées de l'artillerie.

« La vache !... Quelle bande d'abrutis ! fit rageusement Rénot. Ils tirent sur Dam Dèk. Juste comme ça, au pif ! Ils arrosent les patelins qui se trouvent à leur portée. Ordres de Phnom Penh. Bon Dieu ! Il faudrait leur supprimer le canon et l'avion mitrailleur. Ça ne sert qu'à jeter les survivants dans le giron du parti. Les commissaires politiques boivent du petit-lait. Quoi ? Ça obligerait les soldats de Lon Nol à aller dans la rizière, oui. À entrer dans les villages, à parler avec les habitants, à se renseigner, à déloger les Khmers rouges des bases qu'ils se construisent peinards. À être moins cons. »

Boni écoutait et fixait la route. Rien ne l'emplissait de pensées incommensurables comme de regarder dans le vague. L'eau jaune débordait sur la piste, le vent avait une odeur de pluie. À perte de vue, le licuala buissonneux recouvrait la terre devenue inculte. Des crevasses entamaient le sol, perfides, obligeant les roues à buter dans le fond d'ornières remplies de boue. Le ciel bas dispensait une lumière livide. Les nuages circulaient au-dessus de leur tête dans un silence total. Adossé au moutonnement des chaînons gréseux, dont les lignes mastic s'estompaient au-delà de l'horizon, le versant grisâtre des premiers contreforts s'émaillait d'enchevêtrements bleus, assombris par des massifs de ronces. L'effondrement au loin d'un éperon rocheux couvert de haute forêt mettait la terre à nu : au-dessus, la pellicule infime du sol nourricier ; en dessous, l'insondable blancheur de la montagne stérile. L'homme depuis toujours veut débusquer la vie à coups de pensées profondes, sans soupçonner que c'est peut-être à la surface que ses mystères se cèlent. C'est dans la beauté des formes auxquelles nos yeux ont un accès que se contemplent les lois de la nature.

Alors qu'ils passaient par des villages étroits, entre des haies de cases vides et de cocotiers à l'abandon, Boni se sentait malgré lui agité de sentiments confus, débouchant sur un malaise presque insupportable. Il y avait dans cet environnement où ils entraient avec lenteur quelque chose d'hostile qui le forçait à se pelotonner. Il se serait mis à trembler sans la proximité de Rénot, dont le calme semblait propre à dissiper les périls. D'une main franche, précise, l'homme détournait la jeep, contournait les ombres qui glissaient sur la piste tels de sinistres mirages.

« Oh, là là là là !... Quel désastre, putain, gronda l'ethnologue en ralentissant, l'air anéanti. Regardez ça ! Il y a moins de deux ans que j'étais pas revenu. À l'endroit même où on est...

— *Lok !* l'interrompit Chhüey en lui secouant l'épaule. Prohm est malade, elle va vomir. Arrête ! Elle veut descendre. »

Il stoppa net et se retourna. Prohm, prise de nausée, eut à peine le temps de plaquer une main contre sa bouche et de sauter du véhicule.

— Ça, fallait s'y attendre ! dit Rénot, contrarié. Oh ! mais elle n'est pas la seule. Dès qu'on roule un peu, ça leur remue l'estomac et elles sont toutes malades.

Un second haut-le-cœur arrêta la jeune fille sur le bord du talus. L'inspecteur vit sortir un long ver de sa bouche. Il se retourna stupéfait.

« Ben oui !... Elle a des ascaris, constata Rénot. Ça non plus c'est pas étonnant, avec tout ce qu'elles mangent aussi. Bon. Allez, va ! Voyez plutôt ce que je vous disais. Tenez, on voit encore les souches. La dernière fois que je suis passé ici, c'était un reliquat de belle forêt. Ta gueule ! Avec des voûtes d'arbres successives, un sous-bois circulable, aisé, orné de palmes, sous un bel étagement de feuillage. Maintenant, vous voyez ? Ça, moi, ça me rend malade. Non, vraiment. La piste passait là-bas, ici on est sur la nouvelle chaussée. Quel gâchis ! Ce qu'on voit de chaque côté, ce sont des essences cicatricielles, qui montent très vite et font illusion parce qu'elles s'enchevêtrent, mais regardez, tout est coupé, fureté, cassé. Y a plus une seule tige digne de faire un arbre qui ne soit pas tailladée. Enfin, c'est ça les routes ! Hein ? dit-il en regardant le policier. Avant il n'y avait pas de coupes sauvages. Seulement un paysan par-ci par-là, avec ses propres besoins. Maintenant, ce sont les militaires, et y a pas qu'eux. Ils évacuent tout de suite le bois par camions entiers pour le vendre aux Thaïs. »

Boni avait toujours aimé les routes, sans se poser de questions. Il n'avait jamais eu l'idée que la construction de voies de communication puisse avoir d'autres effets que de vivifier la circulation entre les hommes et entre les pays. La déconvenue de l'ethnologue lui fit de nouveau sentir combien celui-ci différait de tous les êtres qu'il lui avait été donné de rencontrer. Cet homme bénéficiait d'un autre sens pour contempler la nature, observer les choses, et ce don, cette expérience qu'il n'hésitait pas à partager engageaient l'autre à des méditations, à des changements suffisamment profonds pour devenir intérieurs. Ses enthousiasmes, ses jugements péremptoires étaient même de nature à ranimer d'étranges souvenirs, des réflexions anciennes que Boni entrevoyait maintenant à travers lui, à faire avancer jusqu'au bord d'un monde plus vrai dont l'éducation détourne. Il découvrait à côté de lui ses gestes nerveux, incessants, sa pensée devenait lisible, sensible, aussi forte que le vent, la pluie, l'azur ombrageux devant eux sur la route. La force de Rénot, c'était la faculté d'utiliser ses idées comme des faits extérieurs, d'établir des liens entre des apparences tout à fait disparates. Il le voyait — car ce que disait Rénot prêtait d'abord à voir — traiter de la beauté, de la cruauté, comme d'un problème de mécanique ou de chimie des sols, puis, la minute suivante, parler du paysage et des rivières comme de phénomènes vivants, régis par des lois qui étaient aussi les siennes.

Prohm remonta dans la jeep et ils repartirent. L'inspecteur sonda une fois encore, de tout près, les traits anguleux que la nature avait assortis pour élaborer le visage éclectique de son compagnon. Le grossissement en trahissait les détails comme autant de secrets. Lui, l'air de rien, se laissait dévisager, tel un être consentant.

« Regardez ça ! s'écria Rénot en décélérant brusquement. Vous voyez ? »

Boni cessa de respirer et jeta des regards précipités dans tous les sens.

« Là ! là !... Juste devant nous, bordel ! »

À trente mètres, un homme entièrement nu était penché au-dessus de la vase du fossé dont il lapait la surface. Sa barbe, sa tignasse hirsutes trempaient dans l'eau rougeâtre. Il se releva, avança sur eux d'un pas rapide, dandinant sa taille, protagoniste de quelque danse macabre. Son extrême maigreur était frappante : de la peau desquamée sur des os. Un péricarpe d'aréquier, dont la tige lignifiée passait entre ses jambes, lui servait de cache-sexe. Les deux filles se jetèrent sur le bord du chemin pour lui rendre hommage. Il croisa la voiture, l'œil hagard, et passa sans noter la présence de personne.

« Qu'est-ce que c'est que ce guignol ? demanda l'inspecteur ahuri. Incroyable ! Il ne nous a même pas vus, n'est-ce pas ?

— Un ascète, ou un fou. Comme vous voulez. Ici, c'est une manie. Ta gueule ! Culé ! Passé un certain âge, y a un paquet de religieux qui décident de quitter le monde, comme ça. Ils deviennent des ermites. On les classe en fonction de ce qu'ils mangent encore. Aliments cuits ou crus, cultivés ou glanés, avec des périodes de jeûne de plus en plus longues. L'issue attendue est la mort. Pas rien, hein ?

— Oh ! fit Boni presque avec émerveillement. À ce point-là ? Pff... Ce type n'est déjà plus le contemporain de personne. Incroyable. Vraiment troublant.

— Oui, eh bien, très peu pour moi ! dit l'ethnologue. C'est pas trop mon truc, vous voyez ? insinua-t-il avec des yeux fripons.

— Ah ! Et qu'est-ce que vous en savez après tout ? Ne plus se consacrer qu'à soi-même, forcer la mort. C'est peut-être ça la solution, finalement. Non ? Se soustraire aux voluptés du monde, à moins que ce ne soit à ses douleurs. »

Ce disant, il se prit à songer que Rénot semblait tout savoir mais, comme l'entomologiste, sans s'intéresser aux replis du cœur, ni à autrui, seulement aux catégories. Les mêmes types de réflexes ou d'affirmations lui venaient à tout propos, à l'exemple de ces savants qui campent sur leurs acquis beaucoup plus qu'ils ne pensent.

« Putain ! T'as pas soif ? s'exclama Boni sans transition. Euh... dis, on peut pas se tutoyer, non ?

— Oui-oui. Ta gueule ! C'est plus facile pour le subjonctif », répondit Rénot, puis d'un air préoccupé, en se retournant : « Où est l'eau ? K'Chhüey ! l'eau, l'eau... L'inspecteur, il a soif. »

Avant d'arriver au carrefour de Vat Trach, la voiture ralentit près d'un embranchement recouvert de broussailles, quitta la voie principale et obliqua en chuintant. Les pneus imprimèrent leur dessin dans le sable gorgé d'eau, comme dans de la cire à cacheter. Rénot connaissait ce raccourci « jeepable », qui serpentait entre d'immenses souches le long de la berge du Stung Roluos. Les masses de fougères au bord du sentier enserraient la voiture et barraient la vue.

Ils débouchèrent sur le contrebas de l'antique chaussée qui conduit, depuis huit cents ans, d'Angkor à Beng Mealea. Un vieil assemblage de pieux renforçait la digue. Il avait cédé en même temps qu'une partie du pont qui enjambait le *stung*. Sur une très longue distance, le sol rouge semblait se relever, grand pli de terre nue creusé par l'érosion. D'inquiétantes fissures s'ouvraient, à des hauteurs inégales, comme des meurtrières, dans leur direction.

« Avec un peu de pot, assura Rénot en arrêtant la jeep, on évite le contrôle de Vat Trach et un paquet d'emmerdes. »

La chaleur s'immobilisa dans l'aplomb du zénith. Une ronde d'insectes, de mouches, de moustiques jaillis du néant se mit à bourdonner. Rénot se déshabilla, abandonnant ses vêtements là où ils tombaient. L'eau sombre frangeait la piste avec la fluidité d'une huile transparente, et il y pénétra, provoquant le plongeon précipité des grenouilles. Boni eut à peine le temps d'entrevoir la blancheur de ses fesses dans l'éblouissement de la lumière qu'il fut pris d'un vertige. Quand il rouvrit les yeux, les deux filles étendaient une natte qui faisait des bosses et disposaient les éléments d'un repas dont la vue le remplit de bien-être : poisson fumé, abats de poulet, riz, gros sel, piment frais. Rénot rappliqua, ses vêtements remis à la hâte, et ils repartirent en passant la rivière à gué.

Il se mit à pleuvoir.

La route de Beng Mealea, sur laquelle Rénot parvint à hisser la jeep en mettant le crabot, était pareille à celle qu'ils avaient quittée, sans virage, sans croisement, déprimée, avec les mêmes plantes d'accotement pour retenir ses pentes. Elle entrait dans un sous-bois de perchis et de lianes à l'intérieur d'une mosaïque plus dense, marquée d'alternances nouvelles de forêt clairière et de forêt basse où pullulent les cervidés. Dans le lointain, de hauts palmiers élæis, espacés ; leurs têtes secouées par le vent goupillonnaient la plaine.

« Dis, fit Boni, je voulais te demander. Qu'est-ce que c'est qu'elle a sur les dents ?

— Qui, elle ? Prohm ?

— Hmm.

— Hein ?

— Oui, Prohm.

— C'est de la laque. Le laquage des dents : un ancien rite de puberté. Autrefois, dans la péninsule, c'était tout le monde. Ça ne se fait plus beaucoup aujourd'hui. Mais les poètes chantent encore la beauté des femmes dont le sourire brillait d'un éclat de jais. Leurs dents étaient comparées aux graines de la pomme cannelle.

— C'est une vraie paysanne, alors… hein ? En plus, c'est rare ! Eh bien, la môme de Ta Siem avait les dents laquées aussi. »

La jeep avançait par secousses. La tête de Boni ballait d'avant en arrière au rythme des cahots. Agrippé à l'armature de la bâche, le regard filant sur les contreforts du Kulen qui se ramifiaient en creusant des vallées, il eut un sourire.

« Ah bon ? » répondit Rénot, l'air de dire : « Est-ce bien sûr ? »

« Et ses oreilles ?

— Quoi, ses oreilles... Les oreilles de Prohm ?

— Ben oui, les lobes comme ça, distendus.

— Ah ! ça c'est autre chose. C'est pareil. Trlrl ! La dernière fois que j'ai vu le même truc sur des filles, c'était au Sud-Vietnam.

— Et jamais ici ?

— Juste après la démobilisation, près de Nha Trang, à côté d'un village cham hindouiste. Je devais faire une période militaire dans un poste de la Légion. Je me souviens que les filles avaient encore les seins nus et le lobe de leurs oreilles était agrandi par un anneau, vachement large. Avec pompon rouge et pendentif en or. Fallait voir !

— Ça n'existe pas au Cambodge ?

— Les oreilles percées, oui, bien sûr. Mais les lobes cerclés, comme ça, pas chez les Khmers. Seulement les tribus montagnardes. Ça a dû exister dans le temps. L'usage s'est perdu. Non, c'est vrai, comme elle c'est pas courant, reconnut-il avec cette mimique proche du dédain qui lui était particulière quand il se disposait à affirmer quelque chose. C'est sûr qu'elle doit quand même venir d'un coin sacrément paumé !

— Bon, fit Boni. Eh bien, la môme de Ta Siem avait le lobe des oreilles cerclé. »

Rénot demeura un instant perplexe.

« Faudrait pouvoir être sûr, dit-il. Tu sais que les gens, ils disent n'importe quoi, hein ?

— Tout cela est dans le rapport d'autopsie, répondit Boni après le petit silence nécessaire pour avoir prise sur l'interlocuteur. C'est écrit noir sur blanc. »

L'idée effleura Rénot que l'inspecteur s'amusait un peu, et cela l'agaça. Ses questions étaient posées de telle manière qu'au bout du compte il en savait les réponses à l'avance.

Boni s'était tu, l'esprit cramponné à son problème, ne se doutant de rien : une môme enceinte qu'on éventre. Apparemment, elle ne s'était pas débattue. On l'aurait laissée mourir. Là, ses raisonnements se dissipaient l'un après l'autre en fumée. Les crimes sadiques s'accompagnent toujours de supplices, de mutilations immondes, et les années passées en Thaïlande lui avaient montré que le continent asiatique abritait les mêmes perversions que la France. Mais, à Ta Siem, on était dans un autre cas de figure. Il raisonnait peut-être mal, mais il n'avait pas les données pour raisonner mieux. En tout état de cause, le mobile n'était pas sexuel. C'est ce que son collègue avait semblé ne pas comprendre quand il avait évoqué l'affaire avec lui dans l'avion. Peut-être parce que l'hypothèse disculpait le garagiste, contre lequel, par ailleurs, il y avait déjà une plainte. « Non, soupira l'inspecteur en lui-même ; non, ce n'est pas ça. » Il semblait impossible d'expliquer l'agression de la gamine sans accorder une attention spéciale à son état gravide. Comme si le meurtrier s'était intéressé uniquement à ce qu'elle avait dans le ventre. Ce dont personne n'aurait d'ailleurs rien su sans l'autopsie, due seulement à l'arrivée de Berthier.

« Dis, heu… Pourquoi tu m'as demandé l'autre jour si on avait retrouvé le fœtus de la victime ? demanda Boni. Je te disais juste que j'enquêtais sur la mort d'une femme enceinte, et j'avais à peine fini ma phrase que tu voulais savoir si on avait retrouvé le fœtus. Pourquoi, hein ? Je ne sais pas, mais il me semble que c'est pas nécessairement la première question qu'on se pose. »

Rénot ne répondit pas tout de suite.

— Eh ! dis donc, avec toi faut faire gaffe, hein ? Putain, je vais me retrouver au gnouf, si ça continue ! rétorqua-il, la face attiédie.

— Non mais c'est vrai, quoi ! insista Boni sans prendre garde. Normalement, on pense pas à ça, non ? T'es pas d'accord ? »

Il y a des esprits avec lesquels il ne faut pas biaiser. Rénot était de ceux-là.

« Moi si. Pfeuh ! Pfeuh !… Désolé. Je pense à ça, merde ! s'emporta-t-il soudain. Qu'est-ce que tu crois, que t'es plus malin d'un seul coup ? Je vais te dire un truc. Je peux te dire quelque chose ? Trlrl… Hein ? Eh bien, on n'est pas à Paris ici. Ni à Bangkok. Et t'as rien compris du tout ! »

Laissant exploser sa colère, Rénot arrêta la jeep au beau milieu du chemin et donna un coup dans les côtes de son voisin.

« Qu'est-ce qu'… ?

— Chut !…, fit Rénot à voix basse en lui donnant un deuxième coup de coude. Regarde-regarde ! »

À vingt mètres devant eux, une panthère nébuleuse était sortie d'un bouquet de pinangas et traversait la piste. Ses épaules ondulaient. Sa robe auréolée d'or chatoyait dans une tache de soleil. Elle s'immobilisa, tourna la tête dans leur direction, indifférente, puis disparut d'un bond dans le fossé.

Boni demeura ramassé sur son siège, silencieux, sans parvenir à imprimer l'image dans son cerveau. Le coup de gueule de Rénot l'avait fait rentrer dans sa coquille, juste au moment où il aurait aimé jouir de toute son attention pour voir un fauve en liberté.

L'inspecteur possédait quelques traits du mâle dominant, comme on s'y attend chez un policier, sans détenir assez de force brute pour régir son entourage. Le vrai dur n'en veut à personne et ne rumine pas. D'où l'irritation de Boni en sentant monter sa colère, et cette difficulté à concilier son besoin de s'imposer et sa répugnance à sacrifier l'autre. Confronté à la désinvolture de Rénot, il sentit monter une acidité qui contractait sa gorge, son visage, et se renferma dans le silence. Pendant de tels instants, il pouvait seulement attendre que ses angoisses retombent. Elles roulaient, flottaient, emplissaient l'espace, tourbillonnaient dans sa tête comme ces paillettes de neige blanche en suspension dans le ciel aqueux des petites Saintes Vierges de Lourdes, scellées à l'intérieur de leur globe de verre, et qui mettent un temps infini à se redéposer.

Le climatiseur avait fonctionné toute la nuit, et l'air glacé secouait à intermittence égale une lamelle que La Tour, comme ses prédécesseurs, avait maintes fois tenté de coincer avant de ne plus y prêter attention. Entrant dans son bureau, il avait trop de choses en tête pour prendre conscience du froid. Il essuya de sa main la buée déposée sur les vitres, jeta un coup d'œil dans la rue, pendit sa veste à la porte, puis s'assit pour retirer ses chaussures, qu'il rangea avec leurs embauchoirs dans le secrétaire d'acajou en prolongement du bureau. Neuf heures sonnèrent à la petite pendule placée à côté du portrait de sa femme.

Mme Verdier fit son entrée sans rien dire, comme il l'en avait priée. Il détestait entendre les mêmes formules chaque fois, les mêmes expressions de politesse, et encore plus y répondre. Elle déposa le parapheur devant lui et repartit. « Bon. Allez ! » se dit-il à lui-même, mais avec un air tellement las que Mme Verdier ou n'importe qui d'autre se serait tout de suite précipité pour lui venir en aide, tant il semblait sur le point de s'affaisser, sous le coup d'une attaque.

Chaque jour, La Tour gagnait l'ambassade obsédé par le désir de commencer son travail et par la peur de ne pas y parvenir. Du jour fatal où tout avait basculé — il fit un rapide calcul : fin avril-fin septembre, plus de cinq mois ! —, il était chaque nuit tiré de son sommeil par la certitude d'avoir commis un crime dans son lit. Des images sombres, violentes venaient l'assaillir, enchaînaient ses facultés, jusqu'à l'empêcher de remplir ses fonctions ou de s'acquitter des tâches du jour au sein de la communauté. Le sentiment de sa culpabilité le talonnait à ce point qu'il finissait par confondre ses intérêts dans une sorte de conduite suicidaire, où le seul mouvement qui le portât était la quête de sa déchéance personnelle. Sans plus songer à user d'aucune précaution, lui toujours si méfiant, il voulait maintenant offrir à la jeune victime une sépulture décente, aller dédommager la famille, bref, agir sans réserve pour réparer sa faute et libérer sa conscience. Surtout, il attendait qu'on lui dise ce qu'était devenu l'embryon, prétendument disparu, parce qu'il vivait avec le pressentiment de moins en moins vague et de plus en plus fou qu'il s'agissait de son enfant.

La Tour manipula l'interphone derrière lui. L'appareil fredonna, le son d'une voix déformée se fit entendre dans la pièce.

« Dites-moi, madame Verdier, on a vraiment une liaison BLU avec la Conservation d'Angkor ? Vous m'en aviez parlé mais je n'en suis subitement plus très sûr. Ça marche ?

— Oui, monsieur. Ça fonctionne assez bien paraît-il. C'est tous les jours, à dix-sept heures trente précises. Attendez, que je ne vous dise pas de bêtises... Oui, c'est ça : dix-sept heures trente. »

La Tour hocha la tête.

« Bon. J'appellerai ce soir.

— On est samedi.

— Ah, ça ne marche pas le samedi ?

— Si, mais le chiffre est fermé. Je préviendrai les gendarmes.

— Merci, madame Verdier. »

« Angkor de BRGM, Angkor de BRGM, m'entendez-vous ? À vous ! »

Brinvillier avait pu faire installer dans la petite pièce attenante à son bureau le poste émetteur-récepteur réclamé depuis des semaines. L'autorisation d'émission n'avait été obtenue que tout récemment par l'attaché militaire, en échange des bons offices du conservateur. Officiellement, c'était pour faciliter l'évacuation des experts français dans l'hypothèse de plus en plus probable d'une attaque de Siemreap. Le directeur du BRGM, un ancien collègue et ami de Rénot, qui disposait à Phnom Penh d'une station d'écoute et d'un téléscripteur reliés en permanence au chiffre de l'ambassade, avait de son côté permis d'éviter la longue procédure d'attribution d'une bande fréquence, en autorisant les chercheurs de la Conservation à utiliser la sienne.

À dix-sept heures trente tapantes, l'appel radio fit sursauter le conservateur, au moment où il était en train d'ouvrir une cartouche de Gitanes pour en extraire un paquet. Il regarda sa montre, prit un air naturel, et se leva calmement — alors qu'il aurait voulu courir — pour aller répondre. Brinvillier, c'était cela : une indifférence feinte dissimulant, même lorsqu'il était seul, sa sensibilité à vif.

« Angkor de BRGM, Angkor de BRGM, m'entendez-vous ? À vous !

— Allô BRGM, ici Angkor, je vous reçois cinq sur cinq, comment me recevez-vous ? répondit Brinvillier. À vous.

— Ici La Tour, ici La Tour, je vous reçois cinq sur cinq. Je voudrais parler au conservateur. À vous.

— BRGM d'Angkor, oui, ici Brinvillier, je vous écoute. À vous.

— Bonjour, monsieur le conservateur. Je vous appelle d'abord pour essayer la ligne, voir comment ça marche, et aussi pour savoir où en est l'affaire de Ta Siem. On m'a dit que l'inspecteur Boni était parti avec quelqu'un de chez vous ? À vous.

— Allô, BRGM, bien reçu. Affirmatif. De l'EFEO plus exactement. Il s'agit d'un dénommé Martial Rénot. Ta Siem, ce n'est pas une promenade touristique. À vous.

— Allô, allô, comment dites-vous ? Martial comment ? Je n'ai pas bien compris son nom, pouvez-vous répéter ? Qui est-il exactement ? À vous.

— Allô, BRGM, il s'agit de Martial Ré-not. Je répète : Rénot, R-É-N-O-T. C'est un chercheur de l'EFEO. (Ici, le conservateur sentit le besoin d'en remettre, de charger son jeu, d'être disert pour brouiller les cartes.) Euh... un garçon étonnant. C'est notre "Gilles". Une personnalité, dans son genre. Il connaît très bien la région. Le guide idéal pour votre inspecteur. M'avez-vous bien reçu ? À vous. »

Un peu déboussolé d'avoir à répondre aux questions d'un de ces fonctionnaires pour lesquels il n'avait que mépris, Brinvillier s'était laissé aller à son penchant pour les associations. De même qu'il se sentait obligé d'exposer, à n'importe quel visiteur, les particularités d'un temple ou d'un lieu dont le nom avait seulement été évoqué, sans faire grâce d'aucun détail, uniquement parce que dans son esprit un mot en appelait un autre, de même il lui était impossible de prononcer celui de Rénot sans automatiquement mentionner l'affection dont il était frappé. « Notre Gilles ? disait-il alors, en allumant une cigarette. Vous ne connaissez pas notre Gilles ? » Puis il poursuivait toujours de la même manière : « Un garçon étonnant, affecté d'un mal tout aussi étonnant. Ça ne le gêne en rien, il est vrai. Il en tire même un certain succès, les Khmers l'adorent. Il les intrigue, vous comprenez ? Cependant, ça peut créer de sérieux quiproquos », insinuait-il, sûr de son effet, prenant le ton de celui qui ose aborder des tabous. « C'est un "Gilles de la Tourette". Parfaitement. Du nom de ce clinicien français qui en a fait la première description au XIXe siècle. Il s'agit d'un syndrome. Ça définit une catégorie mal connue de tiqueur. Il a des tics, quoi ! mais pas moteurs seulement. Avec la parole aussi. Par exemple, le pauvre garçon est affligé de coprolalie. Vous savez, ceux qui profèrent des obscénités sans le vouloir, ou des jurons. Aux États-Unis, les "Thouwettes" ont une carte d'identification qu'ils présentent s'il leur arrive d'insulter un agent de police. Incroyable, non ? C'est à se demander où tout ça peut se nicher. Vous verrez, dans ce domaine, la recherche livrera un jour des informations capitales sur nos mécanismes mentaux. » En réalité, Rénot l'intriguait à ce point qu'il s'était fait envoyer une documentation complète par son frère médecin sur cette maladie.

« Allô, Angkor de BRGM. Non, je ne vous ai pas bien compris, grésilla la voix impatiente de La Tour. C'est qui ? "Votre juge" ? Vous avez dit quoi ? Voulez-vous répéter. À vous. »

L'agacement du diplomate convainquit Brinvillier qu'il était déplacé de mentionner ce handicap.

« Allô, BRGM. Je ne vous reçois pas bien. Deux sur cinq. Non ! Je disais que ce Rénot est un ethnologue. Je répète, ethnologue. Que c'est aussi un excellent pisteur. Votre policier ne pouvait pas tomber mieux. M'avez-vous bien reçu ? À vous.

— Allô, Angkor. Bien reçu. C'est parfait. Dites-moi, Boni vous a-t-il contacté ? Avez-vous des nouvelles ? À vous.

— Allô, BRGM. Négatif. Je n'ai aucune nouvelle. Cela n'a rien d'alarmant. C'est trop tôt. À vous.

— Allô ? Allô ? Angkor de BRGM, y a-t-il moyen de le joindre ? J'examine une demande de compensation en faveur de la famille de la victime. Le poste ici en a été saisi. Sans préjuger de l'enquête. Boni appréciera l'opportunité de la demande. Prévenez-moi quand ils seront rentrés. À vous. »

Le diplomate avait envisagé cette compensation de son propre chef et sur ses deniers personnels. Si ce crime lui était devenu insupportable, ce n'était pas seulement parce qu'il avait frappé un être sans défense que des circonstances odieuses avaient incorporé à sa vie. Il souffrait d'entreprendre des démarches qui ne se justifiaient désormais que pour sa propre sauvegarde — d'où l'idée de donner son argent aux parents de la victime. Cette pensée avait fait son chemin et s'était imposée comme le seul remède, l'unique soulagement auquel il pouvait encore aspirer.

La Tour avait hérité de son père la moitié des titres d'une société en commandite appartenant à sa famille, et les capitaux dont il disposait à la veille de sa retraite représentaient une valeur très importante, sans commune mesure avec la situation de paysans. Le don d'une telle somme serait absolument incompréhensible et ne passerait pas inaperçu. Cela risquait au premier chef d'attirer l'attention sur lui. Il en acceptait d'ores et déjà toutes les suites, jusqu'à l'idée d'un rappel disciplinaire en France, comme un accident qu'il serait vain de discuter, et dont il ne sentirait pas l'injustice. Peu lui importait qu'on le montre du doigt. Quand il revoyait l'adolescente apeurée, la raison, la prudence n'étaient plus de mise, les calculs ne signifiaient plus rien. La seule réponse à l'angoisse, à cette mort qui était en lui, se trouvait désormais dans ce don matériel, total. Même si la chute qui s'ensuivrait lui paraissait déjà aussi fatale que sa propre mort. C'était toute sa fortune qu'il voulait abandonner aux « légataires de la petite », et il se le répétait chaque jour.

« Allô, BRGM, ici Angkor. Négatif. Je n'ai aucun moyen de les joindre. Je vous informerai de leur retour. Terminé.

— Bon, bien reçu. Merci. Terminé. »

Les premières lueurs de l'aube réveillèrent l'inspecteur qui se sentit perdre pied. Il ouvrit les yeux sans comprendre où il se trouvait, reconnut peu à peu l'odeur d'urine de chauve-souris qui le prenait à la gorge, puis le pavage de grès sur lequel il était allongé. Il avait passé la nuit sous une moustiquaire, entre les piliers desquamés d'un des porches d'accès de Beng Mealea. Son oreille s'arrêta sur les soupirs anxieux de petites effraies au nid, *khhheu... khhheu...* Au-dessus de lui, le ciel entamait sa révolution nocturne : sur le dôme incendié, un tel charriage de nappes d'or et de platine qu'un immense bien-être l'envahit, comme si plus rien n'avait d'importance. L'idée lui vint que pareil spectacle se serait produit hors de son regard, bien improbable à cette heure et en ce lieu, de même qu'après sa mort ombres et lumières continueraient à zébrer les nues avec autant d'allégresse. Il sentit que mourir ne serait pas si terrible.

Les décombres de l'immense édifice gisaient enracinés dans l'espace végétal, au-dessus, en dessous, sur plusieurs niveaux. Des masses de briques, des dalles de grès rouges, des cubes de latérite, des morceaux de pierre sculptés, mangés de lèpre blanche, surgissaient pêle-mêle, de toutes parts, comme si des tombes s'étaient ouvertes suite à un cataclysme. Rénot, le Rolleiflex en bandoulière, photographiait un préau dont il ne subsistait qu'un pan, et il prenait des notes.

« Regarde ! cria-t-il de loin à l'inspecteur en lui montrant un bloc de grès au sol. Tu vois ce linteau renversé ? Avec des dieux et des démons qui tirent à hue et à dia sur un pauvre serpent ? C'est le barattage de la mer de lait. La dernière fois que je suis venu ici, han ! han !... il était encore à sa place, juste au-dessus, tu vois ? sous le petit ficus à tentacules, là, avec ses enjambements qui s'enracinent à la faîtière. Celui-là, on aurait voulu le planter qu'on n'y serait pas arrivé.

— C'est vieux ici ? hasarda le policier.

— Beng Mealea ? On ne sait pas exactement. Trlrl... Han ! Y a pas une seule inscription, je crois. On peut le dater par le style, par sa ressemblance un peu avec Angkor Vat, mais ça ne dit pas qui l'a construit. On ne sait même pas si c'est un temple à Vishnu ou à Çiva, pour te dire. »

Sans bruit, Prohm émergea du labyrinthe de salles éboulées, de corridors, où Rénot l'avait entraînée plus tôt. Il avait fait une photo d'elle nue sous les banians qui enserraient des pierres. Prohm n'ignorait pas ce qu'était la nudité, mais elle-même ne s'était jamais vue nue. De telles idées troublaient la jeune femme, tant les yeux de Rénot voulaient absorber ce qu'ils fixaient sur elle. Mais il ne lui avait pas été désagréable d'entrer ainsi en scène, de sentir ses seins bouger, d'éprouver la douceur de la lumière, de dévoiler le dédale de ses caches secrètes, obscures comme les replis d'une terre humide où le soleil ne pénètre jamais.

Rénot alla vérifier le niveau du radiateur une seconde fois, puis se mit à pester en nettoyant le pare-brise, prenant un soin obsessionnel à gratter chaque tache avec l'ongle.

« Vacherie ! Ces trucs-là, ça te bousille le paysage. Tu vois plus rien d'autre. »

Ils quittèrent Beng Mealea et parcoururent sans trop de difficultés les quinze kilomètres jusqu'à Svay Leu, le chef-lieu de canton, dont on apercevait de loin les cocotiers centenaires. Une perche barrait l'entrée de l'agglomération, avec un disque d'embrayage pour faire contrepoids ; elle ouvrait sur un marché où quelques femmes assises vendaient des légumes et des fruits parmi les charrettes à bœufs. De beaux enfants au visage morveux s'arrêtèrent de jouer. La piste se poursuivait en ligne droite, jusqu'à une longue avenue poudreuse qui divisait la localité en deux.

De part et d'autre, sous une ligne discontinue de manguiers et de kapokiers, des maisons ternes en appentis, aux toits couverts de chaume, étaient plantées sans ordre au milieu de bosquets où reniflaient des porcs. Partout, de minuscules lopins encombrés de bananiers, de citronniers, et des haies, des clôtures de toutes sortes, le long d'étroits sentiers qui morcelaient le village. Le bâtiment des services administratifs, ses piliers ocre et ses planches disjointes dataient du protectorat. À l'ombre d'un tamarinier, derrière deux tables posées à même la terre, couvertes de mouches, une gamine proposait des cigarettes au détail, de l'alcool de riz au verre et quelques bouteilles de Coca-Cola.

Un homme tout sourire accourut vers eux, son blouson de nylon rouge et bleu par-dessus un vague uniforme. Il prit dans ses mains calleuses celles de Rénot puis celles de l'inspecteur, et déclina son identité.

« Je m'appelle Ouy Kim, chef du village de Ta Siem, dit-il d'une voix forte en raidissant son attitude dans une sorte de garde-à-vous militaire. J'étais caporal-chef dans l'armée, du temps des Français. Sous les ordres du capitaine Thomas. Pendant douze ans. »

Il portait la main devant sa bouche, dans un geste voulant prémunir les honorables visiteurs du désagrément de son haleine et de ses postillons. Boni reconnut l'homme qu'on voyait sur les photos de Berthier. Trois autres fonctionnaires descendirent les marches de la mairie et se joignirent à eux. Chhüey et Prohm se retirèrent sous le tamarinier, tandis que Rénot commençait les présentations.

« L'information circule bien ! s'enchanta Boni. Je n'imaginais pas qu'on serait accueilli comme ça. *Âkoun ! âkoun !* Merci », fit-il avec des basculements un peu comiques à l'adresse des Khmers.

Dans l'élan, il sortit ses Gauloises et en offrit à tout le monde.

« Cibiche ? T'en veux une ? dit-il à Rénot en prenant l'accent d'Arletty.

— Pouah ! » hurla le cabotin qui détestait la cigarette, et il fit des gestes, en simulant un haut-le-cœur, qui firent s'esclaffer tout le monde.

Avec bonne humeur, les Khmers invitèrent les deux étrangers à s'asseoir à une table sur laquelle s'étaient accumulés de vieilles enveloppes et quantité de dossiers ficelés par paquets. Dans un coin, une armoire aux vitres crasseuses semblait ne plus avoir été ouverte depuis des lustres. Au-dessus de la porte, une vieille photo de Sihanouk avec la princesse Monique toute jeune. Rénot questionna Boni sur ce qu'il devait leur dire.

— Pour l'instant, si t'es d'accord, on devrait se rendre directement là-bas. Je voudrais aller examiner l'endroit avec le chef de village et discuter avec lui. Mais sur place, pas ici.

Rénot prit la parole en khmer.

« L'inspecteur divisionnaire Boni ici présent, commença-t-il cérémonieusement, est tout spécialement venu de Phnom Penh. Tiens ! passe-moi les papiers », lui demanda-t-il en tendant le bras.

Il fit circuler leur ordre de mission.

« L'inspecteur vous remercie de votre accueil, reprit-il. À cette occasion, il est heureux de vous exprimer la reconnaissance des autorités françaises. L'ambassade souhaite que toute la lumière soit faite sur cette affaire. L'inspecteur Boni voudrait se rendre à l'endroit où les faits ont eu lieu, en compagnie de Monsieur... comment ? demanda-t-il en souriant au chef de village.

— Ouy Kim.

— Ouy Kim », répéta Rénot.

L'homme était de complexion noire, avec des cheveux coupés en brosse. Il avait passé la cinquantaine. Rénot le regarda se pencher, s'accouder, relever la tête, plisser le front. Ses pieds posés à plat, talons larges, ongles usés, dépassaient de la semelle à laquelle les retenait une sangle en Y — ceux de quelqu'un qui passait sa vie à marcher en forêt. L'ethnologue identifia tout de suite un de ces extraordinaires pisteurs comme il n'en connaissait qu'au Cambodge. Un pareil gaillard, à la fois chef de village et coureur des bois, serait l'accompagnateur idéal. En plus, il parlait le français.

« *Bane !* Je veux bien accompagner l'inspecteur qui est mon chef », dit le Khmer.

Les filles attendaient devant le bâtiment administratif. Elles invitèrent le caporal à partager leur repas. Ils repartirent plein nord, sous un soleil de plomb.

Très vite la route défoncée devint impraticable. Dans la campagne inondée, plus un pont ne tenait. Le guide descendait sans cesse pour courir devant eux, empruntait des déviations, détournait la voiture sur d'anciens itinéraires où les roues s'enfonçaient. Il leur fallait s'arrimer à des souches et pousser tous ensemble. Parfois, égaré par un mur d'épines au plus fort du taillis, le Khmer s'arrêtait : ses repères avaient disparu. Il ne reconnaissait plus les arbres qui cochaient chaque piste de chez lui. Alors, il flairait l'atmosphère pour ressaisir les indices aériens, les rapports de l'espace, toutes ces émanations, ces signes subtils, ces symptômes imperceptibles rapportés des limites de la vue, qui, chez certains êtres, animent le sens de l'orientation.

« C'est un *chhè kac*[1] ? » demanda-t-il à brûle-pourpoint en dirigeant ses lèvres sur le collier d'amulettes qui cliquetait au cou du Français.

Arc-bouté contre l'arrière de la jeep, Rénot se redressa, en nage, le menton dans les clavicules.

« Quoi, ça ? Non, c'est creusé dans le *knai tan*[2] d'un solitaire abattu au siècle dernier, par des gens du Phnom Ampil, au cœur de la Prei Sa'ak.

— *Veuy !* Il était énorme ! Quand j'étais soldat, j'avais un bouddha à grelot qui venait de mon père. *Lok euy !* Il m'a sauvé la vie plusieurs fois. Je n'étais pas marié à l'époque. Aujourd'hui, ma femme dit que c'est le père de nos enfants, ajouta-t-il en riant. Mais je ne le porte plus. C'est trop contraignant. Je tombais malade à la moindre faute.

— Eh ! Attention, hein ? » le mit en garde Rénot.

Et il prononça un adage à sens double, connu par ceux qui adhèrent aux rites de protection magique :

> « *À ne pas l'utiliser,*
> *Le couteau rouille et ne sert plus.* »

---

1. Éclat de défense d'éléphant sauvage, fiché dans un tronc d'arbre.
2. Boutoir plein (k. : *tan*, « non évidé ») de sanglier.

Eût-il récité en pâli les trois sections du canon bouddhique que le Khmer n'en aurait pas été plus épaté.

« Et ça, qu'est-ce que c'est ?

— Ça ? C'est un *khah*[1] humain. Je ne peux pas t'en dire plus, excuse-moi.

— Je sais. C'est tabou. »

Ils retrouvèrent la route et, quelques kilomètres plus loin, traversèrent le hameau de Krâgnoug, quasi désert. Une heure plus tard, ils étaient en vue de Phum Rohal.

Ces villages secrets paraissaient se ressembler. La pauvreté, la simplicité y atteignaient un niveau immuable. L'homme n'attend rien quand la même terre poussiéreuse adhère à sa maison depuis des siècles. La milice villageoise leur ouvrit le passage, les chiens éveillés jappèrent après la jeep. Ils passèrent sous le regard de quelques campagnards et de femmes coiffées d'un *krama*[2] qui rentraient leurs petits. Deux heures plus tard, ils atteignaient Ta Siem avec l'impression d'être parvenus au bout du monde.

La lune jouait déjà sur les nuages qui accouraient à des hauteurs vertigineuses. Des sautes de

---

1. Excroissance osseuse du palais (*Taurus palatin*), très recherchée, particulièrement celles provenant de la bouche d'un dignitaire religieux ou d'un personnage important, dont il convient de taire toujours le nom.
2. Carré d'étoffe pouvant servir de pagne, de turban, de mouchoir, de foulard, de serviette, et indifféremment à faire un balluchon, etc.

vent faisaient bruisser d'humbles plantations, dont les feuilles miroitaient aux clartés de la nuit.

Le caporal fit garer la jeep sous les pilotis de sa maison, déchaînant l'aboiement d'innombrables chiens. Une silhouette alluma quelques bougies à l'étage, puis déroula une natte sur le plancher à claire-voie.

« Je ne tiens plus debout ! » s'excusa Boni, défaisant avec difficulté ses chaussures.

Ils gravirent l'échelle à la suite du Khmer. Plusieurs enfants dormaient sous une couverture, non loin d'un feu qui couvait encore. Rénot et les filles avalèrent sans rien dire un reste de riz et de bouillon. L'inspecteur s'allongea lourdement. Un instant, il se massa les jambes et s'endormit tout de suite.

Les coqs de Ta Siem sonnèrent le réveil à l'approche du matin, dès les premiers ébranlements du village. L'inspecteur se redressa sur les coudes, yeux écarquillés, et sourit sans timidité aux enfants qui le regardaient. Tout le monde était debout. À travers le plancher, à peu de distance sous lui, il identifia les raclements de gorge de Rénot auxquels il ne prêtait plus attention, et du sol lui parvint le battement des pilons rythmant le décorticage du paddy. Des rais de lumière glissaient au milieu de la pièce. Le caporal s'activait aux besognes du matin, donnant des consignes à un gamin silencieux qui devait être son fils. Dans l'ombre de l'appentis de chaume qui s'étirait au fond du logis, sa femme faisait mijoter le repas matinal, accroupie en compagnie de Prohm et Chhüey.

« Tenez, monsieur Kim. Venez voir ! »

Le premier geste de l'inspecteur fut d'ouvrir sa sacoche et de sortir les photos de Berthier classées dans le dossier de l'autopsie.

« Voilà exactement où je voudrais qu'on aille.

DOCUMENTS RETROUVÉS

Jérôme Boni
Place de l'Eglise
Champigny-sur-Yonne

Le 2 mars 1971

Madame,

Voici les documents que je reçois de Phnom Penh.
Ils ont été récupérés dans la jeep, le 29 novembre
1970, sur demande de mon ancien collègue,
le Commissaire Lun Di.

1) Carte d'état major annotée par M. Rénot.
2) Tirages photos (les cinq vues exposées du film resté
dans l'appareil).
J'ai rajouté des indications concernant les clichés.

Veuillez recevoir, Madame, l'expression
de mes salutations distinguées.

(signé : J. Boni)

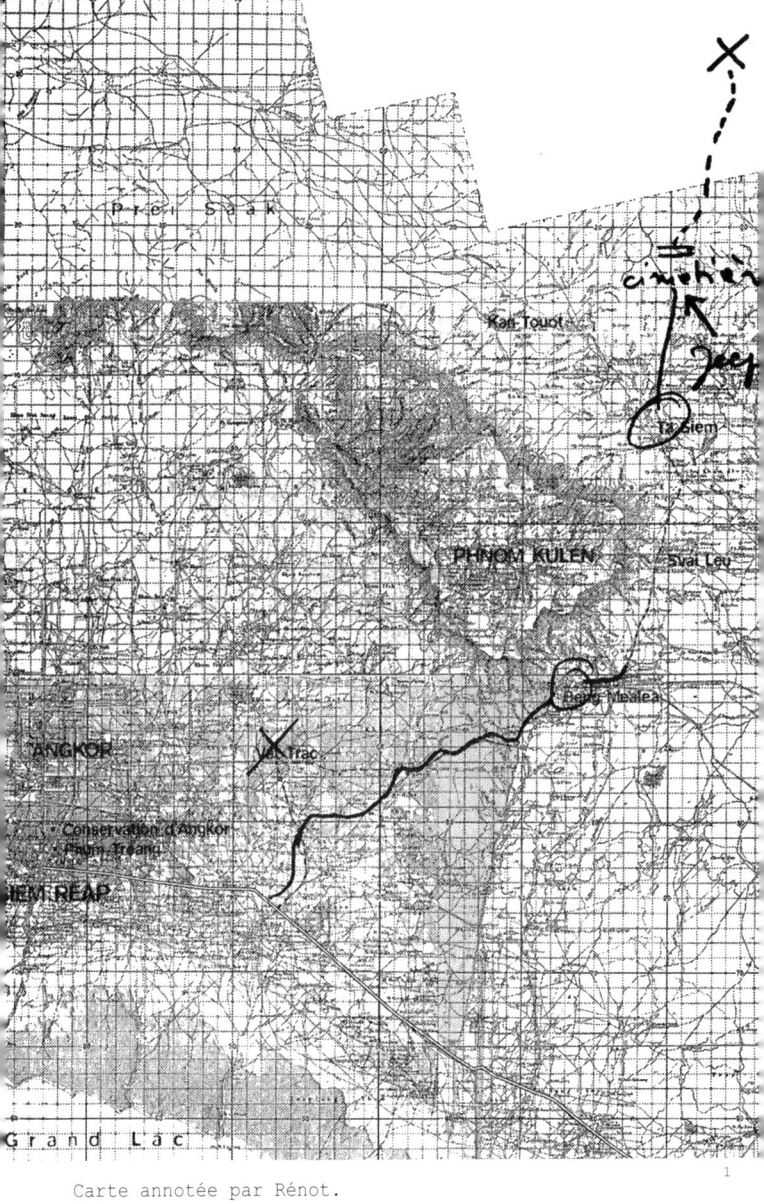

Carte annotée par Rénot.
(Zone blanche : région non couverte par la campagne de photographie aérienne de 1951.)

Le chanteur Ta Kwa (22 septembre 1970).
Phnom Kraum, Siemreap.
« L'aveugle racla les cordes de son vieux *chapay* en bois de jacquier. » (p.81)

Prohm (24 septembre 1970).
Temple de Beng Mealea.
«Il avait fait une photo d'elle nue
sous les banians qui enserraient des pierres.» (p.138)

Le rituel du plateau (25 septembre 1970).
Village de Ta Siem.
«Il se mit à le frapper à l'aide d'une baguette d'encens : dig, dig, dig, dig!…» (p.156)

Le *roup* (25 septembre 1970).
Village de Ta Siem.
« La femme en transe était assise au pied d'un autel garni de noix de coco. » (p.156)

Le mât sacrificiel (26 septembre 1970).
Région nord de Ta Siem.
« Dans l'axe du labyrinthe se trouvaient une grande jarre enterrée à mi-corps et une lance fichée dans le sol par la hampe. » (p. 183)

Photos de l'auteur, à l'exception du document n° 1.

Juste ici. Est-ce possible ? Là. Vous voyez ? On devrait pouvoir retrouver l'endroit, non ? »

Le caporal s'approcha.

« Tenez, cette pierre, par exemple. À côté du buisson. Elle n'a pas dû bouger depuis. C'est un bon repère, non ? »

Le fonctionnaire saisit les clichés et se déplaça vers la porte, au grand jour. Il se reconnut, l'index en direction du corps recroquevillé dans le fossé.

« *Bate !* C'est les photos de Berthier. »

Les trois femmes accoururent pour regarder par-dessus son épaule.

« Voyons, monsieur Kim ! protesta Boni. Ce ne sont pas des photos à montrer comme ça. »

La femme du caporal se penchait sur les instantanés sans tout de suite assembler les taches noires et blanches et discerner les images. L'homme les faisait passer dans ses doigts, une à une, bras tendu, le visage en arrière. Une seconde, il s'arrêta sur un agrandissement de la morte, dont les yeux ouverts semblaient avoir été saisis dans un instant de repos, sans trace de souffrance, livrés à la rêverie.

« Mais c'est Phuong ! s'écria Prohm derrière lui. *Lok !* Je la connais !... Je la connais !... C'est ma cousine. »

Le chef de village se retourna. Boni, qui allait s'approcher et reprendre les photos, resta rivé sur place. Les cris de la jeune fille parvinrent aux oreilles de Rénot, courbé sous le capot de la jeep.

— Bon ! fit Boni. L'enquête progresse.

La femme du caporal alla chercher un *phtel* d'eau que Prohm porta à ses lèvres des deux mains, tandis que ses yeux se posaient tour à tour sur Rénot, Chhüey, l'inspecteur, le chef de village ; retenant la respiration qui soulevait sa poitrine, elle hochait la tête, comme pour refuser quelque chose.

« Cousine Phuong s'était enfuie, elle aussi. Les dieux l'ont punie.

— Pfeuh ! Pfeuh ! Quand est-ce que ta cousine avait quitté son village ? Tu t'en souviens ? demanda Rénot.

— Elle était partie dans les tout premiers jours de la lune décroissante du mois de *phakun*, le quatrième jour, je crois, pendant la nuit.

— À la mi-mars ? juste avant le mois des mariages et les fêtes du nouvel an ?

— Oui, *lok*. Mais chez nous, l'entrée dans la nouvelle année c'est plus tôt. Au milieu de la seconde saison, au mois de *mikasir*.

— Tiens ! Donc, elle est partie en mars. En mars de cette année, n'est-ce pas ? En euh… 2513[1].

— *Tcha*, de cette année, *lok* ; de l'année du Chien, expliqua-t-elle, la voix encore tremblante. Mais on ne compte pas comme vous en années bouddhiques. On utilise la Petite Ère[2].

— La Petite Ère !

---

1. 2513 de l'ère bouddhique, soit 1970 de notre calendrier.
2. Ancien système de datation dont la première année tombe en 638.

— *Tcha !* Ça fait en 1332.

— O.K. Et elle est revenue quand ? Combien de temps après ? La cadette se souvient de ça aussi ?

— Prohm se rappelle tout, *lok*. Cousine Phuong est revenue au moment de la pleine lune du mois de *pisakh*. Le jour, justement, de votre nouvel an.

— À la fin du mois d'avril, n'est-ce pas ? »

Chhüey s'était rapprochée et approuva de la tête.

« Parfait, dit Rénot. Autrement dit, elle a été absente... un mois et demi, plus ou moins. Non ? Pas plus. Bon. Maintenant, écoute-moi bien. Je voudrais te demander si tu as entendu quelqu'un parler de l'endroit où se trouvait ta cousine pendant tout ce temps.

— Non, *lok*. Je ne sais pas cela. Cousine Phuong a seulement dit qu'il y avait beaucoup de soldats dans les rues quand elle est arrivée à Phnom Penh et qu'elle avait travaillé chez un Français, je crois.

— Quoi ? à Phnom Penh ? chez un Français ?

— Elle a dit ça. Dans la maison d'un *barang*.

— Putain ! T'entends ? s'écria Rénot.

— Non, je n'entends rien du tout, je ne comprends rien, et figure-toi que ce n'est pas facile ! lâcha Boni tout d'un bloc.

— La môme, reprit Rénot. Prohm dit qu'elle s'était barrée au mois de mars et qu'il y avait des soldats partout. Ça devait être au moment du coup d'État, peu après le 18 mars. C'est pas tout. Culé ! Ta gueule ! Elle travaillait chez un Français ! Elle aurait atterri chez un Français ! Oui, mon vieux. Pas mal, hein ? Ensuite elle est retournée chez elle, assez vite, finalement. Au bout d'un mois et demi, fin avril.

— Bordel ! J'aurais pu le parier, martela l'inspecteur en serrant les dents. Ça ne me surprend qu'à moitié. Des tas d'affaires s'élucident comme ça, par hasard, ou, plus exactement, à la suite d'une coïncidence. Tout est lié. Le hasard, c'est un facteur cohérent. Bon. Voyons, voyons. T'enlèves le voyage, il reste un bon mois. Ça fait fin mars-fin avril, à Phnom Penh. Après, elle est trucidée, le 11 septembre, enceinte de cinq mois, d'accord ? Eh bien, fais le calcul.

— Le calcul de quoi ?

— Compte ! C'est tout simple. Y a pas à tortiller du cul. La petite a été engrossée à Phnom Penh. En tout cas pas chez elle.

— Pfpfpfpf... C'est évident, élémentaire mon cher Watson ! lança l'ethnologue.

— Bon. Maintenant, c'est pas le tout, dit l'inspecteur. Monsieur Kim ! Faut y aller, hein ? Il faut vraiment y aller dans ce patelin. Je compte sur vous. On n'a plus de temps à perdre. »

Rénot s'interposa subitement.

« Attention ! Trlrl !... Ces choses-là, tu me laisses faire. On en parle, c'est toi le flic. Mais la manière de dire, c'est moi. Pfeuh ! Han ! Autrement on va se foutre la balade en l'air.

— O.K. mon chef, rétorqua Boni, soudain taquin et ragaillardi. Alors je vais te parler de quelque chose, dit-il en inclinant la tête pour le regarder sous le nez. Faut sérieusement que je m'éloigne un peu, et fissa ! Comment je fais ici ?

Mais sur la manière, vois-tu, ce sera moi, et je préfère être seul. »

Rénot marqua un temps d'arrêt.

« Ah, ça c'est pas pareil ! dit-il en se frottant les mains. Écoute. Si c'est nécessaire, trlrl ! tu prends le palot qui doit se trouver contre un pilier de l'entrée. Pour enterrer, d'accord ? Tu te diriges vers le nord-est. Par là, c'est ça. Ta gueule ! Il y a des buissons d'*Eupatorium* en pagaille, tu les reconnaîtras, avec des feuilles odorantes, nervurées d'un côté et duvetées de l'autre, tout à fait appropriées. C'est à deux pas, j'y suis allé hier soir. Et la face toujours au sud, n'oublie pas ! C'est important ; qu'il n'y ait pas d'histoire si on te voit. Ça porte malheur. Tu te tournes vers le sud. Eh ! Attends ! Attends ! Si c'est pour pisser, tu peux faire n'importe où. À condition de t'accroupir, hein ? tu comprends ? Non, sans rire. Il n'y a que les filles qui pissent debout. Pour l'homme, c'est la seule façon de pas s'exhiber. Dans un village, il y a toujours quelqu'un devant toi. Si, si, le short, c'est fait pour ça. »

Boni était déjà loin. Il avait attrapé la pelle au passage et traversé le jardin à grandes enjambées.

L'inspecteur demeura longtemps les jambes pliées sous lui, ordonnant dans ses doigts les feuilles fraîches qu'il avait eu soin d'arracher dans sa course. Ainsi recroquevillé au milieu de la nature, dont les grouillements se mélangeaient aux siens et à ceux de ses pensées, son œil s'attacha à de toutes petites choses qui bougeaient partout, insectes solitaires, minuscules sensitives, soubresauts d'un brin d'herbe. Sous les nuages, la friche où il était venu se cacher livrait à son regard des perspectives nouvelles. Jamais il n'avait vu le ciel d'aussi bas. Et tandis que son ventre s'allégeait, un flot d'images changeantes afflua à son cerveau ; il songea à l'homme préhistorique et aux grands sauriens qui avant lui déjà déféquaient sur la terre, et la conscience lui vint que la vie dans l'univers n'était peut-être rien d'autre que ce transit entre une absorption et une déjection sans fin. Une guêpe vint se mêler au carrousel des moucherons attirés contre ses paupières. Au loin, le gong d'un temple se mit à battre faiblement.

À son retour, une dizaine de personnes se trouvaient rassemblées devant la maison. De l'étage, des éclats de voix lui arrivèrent dans un murmure confus. Son attention se porta sur les paroles saccadées d'une femme qui retenait ses pleurs. Incapable de comprendre ce qui se passait, il préféra rester à l'écart et attendre. Les mains dans les poches, il promena ses yeux sur le groupe de campagnards durcis, inaccessibles, auxquels lui, Boni, du haut de sa civilisation, ne pouvait apporter que pacotilles. À chacun il prêtait des vertus austères, endurantes, au service d'une vie close, faite de privations, détachée des nécessités de l'existence, avec des consolations et des joies propres, qui ne pouvait s'accepter que dans un sentiment d'éternité issu de la répétition des choses. Indifférents à son regard, tous le dévisageaient d'un œil sans-gêne, avec une extrême curiosité pour sa figure, ses jambes, ses poils, le moindre de ses gestes. Plusieurs paysannes dans la force de l'âge faisaient des remarques à voix haute, déclenchant l'hilarité, sans qu'il puisse répondre à leurs quolibets. Leurs rires impudiquement révélaient leurs pensées. Elles avaient pour séduire cet épanouissement que revêt l'éclat des êtres en pleine maturité. Certaines lui apparurent désirables, en dépit du bétel qui ensanglantait les angles de leurs bouches, et sa vue sur elles changea ; celles qui s'en aperçurent détournèrent les yeux. Empruntant aux images qui avaient affecté sa rétine dans les bordels où il faisait des descentes, il se représenta leurs corps, nerveux, musclés, durs comme le bois des essences qu'on ne trouvait qu'ici, et dans son cerveau se surimprima la chatière de leurs sexes, rouge, fluente, piquetée de soies, avec ses volants plissés et son embrasse à gland. L'évocation souleva en lui une angoisse ; de tels organes avaient quelque chose de trop plantureux pour sa propre sensibilité. Cependant, l'inspecteur savait, depuis son passage à la mondaine — c'était là l'enseignement sur lequel reposait son expérience du vice —, que, chez l'homme, ce qui écœurait le plus n'était pas ce qui excitait le moins. Puis d'autres idées se formèrent dans sa tête ; il se demanda si les gens de ces marches perdues nourrissaient des fantasmes comparables aux siens, si les garçons y attendaient des filles les mêmes choses qu'en France.

Amortis par la souplesse du plancher au-dessus de sa tête, des pas se déplacèrent en direction de l'échelle. Trois vieillards descendirent en premier, suivis de Rénot.

« Ça fait tout un foin ! lui dit Rénot à mi-voix. Sa femme ne veut pas qu'il parte. Ta gueule ! Personne n'y est jamais allé. Les vieux soutiennent que c'est dangereux. Ils disent "cité", *nokor*. Bon. Moi j'ai simplement rappelé que le gars Ouy Kim était officier de police judiciaire et que merde ! c'était sa responsabilité de nous y mener pour l'enquête.

— Et lui, qu'est-ce qu'il dit ?

— Non. Il est plutôt prêt à venir avec nous. Enfin, il ne dit trop rien.

— On ne pourrait pas y aller sans lui ?

— Sans le caporal ? Je ne sais pas. Ça devient compliqué. Sans pisteur, les filles ne suivront jamais. Tu as vu Prohm ? Elle est terrifiée. Et puis, faut pas croire, tu sais. T'imagines ce que ça contient la tête d'un mec comme ça ? Ce qui s'y passe, simplement quand il marche devant toi ? Le paquet d'informations traitées en même temps ? Mon rêve, ça serait de posséder le dixième de ce qu'il sait. Le dixième de ce qu'un type comme lui a appris chaque jour, et qui lui fait bouger le nez, les yeux, les oreilles dans la brousse. Rien que ça, tu vois. Pas plus. »

Boni avança sur le terre-plein maintenant déserté, les yeux au sol, tourné vers les idées qui affluaient en lui. Les révélations de Prohm avaient donné l'impression d'un progrès. À présent, il avait le sentiment de perdre à nouveau du temps, de trébucher sur chaque chose. Ce remue-ménage autour des génies locaux, qui certes l'intéressaient presque autant que son ami, allait faire s'enliser l'enquête.

« Ils ont décidé d'interpeller un *roup*, dit Rénot. Le médium du village si tu veux. Et puis de faire les trois *bôl*. On aurait pu le deviner, pas vrai ?

— Les trois *bôl*, répéta l'inspecteur, sans la moindre surprise. Évidemment ! suis-je bête. Et... c'est quoi "les trois *bôl*" ?

— Le plateau, l'œuf, la pince à arec, énuméra Rénot en comptant sur ses doigts avec cet air naïf des gens prêts à douter seulement quand ils sont sûrs. Trlrl !... À la campagne, il n'y a pas d'accident, de maladie, d'emmerde, de dispute, ou de tout ce que tu veux, qui ne soit autre chose que le résultat d'une cause. Jusque-là tu suis, hein ? Moi aussi. Mais là où leur logique diffère, c'est que tout vient d'un génie du coin, un *neakta*, le gardien d'un arbre si tu veux, qu'on a offensé sans le savoir ; par exemple, tu lui as pissé dessus. Alors, c'est tout simple : tu le consultes par le biais d'un *roup* ou d'un autre procédé. Et quand tu sais le nom du dieu furieux contre toi, que tu as outragé et qui veut ta peau, tu marchandes le prix de ton rachat. Ou tu lui demandes son aide pour entreprendre un voyage. Le *bôl* — du verbe "bôler", tu me suis ? — c'est ça. Un procédé de consultation.

— Et l'œuf, le plateau, ça marche comment ?

— L'œuf, c'est marrant. Tiens, demande au caporal. La vieille qui le fait pose l'œuf au milieu d'une assiette. Si c'est non, il bascule. Si c'est oui, il tient debout.

— Comme l'œuf de Christophe Colomb ?

— Non, non. Je l'ai vu des tas de fois. Pfeuh !...
La pince à arec, faut la suspendre à un fil de coton. Tu la fais osciller comme un pendule de radiesthésiste. Le rituel du plateau, c'est plus rare. Je crois qu'il bouge tout seul, n'est-ce pas, monsieur Kim ? Les gens se mettent autour, comme des spirites qui encerclent une table, et ils le font tourner. Si tu veux, on peut aller voir. »

Le Khmer les entraîna sur la place du village. Quelques personnes entouraient un vieillard décharné, lequel achevait de gribouiller des signes sur un bout de papier en flammes. Devant lui, le plateau à même une coupe à offrandes. Il se mit à le frapper à l'aide d'une baguette d'encens : dig, dig, dig, dig !...

« Allez, allez, paresseux ! grondait-il. *Chap, chap* ! Vite ! Dig, dig, dig... Dépêche-toi, *veuy* ! Tourne deux fois si Grand-Frère Kim peut accompagner les Français. »

Le plateau bougea. Rénot prit une photo. Plus loin se tenait le *roup* accompagné d'un orchestre. La femme en transe était assise au pied d'un autel garni de noix de coco. Elle regardait étrangement devant elle, d'un air calme, empreint de hauteur.

« Tous ces dieux, tous ces *neaktas* c'est quoi ? demanda Boni.

— Ah ! fit l'ethnologue en levant les sourcils comme sur le point d'éternuer. Je ne sais pas, moi. Des morts, des esprits, des sortes de saints régionaux avec lesquels tu dois sans cesse composer et qui emmerdent la vie.

« Là-bas c'est pire ! dit aussitôt le Khmer en riant. Les gens récitent des mantras et font des sacrifices à tout bout de champ. Leurs dieux sont terribles. Ma femme a peur. Son arrière-grand-père racontait que c'étaient des sauvages qui vivent comme à l'époque d'Angkor. Ils se servent de flèches empoisonnées, leurs médecins pratiquent des opérations, les *krou* ont le secret de plantes inconnues. Avant les Français, un roi avait envoyé des soldats pour les forcer à l'impôt. Il y avait des pièges partout, dans chaque recoin. Des nagas[1] énormes surveillent leurs frontières. Aucun n'était revenu. »

L'inspecteur croisa le regard de Rénot.

« Eh bien, on n'est pas sortis de l'auberge. Qu'est-ce que c'est au juste, un village, un territoire ?

— Les vieux parlent d'un pays caché, avec une source sacrée, dit le caporal. Ils lui donnent le nom de "vieille ville", *nokor chas*, de "ville de la forêt", *prei nokor*, ou bien ils disent le "Saut du Varan". »

Rénot sentit son cœur palpiter à l'idée d'être sur le point de découvrir dans son jus une « population relique », une société archaïque encore intacte, telle qu'il tentait d'en reconstituer depuis longtemps.

« Dis, ça saute, le varan ? demanda l'inspecteur. Je crois que je l'ai déjà entendu dire en Thaïlande.

— Oui, mais c'est une connerie, fit Rénot. De toute façon, ici, le saut c'est la chute, la cascade. Mais un varan ça saute, si, si ! Assez haut, même.

1. Cobra mythique.

Seulement on dit ça pour se moquer. Quand il a peur ou qu'il est menacé, c'est comme l'autruche qui s'ensable. À la différence qu'il bondit sur place. Ses gesticulations le rassurent, mais ne servent à rien. Il se fait prendre au même endroit en retombant.

— Le pauvre, répondit Boni. Il n'est pas le seul, tu me diras. Nous on lève les yeux vers le ciel. Est-ce mieux ? Varan ou autruche, on sort tous de la même cellule en fermant les yeux. Pour ne jamais voir.

— Ça y est, mon chef ! La tambouille c'est prêt. On va manger », dit le caporal.

Prohm et Chhüey leur servirent une soupe fumante dans laquelle du poisson avait bouilli, avec des graines de tamarin et des morceaux d'ananas.

« Tu sais conduire, non ? dit Rénot sans lever la tête. Prends la voiture. Culé ! Va faire ton enquête. Tu n'as pas besoin de moi. Prends le caporal, c'est pas loin. Vous avez tout votre temps. Moi, je reste avec les filles. O.K. ? Tu t'en fous, hein ? »

Boni alla boire au quart d'aluminium qui flottait dans une bassine sous la gouttière.

« O.K. C'est une bonne idée, dit-il. Bon, ben… salut ! À tout à l'heure. »

Il alluma une cigarette. Conduire la jeep et partir seul avec son nouveau cicérone l'enchantait.

Chhüey savait qu'en présence d'autres personnes, surtout d'un Français, Rénot endiguait les spasmes qui l'absorbaient, tels des éternuements. Du coin de l'œil, elle mesurait son degré de fatigue à leur rapidité à se décharger. Quand tardait à se produire un moment de détente, dont elle sentait l'urgence à certains signes — par exemple lorsque ses doigts tapotaient ce qu'ils voulaient saisir comme on hésite sur un objet brûlant —, elle s'employait à donner au plus vite à ce corps en contention, qui faisait peine à voir, la récréation dont il avait besoin. Au cours de ces moments furtifs, Rénot s'abandonnait à elle, sans pudeur, vulnérable, avec l'air rassurant d'un enfant grimacier.

Il laissa aussitôt échapper plusieurs « han ! » qui secouèrent ses flancs et ses jambes, comme des décharges électriques. Et posément, pour mieux l'expulser, il lâcha un juron articulé avec force. D'un geste lent, tétanique, le tranchant de sa main balaya l'air devant lui. Sa physionomie s'empreignit d'une sorte de stupeur, qui le contorsionna par saccades. Il s'étendit de tout son long. Chhüey glissa une jambe sous sa nuque en guise de traversin et l'éventa en soufflant sur ses tempes. Il eut quelques secousses, puis elle sentit sa tête devenir lourde et s'enfoncer dans l'épaisseur du mollet.

Prohm avait regagné l'étage, ajustant un sarong empesé dans le creux de ses aisselles. Des gouttelettes perlaient au duvet de sa peau hérissée par l'eau froide. Elle se pencha pour coiffer ses cheveux devant elle, avec des gestes précis qui tordaient son poignet et semblaient faire sortir ses doigts des articulations.

— Tiens ! dit Chhüey. Aide-moi, nous allons le « racler[1] ».

Les deux filles retournèrent Rénot pour l'oindre d'un camphre mentholé et le raclèrent à l'aide d'une pièce de monnaie, couvrant son dos de longues éraflures violettes. Il se laissa décongestionner, sans mouvement, poussant par instants des petits grognements de douleur. Elles lui posèrent ensuite une ventouse sur le front. Rénot goûta la sensation que son corps se libérait des fluides qui s'y heurtaient et refoulaient ses forces.

Il se redressa sur les coudes.

« Merci. Ah ! ça va mieux. Prohm, dis-moi. Je voudrais comprendre. Si personne n'a le droit de s'en aller de ton village, toi, pourquoi tu es partie quand même ? »

1. « Gratter, râper la peau pour extirper les mauvais vents ou souffles du corps » (k : *koh khsol*).

Prohm eut un air las, les doigts crispés sur la piastre de cuivre qu'elle se mit à manipuler nerveusement.

« Je te l'ai déjà dit, *lok*. Mon frère aîné l'a décidé ainsi. Le mariage n'était pas possible. Depuis que les Khmers rouges ont fait des incursions chez nous, les interdits sont devenus moins stricts. Ce n'est plus comme avant. Sans ça il n'aurait pas voulu.

— Mais alors, qu'est-ce que tu crains encore ? »

La cadette se mit à parler d'une voix grêle, poussée, nerveuse.

« Parce que j'ai dû me sauver en cachette, à la nuit tombante. Les parents de celle qui s'enfuit doivent le dire et faire des sacrifices aux dieux. Il faut beaucoup d'argent. Sinon les frères et les sœurs sont vendus comme esclaves. Elle est exécutée en effigie, au cours d'un grand rituel coutumier. C'est le simulacre de sa dépouille qui apaise les dieux. Elle ne peut plus revenir.

— D'accord, coupa Rénot.

— Tu comprends ? Je ne peux plus revenir.

— Je comprends. Maintenant, écoute-moi. Tu dois avoir confiance. Il y a M. Kim. Il y a M. Boni. Nous avons des papiers officiels, avec ton nom dessus et celui de Chhüey. S'il faut faire une cérémonie, nous la ferons.

— Et cousine Phuong ! cria-t-elle d'un coup, presque menaçante.

— Justement ! Toi, tu n'es pas seule ! » cria-t-il à son tour, regrettant tout de suite son emportement.

Le bruit d'un moteur se mit à ronfler au loin. La jeep fit trembler la maison, déclenchant un concert d'aboiements, de grommellements, de piaulements qui sortit Prohm de sa prostration. Boni apparut à l'étage, mouillé par sa transpiration comme s'il eût plu à verse.

« Ouf, quelle route ! dit-il en entrant. Ça secoue. On n'a pas trouvé grand-chose, mais je me rends mieux compte. Avec les buffles et les orages, il aurait fallu un miracle. »

L'inspecteur prit conscience du silence.

« Il se passe quelque chose ? Oh ! Qu'est-ce qui t'est arrivé ! s'écria-t-il à la vue des épaules de Rénot, comme entamées à coups de griffes.

— Nous parlions, n'est-ce pas ? répondit l'ethnologue en souriant aux deux filles. Ah ! ça, tu veux dire ? Non, c'est un truc d'ici. Je ne me sentais pas trop bien. Tu sais, moi, de temps en temps, j'ai besoin de décrocher.

— Ça doit faire un mal de chien, dis donc !

— Prohm m'expliquait comment ça se passe dans son coin. C'est une autre planète, totalement verrouillée, même si ça change un peu depuis la guerre.

— Il y a tout de même assez peu de risques d'invasion dans un trou pareil, non ?

— Je n'en suis pas si sûr. Tu sais, vivre en dehors de l'Histoire, je veux dire de la "grande", ce n'est pas être coupé de tout. Pfeuh ! Pfeuh !... Regarde les moïs, par exemple. »

Rénot s'arrêta, souffla à deux reprises, la bouche en coin, comme pour relever une mèche de sa tempe, et il eut un geste d'auto-stoppeur bizarre avant de reprendre sa phrase.

« Si tu prends des tribus comme les Stieng, les Jaraï, les Srê, les Maa, les Radé, toutes ont eu des contacts réguliers avec le monde extérieur. À commencer par le troc, depuis vachement longtemps. Pour le sel, les jarres, les gongs plats. Ça n'a jamais rien changé à leurs modes d'existence. Eh bien ça, tu sais, y a pas de miracle. Leur force, c'est qu'ils ne se mélangeaient pas. Avec personne. Tout est là ! Pfeuh ! Culé ! La grande ouverture, celle qui a sonné le glas de toutes les minorités, ça s'est fait par les filles. Si, si. Les intermariages. Les mariages mixtes, si tu veux, hors lignée. Pfeuh !... Le jour où les femmes sont devenues accessibles à des Chinois, à des Khmers, à des Viets, où tout le monde a pu se marier avec n'importe qui, sans tabous.

— Les gens qu'on veut voir sont restés intacts ?
— Ça va plus loin. On peut tomber sur des moïs hindouisés. C'était ça les Khmers qui habitaient Angkor. Il y a des thèses là-dessus. C'est pas impossible. En tout cas, pour ces mecs paumés, depuis l'apparition des communistes dans le coin, le poids des interdits a été revu à la baisse. Ils avaient échappé aux Thaïs, aux Français, aux repérages aériens... Pfeuh ! Pfeuh ! Pour eux, les Khmers rouges sont plus dangereux que les avions. »

Le caporal surgit à l'étage, suivi de son fils, avec des verres emplis de lait de coco pour tout le monde.

« Ça y est, mon chef ! dit-il. C'est bon. On y va. Je vous accompagne. Le *roup*, les trois *bôl*, tous ont dit la même chose. Les dieux sont avec nous.

— Putain ! fit Rénot à l'inspecteur. On peut dire que t'as un sacré bol, toi, hein ? T'as du bol au *bôl*. La vache ! »

III

Ils quittèrent Ta Siem par une nuit de lune, sous un ciel agité qui projetait des ombres. Chacun savait désormais son sort enchaîné à des forces invisibles, à des esprits aussi nombreux que les cours d'eau, les carrefours, les cols qu'ils allaient traverser, et dont il faudrait se concilier les faveurs à tout prix. L'inspecteur n'osait plus savourer son goût pour le hasard. Les deux filles se tenaient droites ; Prohm était si transie que son visage restait calme.

Rénot coupa à travers la brousse, guidé par le caporal. Ils prirent au ralenti une vieille piste charretière qui montait plein nord, puis des sentiers à peine tracés, entre des souches et des poches de sable, au milieu d'arbres clairsemés, entrant peu à peu dans une lande sauvage, hérissée de bambous, criblée de fondrières. Pesamment, le 4 x 4 escalada la pente herbeuse d'une crête qui les tenait dans le demi-jour. Ils débouchèrent sur un amphithéâtre gigantesque qui s'étageait jusqu'aux limites de la vue. Des nuages effrangés, rehaussés d'ambre et d'or, s'étiraient d'un horizon à l'autre.

Au fond de l'abîme prenaient fin les traces de la vie humaine ; plus de rizières, plus de cocotiers, plus de villages, mais le tiède frémissement de l'air au-dessus de la forêt. L'arrière-plan vaporeux était piégé entre le bleuâtre des lointains et l'olive des collines. Sur la droite, un muret de charpies enfoncé dans le ciel, embué d'effiloches, l'ombre du Phnom Andeng. Les brumes bougeaient bizarrement, modifiaient l'horizon en des figures instables, vastes ecchymoses où semblait s'inscrire leur voyage.

Ils descendirent du véhicule, devant l'immense panorama.

L'inspecteur sortit de sa poche un large mouchoir de batiste blanc, le déplia sur ses doigts, prit une grande inspiration qui lui redressa la tête, et se moucha à deux reprises précipitées avec un son de trompette. La pression de ses mains jointes se relâcha sur son nez devenu rouge et blanc, puis le bout de son index esquissa à travers le tissu des crochets d'une minutie d'horloger, une narine après l'autre. L'ensemble de ces opérations parfaitement rodées, aussi efficace que le geste de l'artisan ou le vol de l'oiseau, plongea l'ethnologue, qui le regardait faire, dans une réflexion lointaine.

Rénot avait grandi avec la conviction d'appartenir à cette fraction de l'humanité qui vit sans le secours d'un mouchoir. L'autre ressortissait à une variété distincte, illustrée tout au long de ses années de pension en France, par les Frères des écoles chrétiennes. Arrivé en Indochine, il avait noté que le *krama* remplissait le même office, sans changer d'habitude. Il avait continué à renifler et à expectorer ses mucosités, quand elles étaient peu abondantes, ou à les expulser directement d'un coup sec par le nez.

Il le regarda retourner son mouchoir, le replier, l'enfoncer dans sa poche comme dans le pli d'une soutane, et s'avisa que son copain était au bord des larmes.

Contrairement à Rénot, Boni était l'homme d'une seule femme. Du jour au lendemain, sa vie s'était orientée sur celle-là — la seule qui représentât ce qu'il cherchait depuis toujours. Dans l'instant, ses yeux n'avaient cessé de voir son nom s'inscrire partout en lettres d'or. Il avait renoncé aux autres, et plus aucune n'avait excité ses goûts en dehors d'elle. Ils s'étaient mariés, et leur passion avait grandi à ce point, dans une confiance si totale, qu'ils en avaient conçu un principe d'éternité, irraisonné certes, mais tout de même appelé à les garder unis jusque dans la poussière. Un jour, au bout de seize années heureuses, elle lui avait dit qu'elle le trompait depuis un an. « Il ne t'arrive pas à la cheville. » « Je ne serai jamais heureuse avec lui. »

Il était midi ce jour-là, c'était l'hiver. Boni était mort dans l'instant. Incapable de faire front, il avait sangloté, pleuré, voulu se briser la tête contre les murs, et tenté de canaliser sa haine sur un visage pour préserver la femme qu'il aimait encore.

« Je ne te dirai jamais qui c'est. Qui ? Lui ?... Ha ! ha ! ha ! tu es ridicule. Le pauvre, s'il t'entendait ! Je crois que ça le ferait bien rire. Qu'est-ce que tu ne vas pas chercher, vraiment. Téléphone-lui si tu ne me crois pas. Tu veux qu'on lui téléphone ? »

Sur le visage blanc et froid, l'assemblage des ruses et du mensonge s'était montré à nu.

Les grands malheurs ont des suites incalculables. L'instinct était remonté en lui. Boni tomba d'une souffrance affreuse dans un mal bien pire. Il arrive soudain que l'homme ressemble à ce qu'il pensait ne pas être.

Dans son enfance, Jérôme Boni avait approché toutes les nuits la même femme, qui unissait les traits de la mère, de la sœur et de la belle inconnue. Il avait couché avec elle, cédant à la volonté de l'une ou de l'autre, liant ses désirs aux vœux de celle qui les symbolisait toutes. Plus tard, il en avait épousé une autre : la même, la seule, l'unique, mais en chair et en os. C'est pourquoi, ce jour-là, le ciel avait pris feu. Sur le sol étaient arrivés les corbeaux. Les morts avaient exhibé leurs pattes de sauterelle. Au gros cadavre nu que des oiseaux mangeaient, l'inspecteur mit la tête de celui qui avait pris sa femme.

Le versant nord s'affaissait à mi-pente, sous un lit de fougères. Rénot y entra pour ausculter le chemin : des senteurs acides et, tout à coup, l'odeur vireuse de son père — un mélange de sueur, d'opium et de tabac enfermé dans l'étoffe de son éternel costume blanc —, à jamais celle de ses premiers dégoûts.

Rénot avait haï son père. La nouvelle du décès de cet homme brutal lui était arrivée telle une libération dont il ne voulait pas se souvenir. Depuis, il ne s'était jamais plus attaché à personne. De celles qu'il aimait, il n'acceptait de dépendre que des formes. Sa sensibilité n'apparaissait que dans sa façon de se pencher sur leur corps : la matière l'enchantait autant que le galbe. La beauté est extérieure, visible, le fond nous échappe. Aimer, c'était vouloir une femme, puis éprouver du plaisir à coucher avec elle pour un temps. Aucune n'était un tout, et l'une ne remplaçait pas l'autre. Il veillait sur cet axiome comme sur un secret. La rapidité avec laquelle on aime va de pair avec celle qu'on met à ne plus aimer. Aussi choisissait-il le plus souvent celles qui tapent dans l'œil, dont on se pique tout de suite, qui ne sont pas faites pour aimer ou être aimées longtemps. Ce qui le séparait de l'inspecteur, c'était moins ses mœurs nomades ou le refus de s'asservir que son absence pour ainsi dire totale de culpabilité. Figure avide, subtile, prête à jouir, sans plus, sans vaincre ni posséder, il profitait de tout, comme l'insecte butine la fleur. Il n'attendait rien que de sa seule disponibilité, que de cette soif d'errer qui le maintenait en communion avec l'essence des choses.

Sur lui-même, Rénot avait peu d'idées, sinon d'être un spécimen courant du monde vivant, d'où cette propension à juger les autres en fonction de lui. La moindre différence devenait suspecte, voire infamante, quand ses propres singularités lui semblaient naturelles, nécessairement communes. C'était l'esprit le plus éclectique, le plus ouvert à n'importe quel désir, dont il recevait les impressions goulûment, sans en démêler le sens. Rénot ne voulait qu'un modèle : la nature. Dès l'instant où il n'y avait rien dans cette nature qui ne lui parlât de ce qu'il aimait, il ne voyait pas de faute à suivre ses inclinations. Elles lui paraissaient si normales, si conformes en tout, si dépourvues d'aucun besoin de souffrance, qu'il laissait se satisfaire ses sens. Il pouvait, par exemple, plonger son regard pendant des heures dans l'entrejambe d'une fille sans rien demander d'autre, quand la même contemplation aurait précipité Boni dans une insupportable gêne, tant l'envie était chez lui liée aux sentiments.

Entre ces deux âmes sur la route, une improbable alliance était sur le point de se sceller ; l'inanité de l'un rencontrait les illusions de l'autre.

Ils remontèrent dans la jeep.

« Dis, euh… Tu crois qu'une femme peut tromper son mari par amour ? »

L'inspecteur dit ces mots très vite, à mi-voix.

Rénot détestait les confidences. Après coup, les gens vous en veulent. Il démarra le moteur.

« Holà, holà ! fit-il, embarrassé. L'inspecteur, ça ne va pas, hein ?

— Non, non, je voudrais que tu me répondes. C'est important pour moi. Est-ce que tu crois qu'une femme peut tromper quelqu'un par amour ? J'ai besoin de savoir.

— Mais je ne sais pas, moi. C'est bien compliqué ton truc. Pfeuh !… Pfeuh !… Qu'est-ce que tu veux que je te dise ? » (Il aspira l'air d'un coup sec, se raidit, arrondit le bras comme pour donner une gifle, revint de son mystérieux périple en deux secondes.) « Et puis comment ça, par amour ? Évidemment ! si elle en aime un autre.

— Non. Je veux dire, par amour pour son mari. Si elle peut tromper son mari par amour pour lui, répéta Boni.

— Écoute ! Moi je ne sais pas ces trucs-là. Ton histoire, c'est une histoire banale. Comme toutes les histoires d'amour.

— Banale ? Je crève et tu trouves ça banal ?

— Bien sûr, dit Rénot.

— T'es sacrément gonflé !

— Désolé. Écoute. Y a pas d'autre issue. Tu veux savoir ? Tu veux que je te dise pourquoi l'homme c'est voué à ça ? hein ?

— Vas-y.

— Parce qu'il est issu de quelque chose qui ne pouvait pas marcher. Tu ne me crois pas ? Ouvre les yeux. Je t'assure. Le croisement de deux espèces, différentes, antagonistes, subitement congénères. Mettons comme si après un corps à corps fabuleux, fondateur, était survenu une gestation impossible et que ça donne quelque chose. Si, si, c'est ce qui s'est passé. Avec des petits interféconds. Imagine deux genres incompatibles, pas congruents pour un poil, et qui donnent naissance, comment dire, par surprise, d'un seul coup d'un seul, à un produit fertile, illimité. C'est ça : sans fin. »

L'inspecteur écoutait d'une oreille les élucubrations de Rénot qui tendait à se moquer de ses états d'âme.

« À l'encontre de toutes les lois de la nature. C'est ça le péché originel. Le fruit défendu, l'interdit absolu, tu comprends ? Ça allait ouvrir l'homme sur le monde, développer son intellect, le danger, quoi.

— Pourquoi, ça marche !

— Non. Oui, mais mal. À crever ! Tu vois bien comme t'es malheureux ! Quoi ? Regarde les animaux... L'homme et la femme calculent, ils se font du mal. T'y peux rien, leur amour ne fonctionne pas autrement. C'est le prix de tes méninges, de la désobéissance. Un mauvais tour inventé par l'évolution.

— Y en a des tas qui s'aiment, qui restent ensemble !

— Oui. Le gibbon, tiens. Le coq de pagode. Mais si tu voulais que ça t'arrive à toi, comme une chose naturelle, avec ton énorme cerveau, t'es pas sorti de l'auberge. On est une sorte d'hybride dangereux, cruel, qui se retourne contre soi. Un composé monstrueux de choses contradictoires. D'ailleurs, regarde. L'homme, c'est la seule créature qui vienne au monde en pleurant. Dans la douleur. Tu vises ? La seule ! Et ça, mon vieux, ça se paie toute la vie. Une naissance pareille, c'est un signe. Le drame ontologique par excellence. D'où cette inquiétude constante, spécifique, due à sa transgression. Scientifiquement, l'humanité c'est une erreur. »

Boni regarda Rénot sans rien dire, avec gravité, mais finalement il marchait. Les boutades étaient grosses, drôles, inattendues, avec des exagérations qui rassurent, et certaines semaient le doute. Personne ne s'était jamais donné tant de mal pour lui.

« Crever d'amour, dit-il en dodelinant de la tête. Bon, je veux bien. Admettons, c'est une erreur. Mais ne me sors pas que c'est banal, merde !

— Mon Dieu, s'exclama Rénot, mais ferme ta boîte ! Tu te fais du mal exprès, ma parole. Attention ! moi je ne marche pas là-dedans. Et puis, de toute façon, ce qui compte c'est l'endroit. »

L'inspecteur le laissa poursuivre sans comprendre.

« Hein ? Eh bien, ici. Juste là, dit l'ethnologue, arrêtant le moteur d'un tour de poignet. À l'entrée de cette cuvette boisée, toute bruissante de ses eaux enfouies. Chut ! tu entends ? J'en deviens poète, tiens. » Et il reprit en déclamant à tue-tête : « Bruissante de ses eaux enfouies ! » « Le gosier *toulousaing* », hurla-t-il une nouvelle fois, avec une voix de gorge, en se retournant sur les filles. Eh bien, ça c'est du flair ! N'est-ce pas ? Regarde. Tu ne pouvais pas imaginer plus bath. Non ? C'est vraiment le coin rêvé pour tomber malheureux. Bravo. La belle nature, ça gifle, ça met à nu, ça active les sens, ça fait sortir plein de trucs. L'homme, il a besoin de ça. Tu le mets devant une belle fille, il bande, devant un beau paysage, il pleure, je sais. Pfeuh ! Pfeuh !... Ta gueule ! Ça fait cent mille ans que ça dure. Hé ! cria-t-il tout à coup l'air de tomber des nues. Mais suis-je bête ! J'ai quelque chose pour toi. Tu vas voir, c'est radical ». (Il remit le moteur en marche.) « Ce qu'il te faut, c'est un bon coup de relativiseur, après ça va tout de suite mieux. Si, si ! moi, c'est ce que je fais toujours. Bouge pas.

— Un coup de quoi ?

— Re-la-ti-vi-seur. Relativiseur. Attends. Pfeuh ! Han !… Tais-toi, ferme les yeux. » (Il arrêta le moteur.) « Tu ne regardes pas, hein ? Attention ! Ferme les yeux, je te dis. »

L'expression faussement autoritaire de Rénot, qui s'ingéniait à trouver le moyen d'arracher son ami à lui-même, donna à Boni le sentiment de retomber dans une enfance où tout n'était que jeux, dont il n'aurait jamais dû sortir. Il accepta de se montrer vaincu.

Rénot fouilla dans son cartable et sortit quelque chose qu'il mit entre les doigts de l'inspecteur. Boni procéda sans entrain à des attouchements de l'objet dur et froid qui tenait tout entier dans sa main.

« Qu'est-ce que c'est ?

— Un relativiseur.

— Non mais…

— Hé, attention ! dit Rénot. Il y a une formule à réciter. Tu le gardes bien dans la main et tu prononces, sans t'arrêter : "Cat-mil cat-mil cat-mil cat-mil." Si, si, insista-t-il avec allant. Sinon ça ne marche pas.

— Arrête… déconne pas…

— Vas-y, je te dis ! Tu vas voir. "Cat-mil cat-mil cat-mil." Allez, vas-y. »

Boni consentit à articuler les mots à mi-voix.

« Bon, dit Rénot. Maintenant, sans t'arrêter et toujours sans regarder, hein ? tu fais ça. Passe le doigt sur le bord affilé de l'objet que tu tiens.

Doucement. Cherche bien. C'est ça, tu sens ? Ça coupe un peu, hein ? Eh bien, sur le tranchant, tu remarques quelques petites brèches, en dents de scie. »

Boni tenta de se représenter ce que disait Rénot. Il effleura plusieurs coches raboteuses, aiguës, qui accrochaient la pulpe de son index.

« Bon, poursuivit l'ethnologue. Eh bien, tu vois, à chaque pet, je ne sais pas moi, parce qu'il avait tapé trop fort, sur un truc trop dur, le mec a exactement passé son doigt au même endroit, quatre mille ans plus tôt, et chaque fois en pestant. Quatre mille ans. Quatre mille ! pense bien à ça : quatre mille !

— Je renonce à comprendre, dit Boni avec découragement. Euh, je peux tout de même regarder, oui ? » Et il baissa les yeux sur l'instrument contondant réchauffé dans sa paume. « Qu'est-ce que c'est, c'est du fer ?

— De la pierre polie. Du schiste noir, sonore, très dur. C'est une hache à soie qu'on trouve dans la région, un biface à tranchant taillé dont se servaient il y a très longtemps, peut-être quatre mille ans et probablement plus, les hommes préhistoriques.

— Et alors ?

— Alors, je vais te dire. Je peux ? Eh bien, je ne voudrais pas te faire de la peine, mais ton drame, à toi, ne vaut pas plus que celui du mec qui a pété sa hachette. Une chose est sûre, en tout cas : tes ébréchures risquent de durer moins longtemps.

— Et qu'est-ce que t'en sais ? dit l'inspecteur qui écoutait chaque mot de Rénot avec une attention extrême pour savoir s'il avait affaire à un ami clairvoyant et honnête.

— J'en sais qu'on se fout de savoir que le mec était cocu ou pas. Désolé ! Non mais, franchement. Je ne sais pas moi, ouvre les yeux ! T'oublies qu'hier encore nos femelles se faisaient couvrir en montrant les dents par le premier mâle parvenu jusqu'à elles ? Allez, crois-moi. La souffrance, ça va avec l'amour. C'est notre lot commun. En revanche, ce qui est beaucoup plus rare, tiens ! c'est l'amitié. Ça, c'est pas pareil. Tu peux passer une longue vie sans un seul vrai ami. L'amitié c'est comme le saucisson. C'est l'homme qui a fait le saucisson. Dieu n'y aurait jamais pensé, pas plus qu'il n'avait imaginé dans son grand œuvre que l'être humain progresserait ainsi, trouverait des trucs, sur la seule base de ses caractères autogènes. »

Là-dessus, l'ethnologue entonna les notes de *La Marseillaise*.

« Rigole, va, soupira Boni.

— Ah ! Toi tu trouves ça rigolo, *La Marseillaise* ?

— Ouais, ouais... »

Une vague de peine envahit l'inspecteur au souvenir des beaux jardins où ils entraient ensemble. Elle n'était pas parfaite, ses épaules étaient larges, ses yeux rapprochés, mais aimer une femme, c'est posséder en soi l'insaisissable qu'elle recèle : ses reflets, ses flexions, ses regards quand ils vacillent ; pas les yeux, ni les hanches, ni la peau que tout le monde peut voir. C'est à de telles imprégnations qu'elle est irremplaçable. Des couples qui duraient, Boni concevait une leçon de permanence et de lenteur, à l'instar de ces gemmes qui mûrissent leur pureté dans le secret.

Il regrettait plus que tout ce jour du muguet où, parmi les allées environnées de haies, poussaient à foison de grandes jacinthes crayeuses dont la couleur, mélangée à d'autres plantes d'un bleu sombre, se coagulait sans cesse en des formes nouvelles. Les massifs fleuris leur avaient semblé s'agrandir extraordinairement, créant un vaste espace tranquille autour d'eux, et tout avait changé de fond en comble : ils avaient parlé à voix basse de leur mort, de cette fin qui les rapprocherait, de ce qui adviendrait quand l'un d'eux s'en irait.

L'émotion lui serra la gorge. Rénot s'en aperçut tout de suite.

« Merde ! dit-il en se tournant vers lui tout d'un bloc. Excuse-moi. Ton problème relève absolument du relativiseur. Je t'assure que ça marche. Tu dois essayer. Ça demande juste un peu d'application. Le déclic doit se passer en toi, pas dans la tête. Il n'y a rien à comprendre. Seulement à ressentir. Regarde, elle est belle, hein ? Ce type d'herminette polie, comme ça, avec tenon d'emmanchement, ça témoigne d'une technique si perfectionnée... hé ! tu m'écoutes ? t'entends ? si perfectionnée qu'il n'a pas évolué pendant plusieurs milliers d'années. Tu vois ce que je veux dire ? demanda-t-il, mystérieux, en remuant les sourcils. Ne discute pas. Allez, vas-y ! pose bien ta main où il a mis sa paluche de grand primate, pleine de poils, semblable à la tienne. Fais-moi ce plaisir. Et si tu ne le fais pas pour moi, protestat-il en se retournant sur les filles avec une mine gourmande et l'accent d'un Raimu exhortant Pompon à régaler sa Pomponnette, alors fais-le pour toutes celles qui restent ! »

L'inspecteur regarda l'outil archaïque, totalement décontenancé. Taillé à vive arête, le petit bloc luisant était couvert d'une patine épaisse, mangée d'usure. Au niveau de l'épaulement, que n'avait pas entamé son séjour dans la terre, deux rainures en griffe, irisées de reflets blancs, oscillantes, aléatoires, dans lesquelles il lui parut pouvoir lire d'anciens gestes, tels les restes d'une vie soudain resurgie. D'étranges pensées prirent forme en lui de façon détournée, comme par réfraction, faites d'impressions instinctives, inachevées, sans lien, perdues dans l'espace, et qui l'unirent d'un coup à d'autres figures semi-abstraites. Des images arrivèrent à sa conscience, d'abord fugaces, comme le miroitement d'une apparition, le surgissement d'une présence, et ensuite plus stables, avec l'impression très sûre de percevoir l'homme qui avait façonné patiemment cette pierre, de le distinguer dans sa vaine individualité, dans sa misérable chair, et non plus sous le jour infime et reculé auquel son cerveau ne lui donnait qu'accès. Alors, l'inspecteur eut l'intuition que la vie et la mort de cet ancêtre primitif, dont il gardait la main dans la sienne, n'étaient pas celles d'un autre. Et tandis qu'il s'identifiait à ce maillon dérisoire qui exhibait l'inutilité de la vie, il sentit confusément que, telle la cure analytique dissipe une crise sans qu'on sache dire pourquoi, ces visions fugitives lui avaient apporté un repos inattendu et fondamental.

« Et puis tu sais... », ajouta l'ethnologue. Il fit pivoter les doigts écartés de sa main, paume vers le ciel, paume vers l'enfer. « Heureux... malheureux... phrrt !... ça ne change rien à la place de l'homme dans la chaîne du vivant. Allez viens, maintenant ! Faut qu'on file.

Le mamelonnement du terrain obligeait à suivre une courbe où s'enfilaient des souffles. Rénot tourna le volant d'un coup. L'immobilisation *in extremis* de la jeep contre une souche déracinée dans le dévers lui parut le seul moyen d'empêcher les roues de glisser vers le bord du surplomb. Le regard des passagers plongea un court instant dans l'abîme. Sur cette terre engloutie, gorgée d'eau noire, où mille drains affleuraient, croupissait un sous-bois confiné, envahi de palmiers, de lianes, de fougères, dans un désordre impénétrable qu'avoisinaient de longues trouées de forêt claire. Çà et là, asphyxiés par la nappe végétale trop dense, de vieux arbres couchés ouvraient des brèches dans le suaire de mousse d'où s'érigeaient leurs rames de corail blanc. Jusqu'à perte de vue, comme autant de voiliers soulevés par une houle, le dôme de géants effrangés d'épiphytes vaguait sur ce monde délaissé. Un vaste horizon s'ouvrait devant eux, surface calme émaillée de taches de lumière, de trous qui s'enfonçaient dans l'ombre. Rénot, exalté par tant d'étendues vierges, souffrit en songeant qu'un jour il faudrait quitter cela. Depuis un millénaire, et sans appauvrissement, c'était la même forêt primaire, coupée d'étangs et de savanes, qui servait de refuge à une vie cachée, celle des grands fauves, des éléphants, des cervidés, des gaurs, des bantengs, des bovidés *kô prei* qui n'existent nulle part ailleurs, et peut-être aussi d'une cité perdue avec ses habitants.

« Si c'est comme ça, il va falloir continuer à pied, dit Rénot en sautant de la jeep. Caporal ! »

Les deux hommes firent quelques pas vers la pente et s'approchèrent du vide. Boni les rejoignit, avançant avec précaution sur les cailloux qui bougeaient.

« Hé ! faites attention, ça glisse ! »

À cette altitude, le vent changeait de direction librement. Tout à coup, ils se regardèrent, flairant l'air avec des aspirations brusques : une bouffée de puanteur entra dans leurs narines. Les deux filles restées près de la voiture étouffèrent des exclamations et se bouchèrent le nez.

Les trois hommes s'orientèrent dans la direction d'où arrivait l'odeur, jusqu'au sommet d'un tertre délimité par huit massacres de buffles, fichés sur des piquets. Au centre se dressaient un labyrinthe à plusieurs entrées et, juché sur un échafaudage en bois de kapokier, le corps qui empuantissait l'atmosphère. Roulé dans une couverture avec armes et parures, sa figure en décomposition dépassait, peuplée de vermine blanche ; de longues effiloches nerveuses sortaient des orbites évidées à coups de bec. Leur approche fit s'élever, immobiles, des oiseaux portés par les courants concentriques. Dans l'axe de l'ouvrage figurait un cortège miniature de guerriers et d'éléphants caparaçonnés avec roof et cornac. Au pied d'un mât sacrificiel orné de pompons, de pendeloques, ceint d'un faisceau de bannières multicolores, se trouvaient une grande jarre enterrée à mi-corps et une lance fichée dans le sol par la hampe. Un autel y était adossé, garni d'une hotte, d'un carquois pyrogravé et d'un gong.

Le caporal regarda les Français.

« Ceux qui ont fait ça ne sont pas des gens de chez nous. »

Rénot n'avait jamais rien vu de semblable non plus. Il se retourna sans répondre vers les filles qui suivaient, le nez dans leur *krama*.

« K'Prohm ! Tu sais ce que c'est ? Tu as déjà vu ça ?

— C'est la tombe d'un chef, *lok*, répondit-elle à travers le tissu. Les hommes importants ne sont pas brûlés tout de suite. On expose leur dépouille. Il y a cinq procédés pour détruire le "composé physique". L'eau...

— L'eau, la terre, le feu, le vent, l'air, coupa Rénot en comptant sur ses doigts. N'est-ce pas ? Je sais. Ah, ah.

— Oui, *lok*. Ici, c'est le vent.

— Ou l'air, non ?

— Non, dit la jeune fille. L'air, c'est quand le corps est juché au sommet d'un arbre. On dit qu'il est offert en pâture. Comme l'auguste Maître qui n'a pas hésité à faire le don de son corps pour sauver des créatures affamées. Cette partie des hauteurs est utilisée comme cimetière. »

Intrigué par la découverte, Boni avança dans le déambulatoire, examinant de près les objets disposés dans l'alignement de l'autel.

« Et tout ça, qu'est-ce que c'est ? demanda-t-il. Là, les éléphants, les petits bonshommes en bois, la jarre...

— Quoi, ça ? Le "matériel funéraire" ? Ça sert de "viatique" au défunt », dit Rénot, prenant soin d'accentuer les mots, de les détacher de son discours, de montrer qu'il les sortait d'un vocabulaire importé, tiré du jargon de ses collègues, dont il n'était que le précaire détenteur. « Ça représente les choses nécessaires dans l'autre vie. Pfeuh ! Culé ! Les armes, les richesses... qu'il ne s'pointe pas comme un péquenot, quoi. Ça je peux te dire que c'est pas d'aujourd'hui. Tu le retrouves chez tous les animistes. En revanche, l'aménagement d'un pavillon cérémoniel, sur une aire sacrée, au centre d'un labyrinthe, là, c'est vraiment curieux. Le labyrinthe, c'est à la fois une représentation du monde et une matrice. Tu savais pas ça ? Ah ! On se demande où tu as été à l'école. Chez les Khmers, ça symbolise le cheminement de l'être transmigrant, entre deux existences. C'est typiquement bouddhiste, et c'est à ne plus rien y comprendre. »

Il s'adressa à Prohm :

« Où se trouve ton village ? On le voit d'ici ? »

Pour Prohm, le village, ce n'était pas des habitations en un lieu précis, mais l'ensemble total qu'elle observait avec ses parents, du haut des défrichements, en se tournant vers le nord : pentes raides ensevelies sous des vagues de bambous, réseau ramifié des vallons rejoignant la rivière, hautes frondaisons aux rebords sinueux, cultures itinérantes, et puis la demeure des dieux. C'était tout cela qui se confondait dans la même et seule perspective de son horizon.

« Là-bas, dit-elle en montrant une courbe encaissée, plus dense. Dans la boucle du Stung Srê, tu vois ? C'est encore à plus d'un jour de marche. »

Rénot se frotta les mains, comme déjà parvenu au terme d'une longue et difficile besogne.

« Alorrrs ! dit-il en élevant la voix et en fronçant exagérément les sourcils, avec le roulement des *r* à la manière d'un guide de musée. Mesdames et messieurs, ici, à votre droite, la jarre est de l'époque d'Angkor. Style d'Angkor Vat, première moitié du XIIe ! »

Et il ajouta en forçant l'accent :

« "Carrrcassonne ! Carrrcassonne ! Tout le monde descend. Attention à la fermeture des portières, s'il vous plaît." Comment vous appelez ce type de jarre ? demanda-t-il à Prohm.

— *Rlông, lok* ; on dit *rlông*. Ce sont les plus chères. Certaines valent jusqu'à dix buffles. »

L'ethnologue cocha dans sa tête le mot précis que la jeune fille avait donné, sans hésiter, de la façon la plus normale du monde, comme on rapporte ce qu'on sait. L'idée lui vint que dans ce que l'on côtoie chaque jour sans y prêter attention se trouvent peut-être aussi des choses que nous ne connaîtrons jamais, parce que nous ne les y cherchons pas.

« Hé, regarde ! Ton macchabée n'est pas mort de vieillesse. »

L'inspecteur s'était aventuré jusqu'au cadavre et se penchait sur les filaments du visage qui vrillaient dans la lumière brûlante.

« Holà ! Fais attention, hein ? Ne touche à rien surtout.

— T'en fais pas, va. Dans l'état où il est, je ne vais pas l'autopsier. C'est pas la peine. Tu n'as qu'à venir voir. Il a été tué d'une balle dans la tête. »

Ils revinrent sur leurs pas, formant un petit groupe hésitant, perdu au sein de la nature. Rénot s'avança, laissant flotter son attention au hasard ; l'instant lui parut propice pour donner carte blanche aux hochements légers de ses jambes et de sa tête qui donnaient à sa démarche vive d'homme jeune cette allure capricante. Le terrain chutait par une rampe abrupte ; au-delà, une langue rocheuse, de plus en plus étroite, insinuée dans le flanc de l'abîme, entaillée de marches d'inégales hauteurs. Parvenu à l'extrême arête dont le front se dressait au-dessus de l'espace, il se pencha en avant, mains sur les genoux, pour examiner le passage qu'ils allaient devoir suivre, fixant chaque saillie, notant la moindre prise, la plus étroite aspérité, le plus petit appui qui pourrait les sauver.

Le temps avait changé. Le ciel lumineux produisait une impression accrue de vide, avec des lointains plus nets.

« Faut laisser la bagnole ! dit-il, péremptoire. On mangera en bas. »

Le caporal l'aida à camoufler le véhicule sous des branches. Il se chargea du sac contenant le couchage et les vivres, et insista pour porter celui de Boni. Rénot prit les pots de *prahok* de Mme Berthier et le sel.

Passé les premiers arbustes à moitié déchaussés par le renversement des moussons, l'œil plongeait sur le contrebas. Des cycas distors accrochaient leur couronne dans l'à-pic. Un escalier s'y perdait en arabesques irréelles avant d'aborder, au pied de la falaise, le plan horizontal et dénudé d'une chaussée cruciforme, immobile entre ses deux bassins d'eau sombre. L'ouvrage, avec sa tour axiale, semblait un radeau fantastique, d'une étrange fraîcheur, à demi échoué entre le roc et le large. Ils descendirent, agrippés aux racines et aux plantes, coinçant leurs pas dans le saillant des marches, où ne tenait qu'une personne à la fois. Chhüey se retourna pour montrer quelque chose plus bas, et le visage de Rénot s'assombrit.

« Hé ! l'acrobate !... Tu as vu ? cria-t-il à Boni. Regarde !

— Bien sûr, répondit l'inspecteur, tendu, la voix entrecoupée de soupirs. Ça a l'air chouette. Je regarderai mieux après. »

Boni souffrait. Ses jambes raides l'empêchaient d'assurer aucune prise. Ses chaussures raclaient sans cesse la roche à la recherche d'un appui. Dans ses mouvements indécis se sentaient l'épuisement et la hâte d'arriver.

« Non, arrête-toi un instant, tu n'as rien vu. On n'est pas pressés. Regarde sur la terrasse. Tu vois ?

Faut relier ça au macchabée d'en haut. Y a dû y avoir du grabuge. »

Le policier se campa tant bien que mal, scruta le fond du ravin d'où se détachait le petit temple dans son écrin sauvage, et il distingua deux corps noirs étendus sur la pierre.

Un par un, ils dévalèrent du fond de la montagne dans une chaleur plus lourde. L'ultime palier donnait sur des herbes géantes, regorgeait de vie, bruissait et suintait sous leur pas. Les longues tiges épineuses exsudaient un latex qui enflammait la peau. De la terre putride, et jusqu'à leurs joues qu'avait embrasées l'air, montèrent des senteurs mouillées, des excès de gaz froid. Ils cherchèrent leur chemin à travers le rideau d'une lisière où le bruit du coupe-coupe n'avait jamais retenti. Des marches émergeaient, nichées dans la terre. Rénot pressa le pas et les gravit d'un bond. Mais en s'élevant sur la chaussée défoncée, tel le pont inhospitalier d'une épave, il s'exposa de plein fouet au souffle infecté des deux guérilleros ; leurs corps empoisonnaient la nappe au-dessus du sous-bois. L'épouvantable relent de suint et de charnier lui parut plus douceâtre, plus ignoble que celui du cimetière, et il tomba sur les genoux pour cracher et tousser violemment.

Telle une cabine délabrée qu'envahissent plantes et lichens sauvages sur le pont des vaisseaux fantômes, la petite tour en pierre penchait de tout son poids, écrasée sous des dégringolades de couleurs rouille et blanche. Rien ne paraissait pouvoir égaler un semblable jardin, au sein duquel elle se dissimulait comme une montagne privée. Des merles siffleurs s'ébattaient dans les arbres, des lianes aux grappes de perles bleues lançaient de branche en branche leurs aériennes courtines. C'était un enchantement, une féerie. L'antique plate-forme semblait une longue jetée qui s'avançait dans la jungle, jamais reposée de la houle. Sur ses bords défoncés courait une rampe en forme de naga dont la grosse tête monolithe avait chu comme celle d'un serpent mort. Une lumière prodigieuse ondulait, balancée par le vent du nord, semblable au branle hallucinatoire d'une danse macabre dans quelque tableau fantastique. La tour, vue de près, sous son jardin de pariétaires et d'orchidées baroques, apparaissait plus petite que d'en haut ; mais dans l'éclairage tombant de l'après-midi, qui détachait ses lignes de grès blanc du décor en stuc, elle grandissait maintenant en tournant sur elle-même. À son pied gisaient les charognes. Deux Khmers rouges dont le dos amolli adhérait à une flaque de fange. La putréfaction les absorbait à travers plusieurs drains béants garnis de plumules roses ; leurs membres dilatés se soulevaient du sol, raidis dans une dernière instance.

Rénot, qui s'était bouché le nez, reprenait son inspiration lorsque la fantasmagorie rompit net. Il eut un sursaut : là devant, à portée de son regard, une forme se courbait sur les cadavres, d'une immobilité absolue, surnaturelle, à peine décelable. Ses yeux subitement dessillés en distinguèrent la tête sous un bonnet pointu, puis le bras sorti d'une enveloppe couleur ocre sur laquelle jouaient les ombrages. Soudain, la scène se changea en vision d'épouvante. La créature se mit à bouger. Rénot voulut s'approcher pour la faire disparaître, quand la main de Chhüey le retint par le short. Prohm et le caporal se tenaient prosternés derrière lui, le *krama* déplié sur la pierre. Assis sur les marches, Boni s'épongeait le front, regardait, essayait de comprendre.

« Non, reste ici, *lok*, souffla la jeune fille.

— Mais qu'est-ce que...

— C'est un *thoudang*. Le malheur s'abattrait sur nous. Prohm le connaît. Il "médite sur l'horreur". Viens. »

L'ethnologue revint sur ses pas et, comme si de rien n'était, dénicha dans son sac une canette de bière. Il l'offrit à Boni, sans la moindre allusion à ce qui les préoccupait tous. Rénot adorait le coq-à-l'âne, c'était son mode de fonctionnement. L'homme ne doit rien épargner pour faire diversion à sa difficulté d'être. Passant du général au particulier, Rénot sautait sans crier gare d'un sujet à l'autre, autant pour mystifier son entourage — une quête constante, mais naïve et franche — que pour échapper à ses obnubilations. Ce faisant il désamorçait les questions, distançait l'objet de ses inquiétudes afin d'y revenir ensuite plus efficacement, et tout à la fois détendait l'atmosphère et gardait la situation en main. Le truc était un peu gros parfois, mais ça marchait toujours.

« On va dormir ici, dit-il en frappant sur sa montre avec l'ongle. Et maintenant : peinard. On repartira demain, reposés. O.K. ?

— Ah ! fit Boni en poussant un ouf de soulagement. Je suis crevé. Merci... Dis donc, où tu as trouvé ça ! Non, attends, on partage, si, si... Ahhh... putain, ça pique. Elle est chaude, mais ça fait du bien. Qu'est-ce qui se passe là-bas ?

— Silence ! fit l'ethnologue en mettant un doigt sur ses lèvres de façon théâtrale. C'est un bonze qui fait des exercices, il faut le laisser tranquille. Je t'expliquerai. Sa robe est ajustée bizarrement. Tiens, tu sais quoi ? Eh bien, je donnerais dix ans de ta vie pour prendre un bain. Hé ! regarde. T'as vu ? Tu as du pot, hein ? Il y a une piscine olympique qui nous tend les bras, pleine d'eau fraîche comme tout. Allez ! il va faire bientôt nuit. Moi, j'y vais. »

Boni finit le reste du liquide gazeux et lui emboîta le pas. De hauts gradins entouraient le bassin, hantés de crapauds apathiques qui sonnaient de la trompe. L'inspecteur s'approcha des vacillations d'un banc de minuscules alevins. Près du bord, leurs figures frétillantes tantôt s'élargissaient, tantôt se resserraient ; leurs dos vert olive tournoyaient dans l'eau sombre où parfois étincelait un éclair métallique. Pour quels regards était conçue leur danse ?

Il s'y enfonça les mains jointes devant lui, clignant les yeux dans le foisonnement des araignées d'eau, heurtant du front de lourds anophèles, écartant les lentilles d'eau, faisant sombrer sous lui les tiges des lotus et remonter dans son sillage un fond vaseux et froid. Des traînées verdâtres stagnaient autour d'amas pourris, de petits médaillons se détachaient d'un bouillon d'écume blanche. Comme ses pieds en mouvement frôlaient des souches visqueuses, recevaient des coups de griffes, il songea à ses copains parisiens qui auraient hésité à plonger dans un trou pareil, infesté de monstres. Un martin-pêcheur, dont il n'entr'aperçut d'abord que l'éclat bleu clair, interrompit le tintamarre de son cri aigu. Il reparut, sa proie argentée dans le bec, parcourue de vains frétillements. À la vue de ce pauvre poisson minuscule, semblable à tant d'êtres qui pullulent sur la terre, Boni ressentit que chacun était partout et toujours seul au monde. Ici, l'intimité de la nature, la menace de la mort faisaient coudoyer l'essence même de la vie, déborder en soi un sentiment de légèreté mêlé d'euphorie. À son tour Boni poussa un cri sauvage puis exécuta une cabriole dans l'eau.

L'enquête prenait un cours ridicule, c'était prévisible, mais pour rien au monde il n'aurait voulu y renoncer. Il vivait ses meilleurs moments depuis longtemps. Le meurtre avait recréé les conditions d'un renouveau. Rien de cela n'était prévu. Le sort de chacun tire son prix des surprises qu'il renferme. Tel le ventre des poissons entrevus sous l'eau trouble, il perçut qu'exister c'était s'en remettre aux choses. Bifurquer à chaque pas, s'accommoder de la lenteur, tirer profit d'une halte, élire les chemins qui ne vont nulle part. Sans souvenir, sans projet, des portes inconnues s'ouvrent.

Il découvrait, presque avec soulagement, ce monde exempt de certitude, de pitié, de droit, où toutes les moralités se compénètrent, soumis à une seule vérité : la détresse sans fard tout le long de la chaîne du vivant. Ici, les notions de criminel et de coupable échappaient à sa logique de flic. Et tandis que la lumière déclinante se coulait sous le feuillage des grands arbres, ses regrets, sa pitié, son renoncement, son désespoir, il se sentait en passe de supporter tout cela mieux qu'avant, allégé par un sentiment croissant d'impuissance.

« Oh ! ça va ? » lui lança Rénot qui évoluait à l'autre bout du réservoir au milieu d'immenses nymphéas.

L'inspecteur émergea en expulsant le liquide qui avait déposé dans son nez un goût marécageux. Il rit en adressant de la main un signe à son ami, quand la mauvaise odeur le ramena au crime et lui rappela qu'il était en service. L'image du ventre fendu jusqu'au pubis délicatement pileux lui revint dans toute son horreur. Leur hasardeuse percée éclipsait l'enquête. Il aurait dû mettre des limites, refuser d'abandonner la jeep, et même rebrousser chemin. « Si j'arrête le suspect ? Eh bien, je lui passe les menottes et hop, au gnouf ! » dit-il à haute voix pour se moquer de lui-même, avec de grands gestes qui le faisaient couler. « Code de procédure civile, article 407 ! » balbutia-t-il en évitant de boire la tasse. Puis il récita d'un trait haletant, en promenant son regard sur les bords du plan d'eau infestés de longues herbes : « Le jugement qui ordonnera l'enquête contiendra les faits sans qu'il soit besoin de les articuler préalablement et fixera les jours et heures où les témoins seront entendus à l'audience. »

« Bah ! ajouta-t-il en conclusion. On affrétera un hélico ! »

Les deux Français sortirent du bain ensemble, enfilèrent un sarong sur leur corps rafraîchi, rendus à la vie. Ils croisèrent les filles à travers le taillis.

« Nous allons nous laver, dirent-elles en baissant les yeux devant l'inspecteur qui gonflait sa poitrine et dissimulait son ventre. Oncle Kim se baigne de l'autre côté, mais c'est plein d'épines.

— La cadette connaît le vieux moine ? demanda Rénot.

— *Tcha*, je le connais, dit-elle en ralentissant le pas. C'est le *krouba*[1] Yao, mon passeur.

— Un moine de ton village ? s'exclama Rénot qui ne posait bien les questions qu'en possession des réponses.

— Oui, c'est l'ancien chef du Vat Prei Russey, près de chez moi. Il est "grand prêtre du dieu naga". Maintenant, il vit dans la forêt. Je dois le respecter comme mon père. C'est lui qui m'a donné le Traï.

— "Donné le Traï" ?

— Quand je suis "sortie de l'ombre", *lok*. Quand Prohm a cessé d'être une fillette. Ce n'est pas une coutume qui a cours chez vous », dit-elle en repartant.

L'ethnologue s'arrêta, songeur. Donner le Traï. Un monde s'ouvrait, avec des rites dont il n'avait

---

1. Grade de l'ancienne hiérarchie bouddhique disparue, correspondant à une ordination d'un rang supérieur à celle du moine ordinaire ou *bhikkhu*.

pas la clef. Les deux filles continuèrent jusqu'au bassin. Dans le ciel déjà flottait la lune, ronde, toute proche, immense.

La nuit tomba d'un coup. Rénot et Boni rejoignirent le caporal agenouillé sur la digue, subjugué par le bonze qui disait ses prières, se levait, s'agenouillait. Son bâton heurtait le sol avec un bruit de clochette. Il traîna côte à côte les cadavres sur une sorte de bascule faite d'une planche et d'une cale, s'affaira autour d'eux pour leur croiser les bras — le son sinistre du bris des os résonna comme dans une nef — et déplia plusieurs pièces de coton sur eux.

« Qu'est-ce qu'il fait ? » dit l'inspecteur, ahuri.

Rénot pointa son index vers la scène sans répondre, comme pour dire : « Dieu du ciel, vois plutôt ! »

« C'est quoi ce bâton ? demanda-t-il à Prohm au bout d'un moment.

— Les *bhikkhu* de chez moi ont un bâton à grelot. »

Rénot se tourna vers le policier qu'il avait rembarré.

« Tu vois, quand il tourne comme ça...

— Chut ! tu parles trop fort, *lok*, dit Chhüey.

— Quand il tourne comme ça, reprit-il en baissant d'un ton, c'est le chemin de la renaissance. Sinon, dans le sens contraire des aiguilles d'une montre, c'est le chemin de la mort. Il s'agit d'un rituel d'appropriation.

— Un rituel de quoi ?

— Au Cambodge, les bonzes doivent se vêtir de tissus de rebut trouvés dans les cimetières. C'est leur truc. Si tu veux, ce sont tous des... heu... Leur règle à l'origine, c'est de vivre sur un "terrain où l'on dépose les cadavres". Il est venu ici pour ça. En les recouvrant de morceaux de tissu, il leur offre un linceul, qu'il se réapproprie tout de suite, qu'il reprend. Le geste est celui de la sage-femme qui ôte le placenta. C'est ce qu'on dit. Il fait renaître le gus. Alors attends ! Comme ses vêtements sont confectionnés à l'aide de coupons devenus des matrices, tu suis ? le bonze devient embryon, prêt à renaître à son tour. Tu vois le truc ? Dans le bouddhisme, quand tu fais quelque chose pour les autres, c'est sur toi que ça revient en bout de course. Le Bouddha avait les pieds sur terre. »

L'inspecteur écoutait, sans quitter l'anachorète des yeux. Les explications de Rénot rendaient ces pratiques plus insaisissables encore, mais il en éprouvait une élévation, une attirance subite pour ce saint homme qui cherchait l'absolu dans deux charognes fétides. Il lui sembla tout à coup que le merveilleux était chose possible, que la religion pouvait ne pas être ce qu'il avait toujours cru, qu'elle ouvrirait peut-être l'homme, pour de bon, par-delà tant d'âneries, aux mystères qu'il recèle depuis la création.

Sur le ciel se détachaient les grands arbres, enclos dans le noir à mi-corps. Le vénérable semblait bancal, comme un lutin au clair de lune, son chapeau lui allongeait la tête. Il arc-bouta son pied sur l'un des deux corps et le fit basculer d'un vigoureux coup de talon : le mort se souleva comme dans un film d'horreur et chut lourdement, déposant devant le bonze les coupons en offrande.

L'inspecteur contempla la représentation, stupéfiante à rendre fou. De telles pratiques dénotaient un détachement si total qu'elles pouvaient bien aller jusqu'à l'éventrement d'une gamine. Le vieillard refit la même chose avec l'autre cadavre, s'appropria les pièces d'étoffe avec l'embout de son bâton, et prononça les formules *ad hoc* à haute voix.

« Tu comprends ce qu'il dit ? demanda Boni.

— C'est ce qu'ils récitent toujours au moindre morceau de tissu que tu offres.

— Pourquoi on leur offre du tissu ?

— Chut ! Vous parlez trop fort, répéta Chhüey.

— Le don d'étoffe, chuchota l'ethnologue en faisant la moue d'un gamin grondé, ça entre dans la composition des offrandes réglementaires. Le moine récite les mêmes stances qu'en dépouillant un cadavre. Oh, mais c'est bien foutu, tout se tient ! Tu veux savoir ce qu'il dit ? "Les agrégats sont impermanents. Leur nature est d'apparaître et de se délabrer. Étant nés, ils sont détruits. Leur cessation est agréable." T'aurais pas deviné, hein ? »

Boni se fit la remarque que Rénot n'avait pour ainsi dire pas de tics quand les circonstances le tenaient en haleine.

« Mais c'est pas important. La signification des formules ne restitue jamais le sens du rite. Le rite, ce n'est pas un jeu. Un jeu au sens propre, je veux dire. Ce n'est pas une fin en soi. C'est réglé pour modifier le réel. Tu piges ? Voilà ce qui m'intéresse. Ici, à toutes les époques, dans des centaines de monastères ou de villages, les gens ont réinventé la parole du Bouddha pour en faire un truc au fond d'eux. On ne connaît que ce qu'on peut recréer. Modifier le réel, c'est remonter au commencement, au sacré, et changer de nature. »

Boni retrouva sans le vouloir, au millimètre près, l'expression de flic blasé, de contradicteur fatigué, qui avait si souvent été la sienne devant les truands qui lui racontaient des salades.

« Dis, c'est pas un peu compliqué ?

— Si ! Peut-être ! Mais pour celui qui n'a rien tant à cœur que d'y voir un peu clair, c'est chouette. Non ? Vois-tu, ce qui me préoccupe, au fond, c'est ce que les hommes ont réussi à comprendre. Comprendre, c'est refaire. C'est mettre en scène. Rien ne s'invente. Les divergences ? Ce sont les mille prolongements de notre réalité première : nous-mêmes, soi-même, appelle ça comme tu veux. Et dès que ça se passe à ce niveau, que ça touche le petit espace intérieur intime de chacun, poursuivit Rénot en esquissant un minuscule rectangle avec ses deux index, on reproduit immanquablement ce qui nous est arrivé au début, aux origines, et que tu as oublié. Ça t'explique pourquoi le fond, il ne change pas. Qu'il s'agisse du début des temps ou de ta propre enfance, c'est kif-kif ! Si, si, je t'assure. Réfléchis. Tout le mystère est là. C'est notre drame. On n'écoute pas, on voit et on copie. On répète. On refait. On recommence. Tu sais pas ça dans la police ?

— Si », glissa l'inspecteur tout bas.

Cette persistance qui pousse chacun à infliger aux autres ce qu'on a subi, c'était même la grande leçon de ses fréquentations du milieu. On aurait dit que la nature perverse des scélérats dont il avait croisé le chemin provenait des mêmes frustrations anciennes. « À délits zégaux, profils zégaux », proclamait son patron de la mondaine, où le moins psychologue d'entre les flics devient en un rien de temps champion de la psychologie.

Un instant il crut entendre ce que disait sa femme lorsqu'elle voulait éteindre son besoin permanent « de prouver », « d'être reconnue », pressentant déjà l'infortune : jamais elle ne serait heureuse avec l'homme qu'elle satisferait. « Je n'ai pas eu ton enfance, confiait-elle ; je n'ai pas ta chance. » Le père *self-made man* dont elle parlait sans cesse, froid, exigeant, violent, soupçonneux, lui avait à jamais dénié la faculté d'avoir confiance en elle. De cette enfance où tout le monde criait, où chacun méprisait l'autre, elle se rappelait seulement ses fugues. D'un coup, elle s'éclipsait dès qu'il fermait sur lui la porte des toilettes, puis rentrait le soir tête haute pour recevoir une correction qui la laissait sur le carreau. Depuis, une image ne la quittait plus : son père, debout près de la fenêtre, reprenant haleine et repoussant sa main de petite fille qui demandait pardon. À dix-sept ans, elle était partie, pleine de hargne. C'était trop tard. Elle n'aimerait plus jamais que dans l'humiliation, assujettie aux plaisirs dérobés, avec des hommes qui la rebuteraient, qui ne la respecteraient pas. Nous sacrifions toute la vie aux archétypes de notre enfance.

« Quoi ? Allez, viens. Y a plus que nous ici », dit Rénot.

Excédé par la moiteur de l'air, Boni ôta la chemise qu'il venait d'enfiler et s'en frotta les flancs. Quelques gouttes tombèrent, lentes, chaudes, soulevant dans leurs rebonds l'odeur moisie du sol. L'ermite regagna la tour, sans un coup d'œil sur l'agitation qu'il avait décelée, abandonnant purement et simplement les deux fantoches tels qu'ils s'étaient affaissés, dans leur précaire équilibre. La lune délinéait les arbres d'une frange lumineuse. Ils rentrèrent par le creux d'un sentier tapissé de fougères, de mousses soyeuses dont la chaleur exhalait les vapeurs odorantes, jusqu'à l'endroit choisi par les filles pour suspendre les couchages : cinq longs filets de nylon vert munis d'un rabat-eau amovible pour la pluie.

Boni se hissa dans le sien, puis se retourna tant bien que mal pendant que le hamac oscillait fortement sans parvenir à reprendre son aplomb. Il admirait chez Rénot cette subtilité à lui montrer des choses sur lesquelles il s'était déjà arrêté, mais qui maintenant le surprenaient comme une découverte faite au fond de soi-même. Le bruit de l'averse enflait sous les arbres et des bouffées de pluie cinglaient ses joues en biais. Il pensa au vieux bonze sous la forme d'une broussaille tordue, enracinée dans les cailloux, comme celles qui poussaient sur la digue. Et ce fut la vision très claire des ténèbres, quasi palpable, déposées dans les deux soldats. « Brrr ! frémit-il, quelle horreur cette inexistence, cet engouffrement du néant pour dissiper la vie. Je rêve », se dit-il, avec le sentiment aigu d'être éveillé, puis des mirages défilèrent, des îlots de couleur s'agrandirent, avec un avant-goût de mort, mais parés d'une beauté apaisante, qui s'entrouvraient, se touffaient de guirlandes, pour devenir aussi doux, aussi attirants que ces fentes chatoyantes dans lesquelles on ne songe qu'à entrer. Ces apparences poignantes, réverbérées en lui et qui l'envahissaient, cheminèrent tout bonnement, par petites échappées, puis se rejoignirent en des correspondances qui n'avaient pas besoin d'explication. Les affres de l'agonie n'étaient ni plus ni moins que celles d'une renaissance dont il eut envie.

Suspendu sous les branches, engourdi par le ruissellement de l'eau caressant les fougères, Boni pressentit que ces idées, qui par miracle atténuaient ses peines, étaient apportées par le souffle du vieux moine recroquevillé dans la tour ; elles se posaient sur lui, bien différentes de celles dont il se savait habité quand rien, depuis longtemps, ne pouvait plus le distraire. L'effluve des guérilleros continuait de flotter sur la brousse. Il songea que l'homme, grisé des promesses qu'il se fait à lui-même, tue depuis toujours pour faire vivre des rêves. La trahison de sa femme avec un autre ressemblait à la pitoyable alliance du révolutionnaire khmer rouge et de son voisin vietcong, impatients de se délecter ensemble, quel qu'en soit le prix, aux plaisirs escomptés des lendemains qui chantent.

La comparaison lui plut au point de faire naître sur ses traits l'expression d'une raillerie amère. Il s'apitoya brièvement sur le sort du genre humain, puis s'endormit d'un coup.

Bien que son sommeil eût été de courte durée et que personne dans ces lieux n'eût jamais ressenti aussi cruellement la fatigue, l'inspecteur s'éveilla reposé. C'était une impression nouvelle. Le temps ne s'écoulait pas au même rythme dans un commissariat de police et dans une forêt tropicale. Enclos dans son hamac, il sentait le calme de la forêt. « Quelle sécurité dans ces vieux arbres qui ne changent pas ! » se dit-il. Le plus étrange lui parut cet accord immédiat du présent avec l'immobile. Boni éprouva l'envie que tout restât ainsi, que plus rien ne bougeât.

Il entrouvrit les yeux. Le corps rouge tatoué de bleu, une araignée d'agate filait sous son nez dans les cordes du hamac. Une harmonie de couleurs au service de sa cruauté. Il la vit se caresser les mandibules, sortir la soie de ses glandes, avec des mouvements si impatients qu'elle semblait saliver et se frotter les mains comme le grand méchant loup. Un frelon jaune citron entra impromptu dans la toile humectée de rosée, hérissa son dard. L'araignée bondit, s'arrêta d'un coup, et le laissa repartir. Boni se prit à songer que tout ce qui vit avait les moyens de se défendre.

L'air dégageait une odeur de riz cuit à laquelle d'autres senteurs se mêlaient, diluées par couches, plus diffuses, tels des fluides en suspens où baignait encore le brouillard. Du feu pétillait sous la gamelle d'eau bouillante. Prohm préparait la soupe sans s'empêcher de sourire à la vue des pousses acides, des fruits aigres, à peine comestibles, que Rénot rapportait avec curiosité et appétit. L'inspecteur arrêta ses yeux sur elle ; il nota la blancheur de son teint, l'éclat argenté de ses dents, la douceur de son expression, et cette jeunesse qui se répandait sur toute sa personne comme un lait printanier. Chhüey écrasait du *prahok* avec un peu d'ail et de piment, à quelques pas du caporal qui fabriquait le cadre d'un éventaire carré, au-dessus duquel alla se pencher l'ethnologue.

« Avec quoi tu vas remplacer la feuille de bananier ?

— *At oy te !* » dit le Khmer, et il lui montra la claie en fibre de pandanus déjà confectionnée aux dimensions du plateau.

« On a même des baguettes d'encens ? s'exclama Rénot. Ah, c'est vrai. Il faut demander les cigarettes à M. Bôôni. Bôô[ni]... Bôô[ni]..., répéta-t-il, accentuant la syllabe à l'italienne et amenuisant l'autre. Est-ce qu'il est réveillé, M. Bôô[ni] ?

— Oui, M. Boni il est réveillé ! répondit l'inspecteur à regret, la bouche pâteuse, s'affranchissant des divagations où il était allé se perdre.

— T'aurais pas des cigarettes ? Les filles veulent servir un repas au bonze. Il faudrait cinq cigarettes. C'est pour les offrandes, ça marche par cinq. Cinq fleurs, cinq baguettes d'encens, cinq cigarettes, mais on n'a pas de bétel. Et les feuilles de bétel, demanda-t-il en se retournant, c'est pas grave ?

— Ça sent bon, dit l'inspecteur. J'ai une de ces faims !

— Très bien ! Moi aussi. C'est ce qui peut nous arriver de mieux. L'homme, ça a été calculé pour ça. Quand tu passes ton temps à calmer ta faim, tu ne fais pas chier le monde. Tu penses moins. Rassasié, on s'invente des emmerdes. C'est ontologique. Ta gueule ! Et il n'y a pas de bon remède pour ceux qu'on se crée soi-même. Vivre assouvi, c'est dangereux ; ça emballe le cerveau. "Ventre creux, paix de l'âme", pas vrai ? »

Boni se laissa basculer du hamac et se gratta les jambes avec un bruit sonore, comme si ses ongles avaient croqué une pomme.

« Tiens ! Tu vas voir, reprit l'ethnologue. Je peux te poser une devinette ? Culé ! Dis-moi la différence qu'il y a entre un éléphant sauvage et un éléphant domestique. Allez, c'est quoi ? Essaie pour voir. Vas-y.

— Non, aucune idée. Je ne sais pas moi, le sauvage est plus costaud ?

— Non. Tu donnes ta langue au chat ? Eh bien, je vais te le dire, ce qui n'est pas pareil. Écoute bien, c'est fondamental : le premier passe son temps à bouffer ; le second mange à heures fixes. Tout est là, mon vieux ! Trlrl... C'est ce qui s'est passé dans le temps pour nous aussi. Avec les conséquences que l'on sait, malheureusement : l'homme domestiqué, il est devenu abstrait.

— Comment ? J'ai pas compris. Il est devenu quoi ? Abstrait ? D'où tu sors ça ! lança Boni en haussant les épaules presque avec irritation.

— Mais d'ici, pardi ! fit Rénot en mettant le bout de ses dix doigts sur son ventre. Et dès qu'on s'embarque dans l'abstrait, il faut s'attendre au pire. Ce con s'est mis en tête de créer des paradis, de produire des lois, de quérir l'absolu avec ses méninges. Si, si ! Regarde comme il fait sans cesse des projets de société, comme il se sent à l'aise dans les constructions théoriques, dans toutes les réflexions qui l'éloignent de lui-même. Il a quitté son corps. Si tu veux, maintenant, il pense en concepts, avec des mots, non plus en images ni en signes. Or voilà ! Le cerveau s'est développé au détriment du reste, de nos autres facultés. Tout simplement. Eh ! la fonction crée l'organe, pas vrai ? C'est ce que ça veut dire. Tu piges ?

— Et où est le problème ? Pourquoi pas ? releva l'inspecteur en mettant ses chaussures.

— Le problème ? C'est que l'homme ne voit plus rien directement, ni les formes, ni les couleurs, ni les gens près de lui. Si tu préfères, il n'atteint plus sa sensibilité autrement que par la raison, par la pensée logique. Tu vois, la réflexion, le discernement, tout ça — du jus de crâne cent pour cent — eh bien, ça le rend seulement plus conscient, plus exclusif, plus enivré de lui-même. Ça l'éloigne de l'effacement nécessaire, de l'accord intuitif si tu veux, entre l'individu et l'univers, entre le vivant et le mort, sans lequel, pour être franc, on n'a plus qu'à crever. »

Boni se taisait pour le laisser poursuivre.

« Parce que, faut pas croire. Tu fais pas ça impunément ! Il y avait toute une mécanique en jeu. Quand l'homme s'est mis à parler, ça s'est traduit par l'accroissement de la zone préfrontale, ici, juste là, tu vois ? sous ton front, c'est associé à la parole. Mais tu sais à quoi aussi ? À la logique. Et il a trouvé plus facile d'opérer sur les mots. Il a objectivé sa pensée. Pfeuh !... Pfeuh !... Ça veut dire qu'avec la parole, l'homme, il a changé du tout au tout. *Exit* le mystique, bonjour le moderne. Ben oui ! L'acquisition de tout ça, ça l'a conduit au rationnel, au collectif, et surtout à la sacro-sainte idée d'une évolution, d'un avancement continu, de l'amélioration des choses. Avec ce corollaire : mettre tout ce qui est à sa portée au service d'une seule cause, de LA grande cause. Et c'est quoi la grande cause ? Hein ?... Le progrès. Le-pro-grès. C'est dans le progrès que l'homme, du coup, a mis tous ses espoirs. Tu sais ce truc de "la fin qui justifie les moyens", hein ? Tu as déjà entendu ? Eh bien, c'est devenu le principe fondamental, incontournable, de la civilisation. Le sort des sociétés humaines. L'animal bouffe et végète, l'homme se prive et progresse. Coûte que coûte. Il devient la fourmi. Et ça, mon vieux, c'est la morale qui ratifie les saloperies qu'on fait. CQFD. C'est pas difficile. Du jour où ton cerveau s'est mis à court-circuiter tes émotions, du jour où ton intelligence a pris le relais, eh bien, mon vieux, de ce jour-là, tu as cessé de chanter, de danser, et t'es devenu un salaud. C'est ça l'homme moderne. »

Chez Rénot, les gestes rivalisaient avec le verbe, son corps surgissait à la rescousse de sa pensée pour lui donner une interprétation visible, consistante, et dans ces instants son humeur passait l'entendement ordinaire. Ce qui frappait, c'était cette singulière juxtaposition de présence et d'absence ; il parlait fort, comme séjournant dans un pays lointain, secouait la tête, reniflait, marchait à grands pas, avec le besoin d'introduire un peu de désordre et de tintamarre pour mieux se faire entendre :

« Merde, ouvre les yeux ! Non mais c'est vrai ! Je ne sais pas, moi, tu vois bien ce qu'on éprouve maintenant, tes sensations, elles sont vachement confuses, non ? Non ? C'est parce que ça nous revient par les mots. Voilà la vérité. Dans le temps, on ressentait tout, on percevait de but en blanc. Dieu était dans l'homme, pas dans le ciel. Il n'y avait rien d'autre. La religion, c'est venu après. C'est pour ça que le demi-dingue qu'on a croisé il y a quatre jours, eh bien, faut pas parler trop vite. On ne sait pas. Tu comprends ? On-ne-sait-pas ! ON NE SAIT RIEN.

— *Lok*, "café" ! dit Chhüey en apportant à Boni une tasse pleine d'un liquide fumant.

— Formidable ! merci, s'exclama le policier, complètement ailleurs.

— Tu piges ? Ils sont nos chamans à nous. Nos derniers préhistoriques. Les seuls qui peuvent encore aller dans le ciel, qui ont cette faculté, heu… de recevoir les choses instantanément, sans le recours à la parole. Avant, l'homme s'exprimait par la voix, le geste, le corps, faisait de la musique, des danses, des dessins, des signes. On se manifestait de façon plus fine, plus juste, fugace aussi, mais complète. Le but, c'était pas que ça dure, c'était de transmettre. La vie, quoi ! Ça englobait tous les phénomènes. Depuis l'apparition du langage articulé, tout s'est perdu au bénéfice, au bénéfice de ?... hein, de quoi ? De l'e-ffi-ca-ci-té. C'est ça : de l'efficacité. On est devenu efficace, redoutable. Les maîtres du monde. T'as qu'à voir : l'homme de Néandertal ne parlait pas, il a disparu. Quoi ?

— Ah bon ?

— Oui, je sais, c'est pas sûr. Non, il a disparu, ça c'est sûr. Mais moi, je dis que sa disparition c'est la preuve qu'il ne parlait pas. Culé ! Autrement, il aurait tenu le coup face à l'homo sapiens, il se serait organisé. Des hominiens, il devait y en avoir plein d'autres comme ça qu'on retrouvera un jour. Nous, si on est restés les seuls, c'est la preuve absolue que la nature tend au pire. Une vraie machination ! Attends. »

Le repas du moine était prêt. Les filles avaient tout disposé avec soin sur le plateau que le caporal tenait à deux mains. Elles passèrent leur *krama* sur l'épaule, Chhüey se noua les cheveux.

« Tiens, prends ça s'il te plaît, dit Rénot en tendant la gamelle de riz à l'inspecteur. On mangera après. Le clergé d'abord.

— Oui. C'est tout ? Donne.

— Non, ça va. Moi, je vais prendre les offrandes, l'eau, et peut-être aussi la théière, attention, voilà. Les petits piments ? Qui c'est qui prend les piments ? K'Prohm ! Je n'ai plus de place. C'est bon ? Aïe ! Je vais tout foutre par terre, oui. Allez, on y va. »

Rénot laissa passer le caporal, veilla à emboîter son pas ; c'est la règle : coller au guide, même sur de courtes distances. Le groupe se mit en branle à travers la végétation, le long d'une sente bordée de grands amomes. Du lichen verdâtre emmêlé de blanc rongeait l'écorce des branches. Rénot stoppa d'un coup, se retourna sur le policier.

« À propos, t'as compris ? Tu sais pourquoi je te dis ça ? Le bonze, là, qu'on va voir. Trlrlrl !... C'est justement un type comme je t'ai dit. Un mystique, un sensitif, si tu veux. Un adepte de l'extase, de l'"expérience directe". Les Khmers disent : "toucher la vérité avec le corps". Eh bien là, notre petit grand-père, c'est ce qu'il fait. Voilà. C'est son but ici-bas. Toucher avec son corps. Pas mal, hein ? Beau programme. Tu vas voir.

— Ah oui ? dit Boni, l'œil soudain goguenard. Dis-moi, tu n'as pas peur de le domestiquer, ton primitif ? Avec votre plateau-repas et une bouffe pareille ? Il faudra que tu me dises aussi sur quel rythme ça se danse pour dire bonjour en extatique.

— Tu sais, vouloir sortir du "courant" — le courant de l'existence, hein ? — pour se "recréer", comment dire, y a un chouette mot pour ça : palingénésie... pour renaître dans un corps neuf, dans un être renouvelé, eh bien, c'est choisir de fonctionner autrement, de vivre autrement. Pour ça, tu vas chercher d'autres parties de ton cerveau, de ta carcasse, de tes poumons, et t'abandonnes les précédentes comme une mue. Parce que l'homme, il mue. Si, si. Pfeuh!... T'es un "muant", mon vieux. On peut se métamorphoser des tas de fois, passer d'un corps dans un autre. Faire croître la nouvelle enveloppe sous l'ancienne. Mais attention. Accepter cela, c'est changer pour une existence à part, dont t'as même pas idée. Rien à voir avec celle où on évolue toi et moi. Il faut te résigner aux conditions d'un autre monde, à ne plus communiquer avec le commun des mortels. T'es obligé de te mettre à l'écart. C'est là que tu prends cette allure d'inadapté, de demi-clochard, comme ces paumés qui s'en vont sans autre gîte qu'eux-mêmes. Voilà pourquoi le moine, l'ermite, il est déconnecté : c'est devenu un fou.

— Alors, ton sage à toi, il se terre dans une cave comme un cloporte. Bravo pour l'altruisme, la charité. Au poil ! Tant pis pour le mec qui a besoin d'aide ou d'exemplarité. C'est ça ?

— Tu vois, tu confonds tout. Trlrl... Là tu parles de quelque chose d'extérieur, qui n'a rien à faire ici. Ce que les aléas de l'existence font comprendre quand on réfléchit après coup. L'homme de raison. Ça c'est tout le monde, même les plus cons ; personne n'y échappe, c'est comme l'amour. O.K. ? Le sage dont je te parle, c'est totalement autre chose. Il utilise seulement les états de conscience qui s'étagent par couches dans ton corps. Oui, ton corps. Le corps, mon vieux ! Tout est là. L'idée, c'est de s'affranchir du discernement, comme on esquive un piège, au profit de la méditation, de l'expérience mystique. Tu rentres au lieu de sortir ; le corps avant l'esprit. Les Khmers disent que c'est notre seul moyen d'action. Tu n'as rien d'autre sur terre. Le bouddhisme, en gros, ça se résume à ça. On est loin de tes histoires de dévouement et de charité. Quoi ? Tu voudrais que le sage solitaire se penche sur ses contemporains ? Mais lui, ce qu'il désire, c'est sortir du courant pour s'en approprier l'intemporel. Muer dans une nouvelle matrice, et régénérer sa propre nature. Il se fiche des expériences de l'âge qui n'affleurent jamais que les bords de la vie ordinaire.

— Avance, *lok !* » dit Chhüey, bloquée dans le chemin derrière l'inspecteur.

L'ethnologue fronça la bouche tel un clown dans la direction du Français, cligna des deux yeux à la manière d'un pied de nez, et reprit précipitamment son chemin, comme s'il y avait eu le feu.

Les pas de Boni s'enfoncèrent dans le sol détrempé. Petit garçon, il marchait à côté de son père, le long de l'Yonne, pendant les vacances. Au cours de ces promenades, le père et le fils ne regardaient souvent rien autour d'eux, et le silence extérieur qui les enveloppait les rendait plus graves, plus seuls, comme nécessaires l'un à l'autre. Il se rappela le vieil homme, à l'époque où il ne songeait pas devoir jamais s'en séparer, blanc par les cheveux sous le chapeau et par la moustache, mais dont les yeux avaient gardé leur éclat noir. Il se souvint des mélancolies qui l'assaillaient sous le ciel, et parfois de cette impression d'abandon. Tous deux formaient un couple inséparable dans lequel l'enfant venait puiser du courage. « Je vais à tel endroit, tu m'accompagnes ? » disait cet homme, quatre fois blessé dans les tranchées de 14-18 et qui en savait trop sur l'inutilité des guerres pour désirer élever son garçon à la dure. Adolescent, Jérôme fit de la peinture sur toile et joua d'un instrument de musique avec lequel il accompagnait des disques de jazz tout seul. Peu de gens croyaient en sa capacité à s'investir dans un effort, et il se tourmentait d'être différent de ce qu'on attendait de lui. Il passait trop de temps avec son père pour parvenir à sa maturité d'homme. On déplorait son manque de résolution, son absence de peur due à la confiance qu'il avait en la vie. Quand il rêvait d'entreprendre quelque chose, c'était son père qu'il voulait étonner. Une nuit, le vieil homme fut amené d'urgence à l'hospice des sœurs grises et alité dans une chambre à l'écart. Le fils prit les mains jaunies tachetées de brun dans les siennes et le mourant expulsa sous lui des fèces de nouveau-né. Jérôme nettoya le bitume noir et gras sur les jambes de son père dont apparut le sexe recroquevillé. « C'est de là que je sors », se dit-il. Dans la pénombre, le pouls défaillant battait sous ses doigts, par vagues inégales. L'idée lui vint de l'arrêter en appuyant dessus, pour enfin vivre sans cet homme et devenir l'être responsable que tout le monde attendait. L'orphelinage le captiva comme une initiation. Longuement l'artère comprimée roula sur le poignet, fuyante, insaisissable, puis en ouvrant les yeux le père mourut d'un coup ; il crut l'avoir tué.

Le jeune garçon n'oublierait pas ce regard soudain posé sur lui avec sévérité. Il prit la décision d'entrer dans la police pour jeter la perche aux meurtriers de tout poil ; il ne tirerait plus gloire de l'indignité de personne, jamais il n'arrêterait quelqu'un, fût-ce le pire criminel, sans se regarder en lui.

Jérôme eut toutes les peines du monde à lui fermer la bouche, à lui raser les joues. Un instant, sur le front il posa ses lèvres et dit : « Sens-tu que je suis là ? » Bien droit il arrangea le corps contre lequel il vint se blottir en pleurant. Au petit matin, il s'éveilla glacé : le mort était devenu froid.

Il y a des douleurs dont on ne doit pas se consoler. Ses yeux s'ouvrirent de l'autre côté de lui-même. Avant de s'identifier à tous les opprimés, il apprendrait à se reconnaître dans tous les assassins. Les pires bourreaux nous ressemblent. C'était de soi qu'on devait protéger l'autre.

Par la suite, lorsqu'il lui arriva de chercher comment il en était arrivé là, il se rappelait ce parti qu'il avait pris dans sa jeunesse, sans plus s'expliquer tous les motifs d'une décision qui avait engagé aussi profondément sa vie. On ne se souvient jamais de celui qu'on est dans le moment où se prennent nos déterminations.

À l'âge d'homme, il ne cessa plus d'imaginer la mort, de se pencher sur le drame de la vie. Il ne vit plus autour de lui que des situations intenables, des voies sans issue, des peines inutiles, et des gens qui répètent « Plus jamais ça ». Son besoin de consolation devint inextinguible. Il en retira une instruction, à l'exclusion de toute autre : l'être pensant était un douloureux accident de la nature, en lui les bruits de l'existence venaient retentir en d'atroces harmonies.

« Bon, c'est confirmé, dit Mme Verdier. Votre rendez-vous avec le représentant de la Commission internationale de contrôle est à seize heures trente. Ils viennent de rappeler. Désolée », ajouta-t-elle avec un sourire.

La Tour se redressa, leva les yeux sur elle, croisa les doigts derrière sa tête, et s'étira sur son siège tel un homme qui s'éveille plutôt de bonne humeur.

« Dommage, madame Verdier, dommage. Ces gens sont donc infatigables. Comme si ça ne pouvait pas attendre. Enfin ! Je me demande ce qu'ils veulent. C'est comment déjà ? Comment s'appelle-t-il ?

— M. Van Dooren. Vous savez, c'est ce Flamand très actif qui avait fait parler de lui, il y a quelques années. Il s'était opposé à la proposition des Américains d'envoyer je ne sais plus quoi, une force de police de l'ONU, je crois. À l'époque ça avait fait du bruit. Kissinger voulait faire surveiller la frontière. Une frontière reconnue par le Nord-Vietnam et le FLNSV[1] dès 1967, si je me souviens

---

1. Front de libération nationale du Sud-Vietnam.

bien. Le pauvre s'imaginait probablement que ça empêcherait les communistes de "violer la souveraineté du Cambodge", comme ils disent.

— Van Dooren, c'est ça. Il parle français, au moins ?

— Oh, sûrement. Ici, vous savez, les experts sont toujours francophones. Même les Anglo-Saxons, ce qui n'est pas peu dire. Ex-protectorat oblige ! Que voulez-vous ! Mais ça ne durera pas.

— Ah bon, c'était lui. Oh ! mais je sais. De toute façon, lui ou un autre, ils sont tous viscéralement antiaméricains. Depuis le jour où ils ont été les témoins directs, comme ça, sous leurs yeux, paraît-il, du bombardement de ce village par l'aviation américaine. Il faut dire que, franchement, là c'était un coup très fort, hein ? Eh bien, maintenant ils n'ont plus qu'une idée en tête. C'est de faire venir sur place le maximum de sénateurs en visite d'information pour les convaincre de couper les crédits militaires. Comment ? Mais si, madame Verdier. Je serais étonné que vous ne vous souveniez pas de ces missions. Je n'étais pas là, mais je crois que ça avait fait du bruit aussi. Vous savez, ça s'appelait quelque chose comme "Americans want to know".

— Ah oui, peut-être », dit la secrétaire en repartant. Elle ouvrit la porte et ajouta : « la CIC[1] a aussi joué un rôle dans la création de l'ASEAN[2]. Je crois que c'est pas mal, non ? Enfin, c'est ce qu'on dit. »

1. Commission internationale de contrôle.
2. Association of South East Asian Nations.

La Tour eut ce regard énigmatique qui lui venait du fond de l'œil, dès que l'esprit avait décroché et qu'il était ailleurs. Il se trouvait à mille lieues de ce que lui réservait sa rencontre avec le Flamand.

Van Dooren conjuguait l'allure rassurante du curé — barbe argentée, sandales en cuir, socquettes — et le type tenace du fonctionnaire international, mûri dans les bureaux le jour, moisi dans les hôtels la nuit. Il s'appuya inconfortablement sur les minces accoudoirs de l'un des deux sièges où son hôte l'invita à s'asseoir.

Selon une habitude bouffonne acquise au contact de ses supérieurs, La Tour commença par déballer devant lui divers papiers, une série de chemises multicolores, puis à ranger méticuleusement quelques accessoires sur le buvard du sous-main, tout en dévisageant son visiteur d'un air matois, comme qui s'attend à des révélations, avec l'air de dire : « Bon. J'écoute. Vous avez sollicité une audience, parlez. »

Il arrêta ses yeux sur les doigts carrés du Flamand et la pensée lui vint que sous des dehors indécis le bonhomme pouvait cacher une forte volonté.

« Cher ami ! se décida-t-il à dire quand il eut compris que son visiteur se cantonnait dans la réserve irrévocablement. Que puis-je faire pour vous ? »

Vieilli dans le sérail, le fonctionnaire de l'ONU eut un rapide basculement des genoux, mit sa carte de visite sous l'œil du diplomate, puis retrouva son siège avec souplesse. Il prit la parole :

« Alors, merci infiniment, n'est-ce pas, monsieur le conseiller, d'avoir accepté de me recevoir si vite. Bien entendu, c'est une affaire très urgente, urgentissime ! »

La Tour, indifférent au préalable anglo-saxon de l'échange des cartes, se contenta d'écarquiller les yeux en souriant benoîtement.

« Je vous en prie. Dites-moi de quoi il s'agit.

— Eh bien. Je suis le représentant de la Commission internationale de contrôle. La "CIC", comme on dit entre nous. Qu'est-ce que c'est ? C'est-à-dire que nous sommes chargés du contrôle permanent et généralisé du territoire. Depuis 1966, nous ne surveillons plus seulement les frontières. Notre mission est de vérifier la légalité de toute action des forces US exercée sur le territoire national cambodgien. Cela au regard des conventions internationales et du droit de la guerre, bien entendu. Chaque opération, qu'elle soit aérienne ou au sol, chaque manœuvre, coordonnée ou non avec l'armée sud-vietnamienne — ça c'est pas quelque chose d'important pour nous —, doit être approuvée par le gouvernement de la République khmère. Mais généralement le gouvernement consulte la CIC avant de donner son aval. Sinon, évidemment, il ne peut pas protester ensuite. Nous sommes mandatés pour examiner le bien-fondé des demandes américaines et pour procéder, le cas échéant, à des consultations. Excusez-moi, je suis un peu long...

— En aucun cas, monsieur le représentant, en aucun cas », protesta La Tour, clignant les yeux pour scruter son visiteur, l'air condescendant, à la française. « Je vous en prie. Poursuivez. Ne perdons pas de temps.

— Alors voilà. Nous avons besoin de la France. Les Cambodgiens le demandent eux-mêmes. Ils affirment qu'il n'y a que les Français. Ah ! les Français. Voyez ce qu'ils disent dans le rapport que je vais vous laisser.

— Mon Dieu ! vous m'intriguez beaucoup, monsieur le représentant. Que peut-il donc y avoir aujourd'hui encore que la France soit seule à savoir ?

— Ah bon ? Eh bien, le haut commandement militaire américain basé dans le nord-est de la Thaïlande, à Utapao comme vous savez, a saisi les autorités d'un rapport qui fait état d'une importante concentration vivante, décelée par infrarouge, dans la région qui se trouve au nord-est d'Angkor, à 13°48' N et 104°18' E très précisément. Leurs spécialistes n'arrivent pas à savoir de quoi il retourne. Bref, si c'est un troupeau de buffles sauvages ou une division vietcong. Ça c'est ce que je pense, ils ne le disent pas comme ça. Ils se renseignent avant. Parce que, voyez-vous, monsieur le conseiller, il n'existe aucune carte de cet endroit, apparemment désert. Comment dites-vous cela déjà, des "confins insoumis", n'est-ce pas ?

— Ah ! si c'est insoumis, c'est pas désert. Le choix s'impose, je crois.

— Exactement ! Ils veulent donc savoir. Vous verrez qu'ils posent trois questions. Premièrement, est-ce qu'il y a un site archéologique majeur dans cette zone ? Ça, voyez, c'est pour ne pas avoir d'histoires avec l'Unesco. Deuxièmement, est-ce que la Conservation y a un chantier actuellement ? Troisièmement, et c'est la dernière, est-ce qu'une agglomération d'habitations y est connue, ancienne ou récente ? Comme personne ne peut donner un avis sur tout ça, j'ai recours à votre expertise, et je sollicite une réponse rapide.

— Eh ! comme vous y allez, monsieur le représentant. Qu'est-ce qui vous fait croire que nous sommes en mesure de vous aider ?

— Alors, monsieur le conseiller, ce n'est pas moi que vous aidez, bien sûr. Mais, avec votre concours, je pourrai peut-être empêcher les Américains de faire encore une grosse bêtise. C'est tout. Mais c'est déjà beaucoup ! Vous me comprenez, n'est-ce pas ? Les experts de la Conservation ne peuvent pas ignorer ces choses-là. D'ailleurs, j'ai eu confirmation avant de venir ici que le conservateur d'Angkor a entrepris l'année dernière un très coûteux — mais très utile, évidemment — programme de relevé cartographique de la zone dont il est justement question. Les Khmers savent cela parce que c'est eux qui l'ont financé. Enfin, c'est ce qu'ils affirment.

— Oui, pour une petite part, monsieur le représentant. C'est du bilatéral. D'ailleurs, le programme court toujours, je crois. Bien entendu, avec les événements…

— Bien entendu. Mais le conservateur doit quand même avoir maintenant beaucoup de photos. C'est M. Brinvillier, je crois ? Il n'y a aucun doute qu'il puisse nous répondre très facilement.

— Je l'espère. En tout cas, vous pouvez compter sur notre complète coopération.

— Merci beaucoup. Évidemment, c'est très urgent, monsieur le conseiller.

— Évidemment. Nous avons maintenant une liaison BLU avec la Conservation. Enfin je crois, car ce type de transmission n'est pas toujours opérationnel. »

Le Français pressa le bouton de l'interphone.

« Madame Verdier. La radio avec Siemreap fonctionne-t-elle toujours ? Je veux dire, il ne s'est rien passé depuis avant-hier ? Ça marche ?

— Oui, monsieur.

— Merci, c'est parfait ! coupa-t-il. Bon. Eh bien, cher monsieur, vous aurez notre réponse dès demain matin. »

La Tour frappa à la porte du chiffre ; l'opérateur radio l'attendait et lui laissa le micro.

« Vous avez le conservateur en ligne.

— Angkor de BRGM, Angkor de BRGM, m'entendez-vous ? fit le diplomate d'une voix un peu hésitante.

— Allô BRGM, ici Angkor, je vous reçois cinq sur cinq, répondit Brinvillier, mécontent d'être celui qui avait dû patienter. À vous.

— Oui, bonjour monsieur le conservateur. Ici La Tour, ici La Tour. Je vous reçois cinq sur cinq aussi. Je vous appelle au sujet d'une affaire qui nous tombe dessus. Oh, rien de grave. Le gouvernement et la CIC, je répète, le gouvernement khmer et la CIC, attendent que nous les éclairions sur un sujet qui relève de votre domaine. Je m'adresse donc à vous. C'est urgent. Je leur ai promis une réponse tout de suite. Cela concerne la région au nord-est de chez vous, sur laquelle vous avez entrepris de récentes prospections aériennes. À vous.

— Oui, BRGM, bien reçu, de quoi s'agit-il ? demanda Brinvillier en fronçant les sourcils. Je vous écoute. À vous.

— Allô Angkor, eh bien voilà. Le haut commandement américain basé en Thaïlande aimerait savoir s'il se trouve dans cette zone un site archéologique, si nous y avons un chantier en cours, et s'il y existe une agglomération ou un gros village. M'avez-vous bien reçu ? À vous. »

Les paroles du conseiller firent littéralement tressaillir Brinvillier. Sa main manœuvra le commutateur du micro sans qu'aucune réponse ne lui vienne.

« Allô ? Allô ?... Allô ?... », articula-t-il pour trouver le temps de recouvrer ses esprits.

Un instant, l'idée lui vint de simuler une panne en coupant le circuit d'alimentation, car il était hors de question qu'il se laisse avoir de la sorte et qu'il livre bêtement ce qu'il voulait garder pour lui. Une découverte récente qui révolutionnerait les connaissances sur la vie et l'organisation à l'époque d'Angkor, une découverte dont on ne pouvait envisager toutes les retombées scientifiques et médiatiques, et qu'il tenait cachée. Brinvillier avait décelé l'existence d'un temple non répertorié, dont l'enceinte extérieure abritait des maisons. Ce peuplement de l'espace architectural était unique, et il fallait appeler un chat un chat : le monument était habité. Du jamais vu. Les images aériennes rapportées par l'objectif n'étaient pas toutes irréprochables mais elles avaient une valeur de témoignage que l'observateur le plus sévère était obligé de reconnaître. L'habitat avec sa communauté était nécessairement antérieur à l'arrivée des Français et pouvait dès lors remonter à Angkor.

Brinvillier avait repris l'exploration aérienne de cette zone, sans le moindre soupçon, pour continuer un travail commencé par ses prédécesseurs, et indépendamment des rumeurs qui circulaient sur une cité perdue dont, par principe, il ne voulait rien entendre. Ce type d'information, rapporté sans considération aux touristes, était indigne d'une démarche scientifique et contrevenait aux règles de confidentialité devant, selon lui, protéger les domaines du savoir. De cette découverte, peu de temps avant l'invasion par les troupes de Hanoi, il n'avait montré les photos à personne. Il les avait développées et tirées lui-même discrètement, avec l'intention de se réserver l'exclusivité d'une révélation qui consacrerait sa notoriété à jamais. La guerre ayant tout arrêté, il vivait dans la crainte qu'on lui vole son projet ; que ce soient Rénot et le policier, ou maintenant les Américains.

« Allô ! Bon sang ! qu'est-ce qui se passe. Allô ! Allô !..., répétait la voix de La Tour dans le haut-parleur. Angkor de BRGM, Angkor de BRGM, m'entendez-vous ? Je ne vous reçois plus. À vous. »

Le conservateur sortit de sa confusion, se recomposa un visage et se ressaisit du micro. Il rétablit la communication, mesurant avec soin sa réponse, attentif à ne pas s'égarer dans une surabondance de détails qui eût risqué d'éveiller des soupçons.

« Allô ! Allô ! BRGM d'Angkor. Bien reçu, bien reçu, articula-t-il. Hélas ! nous manquons encore d'informations. Il se peut que des vestiges archéologiques subsistent, comme un peu partout au Cambodge, mais rien de plus. Je ne doute pas d'être en mesure de vous en dire davantage quand les Viets ne seront plus là. Pour l'instant, c'est tout. J'en suis désolé. À vous BRGM.

— Allô Angkor ! Oui, bon, ben... Au moins pouvez-vous répondre à toutes leurs questions ! dit sèchement La Tour, comme encouragé par la pointe d'amabilité qu'il avait décelée dans les derniers mots de son correspondant. Pas de chantier ? Pas de village ? Je transmettrai ce que vous me dites, mais ils attendent des renseignements clairs. J'ajoute que nous avons trop souvent exigé d'eux qu'ils nous consultent — vous le premier ! — pour ne pas les informer maintenant. Personne ne comprendrait. M'avez-vous bien reçu ? À vous, j'écoute.

— Allô, BRGM ? Je sais parfaitement ce que je peux dire, martela Brinvillier dans le micro. De même que je sais parfaitement ce que je ne peux pas dire. Si quelqu'un veut parler à ma place, qu'il le fasse ! Mais qu'on ne me demande pas d'en répondre. En ce qui me concerne, le seul point sur lequel je puisse me prononcer avec certitude, c'est le chantier. La Conservation n'y a aucun chantier, et pour cause. Cette partie de la province n'a jamais été fouillée. Maintenant, pour le temple et le village, je ne peux vous dire qu'une chose : à ce jour, rien de tel n'a été signalé, par personne. Je vous renvoie à mes rapports, comme à ceux de mes prédécesseurs. Vous pouvez les consulter au siège de l'EFEO. En face de l'ambassade. C'est donc un non à tout. Je répète. Ma réponse est négative. Terminé. À vous. »

La Tour reposa pensivement le micro, assez satisfait d'avoir mécontenté ce Brinvillier. « Pas très aimable, le bonhomme, songea-t-il. En tout cas, il en fait des mystères. Encore un drôle de friquet. »

Ils gravirent la chaussée par l'escalier nord. À la ronde, le silence des arbres. Les trois Khmers s'approchèrent de la tour avec des gestes calculés, prosternés devant un porche dont le linteau effondré entravait l'accès. Boni se rangea du côté de Rénot et resta immobile. Après avoir collé les bougies, fiché les baguettes d'encens dans la pierre, soufflé à la surface du sol pour chasser les insectes, Prohm et Chhüey portèrent le plateau jusqu'au pied du perron, sans oser en monter les marches.

L'ermite bougea sous la charmille qui enserrait son antre et sortit la tête en premier, torse nu, la peau retenue comme une draperie aux côtes, couverte de tatouages, la jupe souillée et alourdie d'urine, le pagne de rechange sous le bras. Il s'éclipsa derrière la tour, laissant une odeur d'excreta refroidis.

« *Lok*, dit Prohm en se retournant sur Rénot. Non, il va revenir. Il est parti se laver.

— Eh oui, mais pourquoi, qu'est-ce qu'il a, il est malade ?

— Non *lok*. Il a médité toute la nuit dans le ventre de la reine mère.

— Quoi ? De qui ?

— De la reine mère, c'est comme ça qu'on dit, "entrer dans le ventre de la reine mère". Tous les bonzes font ça ici. »

Devant l'étonnement de Rénot, Prohm hésita et chercha le caporal des yeux.

« *Bate*, dit le Khmer en venant à la rescousse. La "reine mère", c'est la mère du Bouddha. On dit ça aussi à Ta Siem. La tour, ici, c'est comme une pagode ; on la compare au ventre de la mère du Bouddha. Il faut y entrer pour renaître. *Lok !* fit-il avec une grimace, c'est très difficile. On appelle ça la "véritable souffrance".

— Mais le vieux, qu'est-ce qu'il a ? Qu'est-ce qui s'est passé ? dit Rénot en dirigeant pudiquement les mains vers le haut de ses jambes.

— *Bate, bate*, c'est le souffle, *lok*. Il faut maintenir le souffle dans le ventre, comme l'embryon dans la matrice. L'un ou l'autre, c'est pareil. Ils ne peuvent entrer que par la "porte du haut" et sortir que par la "porte du bas". C'est ce qui force le ventre à se vider. »

Rénot se tourna vers Boni, qui regardait tout le monde, le sourire incrédule, sans comprendre.

« C'est rituel. Si, si, ça me revient. L'idée c'est qu'on a tous un nombril et que le nombril est notre seul refuge. Culé ! Au monastère, on t'explique que ce nombril, oui, là, dans ton ventre, c'est aussi le centre du monde. Tu vois ? Ensuite, il y a des exercices et des formules à répéter pour y faire apparaître un Bouddha grand comme le pouce. Trlrl... Au niveau du nombril. C'est le début de ta nouvelle gestation, spirituelle, idéale. Le petit Bouddha, c'est toi à l'état d'embryon. Il se développe au fil des exercices. L'expulsion des matières, l'émission de gaz et d'urine, c'est le travail de l'accouchement pendant les exercices. Que du bon sens, non ? Tu comprends ? Le Bouddha est parvenu à l'illumination quand il s'est arrêté de respirer pendant sept jours et sept nuits. Le candidat, là, le vieux — qui va bientôt se repointer, j'espère —, il essaie de faire la même chose. Aspirer et expirer comme l'embryon, sans échange respiratoire avec l'extérieur. D'où l'écrasement du souffle qui tombe jusqu'à l'anus. »

Les exercices de ce bonze d'un autre âge secouaient les obsessions de Rénot, lui faisaient récapituler ses idées, les confronter, les fouiller comme du sable qu'il faut creuser sans cesse pour pratiquer un trou.

« D'abord, t'as les "évocations de l'horrible". Il y en a treize. Ça correspond au pourrissement du cadavre pendant les treize premiers jours. C'est ce que faisait le vieux quand on est arrivés. Tu médites sur les caractères de l'horreur. Le macchabée devant toi, gonflé, fissuré, distendu, infesté de vers, c'est ton propre cadavre. Faut voir les descriptions dans les manuscrits, et il y a même des dessins. Ensuite, t'as la "répétition" du processus douloureux des renaissances. L'asphyxie et les convulsions du méditant qui s'arrête de respirer le plus longtemps possible. Ça s'appelle "expérimenter la véritable souffrance" : celle du cycle sans fin des morts et des renaissances. Essaie, tu comprendras. En fait, tu veux que je te dise ? Trlrl... Le grand truc, dans tout ça, c'est le souffle. Tout est là. Ce qu'on appelle le souffle *apana* — n'est-ce pas, monsieur Kim ? —, le "souffle vital" qui se trouve dans le bas de ton corps. D'ailleurs, chez les hindous le mot *apana* veut dire l'anus aussi, parce que la fonction du souffle, justement, c'est d'expulser pareil les excréments et le fœtus. C'est lié.

— Dis donc ! fit Boni tout d'un coup, montrant qu'en dépit des apparences il n'avait pas perdu une bribe des réflexions de l'ethnologue. C'est franchement un peu dégueulasse tes trucs. Tout tourne autour de la merde ! On dirait qu'il n'y a que ça ! »

Rénot eut un regard effaré.

« Eh bien, mon vieux, t'as tout compris. Sans rigoler. Bravo ! Non, c'est vrai. Le message fondamental, c'est ça. T'as découvert tout seul la "vérité sur l'origine de la souffrance". On naît dans la corruption. Tout est pourriture. Putain, les flics aujourd'hui ! »

La lumière s'était intensifiée, accentuant les ombres, absorbant les couleurs, rendant plus incertaines les teintes de la chaussée. Un fil d'argent flottait dans le contre-jour. Le regard de Boni se porta sur les grappes rouges d'un massif épineux qui sortait de la pierre. Un essaim de mouches transparentes se déplaçait devant son nez, avec un miroitement d'opale d'une netteté extrême. Étaient-ce leurs ailes qui brillaient dans l'air ? Une illusion d'optique ? Le jeu de quelques fleurs de nacre ou des perles de pluie ? Il découvrit qu'en laissant errer ses yeux les moindres formes produisaient des jubilations, d'étranges rêves qu'il pouvait construire en plein jour.

« *Lok, lok !* dit Chhüey, prise de panique. Le voilà, ça y est, il revient. »

L'ermite avait surgi et arrivait sur eux. Ses pieds nus se déplaçaient sans précaution sur les épines du sol. Qui le voyait marcher ainsi, à la fois coupé de lui-même et du dehors, concevait l'image d'un être enorgueilli par la solitude, durci par l'âge et les abstinences. Il contourna les trois Khmers, se retira au fond de sa coquille, en ressortit caraponné dans les replis du costume, tel un rhinocéros sous ses boucliers. Droit, front penché, paupières closes, tout pénétré de modestie, de compassion, archétypal, à l'image de ces icônes de pagodes auxquelles les religieux aspirent à ressembler. Sur lui, le harnachement du moine mendiant qui ne se pose nulle part : coiffe à pompons, aiguière, bâton de fer, chapelet, costume sanglé dans les courroies de l'ombrelle, de la musette, du sac, de la sébile en terre. Sa silhouette hiératique dispensait une vigueur mystérieuse. Une expression de recueillement recouvrait ses rides comme un masque transparent. À la vue des deux Blancs qui s'inclinaient devant lui, ses yeux irradièrent des nuances si tendres que tous ressentirent une étrange chaleur. Le vieil homme déposa son barda, s'approcha du plateau. Il pointa réglementairement sa canne sur les plats un à un, s'accroupit, trempa ses doigts décharnés dans le bol d'eau placé à sa droite. Il prononça à haute voix la syllabe *ma* en modelant une boulette de riz, la syllabe *a* en la portant à ses lèvres, la syllabe *u*[1] en l'avalant. Après quoi il se rinça la bouche et récita les prières de bénédiction.

« *Chao, ewy !* Grand-père ne mange que les fruits ou les graines qu'il trouve sur le chemin, jamais rien de cuit, aujourd'hui j'ai fait une exception, à cause des deux étrangers que j'attendais.

— C'est tout ce qu'il prend ? s'étonna l'inspecteur. Il n'aime pas ? »

Le religieux toussa faiblement.

« D'où venez-vous ? demanda-t-il, avec l'air d'un enfant curieux.

— *Ewy, lok ta !* répondit le caporal. Tes petits-fils, dignes de compassion, viennent du sud.

— Où allez-vous ?

— Vers le nord, grand-père. Nous errons telles des âmes transmigrantes à la recherche du dieu qui doit nous indiquer le chemin. »

Le regard de l'ascète s'emplit d'une sollicitude maternelle et se posa sur les filles. Des séquences de poils blancs auréolaient ses traits, laissant apparaître un semblant de moustache.

« *Nè !...* de quel village êtes-vous ? D'où viennent donc ces demoiselles, hein ?

— Moi, je suis d'ici, *chaokou*. Mon nom est Prohm, fille de Ta Khlok. Le grand-père me connaît. Mon amie qui est là s'appelle Chhüey. Elle habite près d'Angkor.

— Ta Khlok, fils de Ta Hoy ?

— *Kona.*

1. MA A U. Forme inversée de la syllabe sacrée *om.*

— *Eu !* Je me souviens de toi, dit-il en hochant la tête. Tu as bien grandi. »

Son regard se fixa tout à coup sur elle, comme si, par transparence, il lisait le filigrane de ses tribulations à venir.

« Et les deux étrangers ? Depuis plusieurs jours, grand-père les voit en rêve. Ils marchaient à travers la montagne, forts, très grands, le nez pointu, franchissant les obstacles. Mais personne ne peut entrer ici. Les *neakta* l'interdisent. *Atma*[1] a très peur. »

Rénot perçut le danger. La peur du vieil homme était de nature à décourager tout le monde ; il fallait réagir. Il prit la parole, ne sachant ce qu'il allait dire, avec en tête un aphorisme indien, ou un verset du Râmâyana, lorsque afflua sur ses lèvres le seul poème qu'il gardait en mémoire. Il se mit à réciter Rimbaud comme on débite son chapelet, par petits tronçons, d'une voix muante, en vocalisant les syllabes, à la manière des conteurs.

> « *Par les soirs bleus d'étééééé...* [Raclements de gorge.]
> *J'i~irai* [yodel] *dans les sentiers*
> *Picoté par les~éblés* [yodel]
> *fouler l'herbe menuuuuueuh !* [Toux.]
> *Rê~êveur* [yodel] *j'en sentirai*
> *la fraîcheur à mes pieds...*
> *Je lai-aisserai* [yodel] *le vent*
> *baigner ma tête nuuuuuuueuh !* »
> [Raclements de gorge.]

---

1. « Moi », « je », pour les bonzes.

Boni regarda Rénot, stupéfié. Les Khmers l'avaient écouté sans surprise. Sa réponse ne pouvait passer ici que par un seul langage, celui des gestes, du regard, de la voix, de cette musique infalsifiable du corps qui seule dévoile l'intention vraie. Tous les hommes sont semblables par la parole ; c'est leur présence, leur physionomie, leur son qui les découvrent différents.

Rénot poursuivit sur un ton révérencieux, plein d'emphase, parfaitement de mise avec le rang du bonze.

« *Ô krouba !* Je m'incline devant celui qui fait son but de la prospérité des autres, dont la personne reflète l'éclat des maîtres de jadis. Devant celui-là, oui, nous nous prosternons, comme aux pieds de notre père et de notre mère terrestres. Qu'il s'exprime en leur nom ! *Hong !* »

Le vieux répondit en fausset, d'un timbre branlant, enfantin, sans rapport avec la rigueur de ses traits endurcis.

— Ô nobles étrangers, *veuy* ! Savoir par soi-même est le lot de celui qui s'égare au pays des jambosiers, comme le chien aveugle. Les enfants du Dharma n'ont personne en ce monde pour leur tenir la main. Le voyageur lucide quitte la route sinueuse. Le chemin est direct, c'est la voie du cœur, le sentier des sages. *Hong !*

— Ô vénérable homme du *sangha*[1] ! répondit Rénot. Les textes nous apprennent à chercher en nous-mêmes. Mais comment trouver sans le se-

1. La « communauté monastique ».

cours du guide ? Les dieux de la brousse nous ont menés à toi. Une jeune fille des Vieilles Terres a été tuée. Elle est morte éventrée.

— *Atma* ne sait rien, *gnom euy* ! Je ne suis qu'un déchet inutile dont les rapaces se détournent. Qui peut rien attendre d'un vieux fou comme moi ? Grand-père a quitté le monde. Comment vous aider, maintenant ? Qui était cette fille ? Quel était son nom ? Je ne connais plus personne.

— Phuong ! *chaokou*, dit Prohm en se redressant. Elle s'appelait Phuong, fille de tante Bô et d'oncle Pim. C'était ma cousine. Le grand-père la connaissait aussi. Nous avions reçu le Traï la même année. Son passeur était le *sithi*[1] Pol.

— *Ô chao euy !* Oui, grand-père se souvient d'elle.

— M. Boni, dit Rénot en indiquant l'inspecteur, est spécialement venu avec une autorisation des hiérarques de Phnom Penh.

— *Gnom euy !* s'exclama le vieux en levant les bras. Les habitants d'ici se moquent d'un permis qui n'a pas cours dans leur forêt. Toutes les pistes sont piégées.

— Ces gens croient-ils échapper longtemps aux menaces qui pèsent sur eux maintenant ? dit Rénot. Ne voient-ils pas voler dans le ciel des avions plus rapides et plus hauts que leurs dieux ? La guerre est à leur porte, une guerre de feu et

1. Autre grade de l'ancienne hiérarchie, correspondant à une ordination d'un rang inférieur à celle du *krouba*.

d'acier, avec des corps déchiquetés, comme ceux sur lesquels tu viens pratiquer le *bangskol.*

— *Chaokou,* ajouta Prohm. Je me suis sauvée. J'ai peur de mourir comme cousine Phuong. C'est à toi que mes parents m'avaient confiée. Si le *chaokou* nous conduit, Prohm n'a plus peur de rien. »

Le vieux religieux avait résolu de vivre à l'écart, jusqu'au bout, sans esprit de retour, et rien n'avait jamais fait vaciller sa détermination. Or voici que quelque chose se produisait en lui de bien plus fort que tout : la détresse de Prohm le laissait démuni.

« La cadette est-elle en état de grossesse ? demanda-t-il.

— Non *chaokou* », répondit-elle après un temps de surprise.

L'ermite se leva, tira sur les plis de sa robe, rajusta sa ceinture de poitrine, se campa dans une pose extravagamment digne. De la main droite, il pointa l'index au-dessus de l'horizon, là où l'orbe solaire met une dizaine de minutes pour terminer sa course.

« *Bane.* Peut-être... Revenez, là, au déclin du jour. Grand-père dira ce qu'il a décidé. »

Rénot songea, en le voyant, à ces figures de héros dont l'effigie nous frappe par la grandeur tout en étant marquées d'un peu de ridicule.

« *At oy te !* dit le Khmer à l'inspecteur. Il a dit "peut-être". Autrement, il aurait dit "je ne sais pas". Les vieux c'est comme ça : "peut-être" veut dire "oui", "je ne sais pas" c'est "non". »

Il était midi. Ils rentrèrent au camp.

De la soupe chauffait sur le feu. Les filles vaquaient sans hâte, plus rien ne pressait ; l'une ajoutait du piment à la pâte de crevette, l'autre disposait tranquillement la natte. Le timbre d'une cigale *a cappella* déclencha d'arbre en arbre un chœur à l'unisson. Boni s'avisa que les lèvres de Prohm avaient la faculté de gonfler, comme la pointe de ses seins quand le vent de la route faisait claquer son corsage. Son regard s'abaissa sur les mamelons sensitifs, qui parurent s'amollir à travers le tissu, puis de nouveau s'affermir, le gauche plus que le droit. Un hanneton vibrant s'arrêta sur le cou de l'inspecteur ; il bondit, comme si c'était le diable, et tenta de l'écraser avec des gestes de boxeur, faisant s'esclaffer tout le monde. Après le repas, il n'eut plus qu'une hâte : aller offrir à ses pieds un lavage à froid, les dégonfler, les frotter, et voir disparaître sur leur blancheur d'ivoire neuf le rouge de la pression des chaussures.

« K'Prohm ! c'est quoi un "passeur" ? demanda Rénot, maintenant seul avec les filles. Trlrl... Han ! Tu as dit que le vieux Yao était ton passeur, c'est bien ça ?

— Le passeur ? C'est heu... celui qui "fait entrer", qui "ouvre le chemin", *lok*. C'est le moine que les parents vont choisir, quand une fille devient pubère.

— En khmer, *neak bâeuk*, c'est "celui qui ouvre". Mais qu'est-ce qu'il ouvre, qu'est-ce qu'on lui demande ?

— D'être son protecteur. La famille doit lui offrir des objets d'argent, des soieries, des coussins brodés, en fonction de son rang. Ça coûte cher, *lok* ! Il y a une fête chaque année, au mois de *pisakh*. Ceux qui ont une fille en âge de recevoir le Traï vont se faire connaître. Les plus riches réservent les dignitaires influents.

— C'est une fête collective ?

— Oui, *lok*. Chaque fille doit avoir un passeur afin qu'elle sorte de l'enfance. Sinon, elle ne peut pas se marier. C'est une coutume qui n'a pas cours chez vous.

— Mais si, dit Chhüey, l'"entrée dans l'ombre". Ça dure trois mois, dès les premières menstrues. Elle doit rester dans un pavillon spécial.

— Oui, mais la cérémonie dont je parle prend place le dernier jour. Quand on apporte le Traï en cortège.

— Et là, elle se marie juste après ?

— Non, *lok*. Elle va rejoindre le groupe des jeunes *uruh*. Elle peut se promener librement, s'amuser comme elle veut. Les adultes parlent de cette période, entre puberté et mariage, comme la plus belle de la vie.

— C'est quoi le "Traï"… Traï, ça veut dire "trois", n'est-ce pas ? C'est comme ça qu'on appelle le costume des moines.

— Oui *lok*. La jupe, la robe, le manteau. Mais pour la future mère, ça symbolise la tête, le tronc et les membres de son petit dans le ventre. Chaque famille organise un banquet. Le passeur arrive en palanquin, au son d'un orchestre, et reste dans la chambre de la fille toute la nuit. Il lui fait réciter un texte qu'elle doit savoir par cœur. Ça s'appelle "Les formations mondaines et l'établissement du composé transmigrant". Ça parle de plein de choses en détail, comment l'enfant grandit, se nourrit.

— Pfeuh ! Pfeuh !... Et après ?
— Après, c'est l'"ouverture de la porte d'or", puis le moine est reconduit en cortège. Les musiciens jouent le temps que les derniers convives finissent de parler et de boire. Il faut aussi lui racheter la jeune fille par des présents d'étoffes et d'encens, sinon elle serait sa propriété à jamais.
— Bien, dit Rénot en se frottant mollement les mains comme avant un travail difficile. K'Prohm, s'il te plaît. C'est quoi, "ouvrir la porte d'or" ?
— C'est la fin de la cérémonie, *lok*. Juste avant le lever du jour.
— Je veux dire, qu'est-ce qui se passe ? Comment il fait ?
— Certains disent qu'il déflore la jeune fille avec le doigt, d'autres qu'il s'unit à elle réellement. C'est pareil.
— Comment ça "certains disent", tu ne le sais pas toi-même ?
— *Lok !* Il n'est pas permis de raconter ces choses. Ce qui se fait dans le secret est tabou. »

Quand l'inspecteur revint de son bain, les filles dormaient, ramassées sur la natte, en chien de fusil. Rénot ronflait près d'elles, bouche ouverte, jambes écartées. Boni alla s'allonger sous le couvert d'un bosquet de palmiers.

« Hé ! » s'écria Rénot en sursaut, bâillant prodigieusement, avec un bruit de vocalises. Hhhhhoâh... « C'est toi ? Ça va ? dit-il dans une dernière pandiculation.

— Oui, mais j'ai encore mal *les* pieds, si tu veux savoir. Et je ne te parle pas des piqûres de moustiques. Saloperie ! »

Ses chevilles étaient en sang. Il les entoura de papier hygiénique, sous l'œil suspicieux de l'ethnologue.

« Tu sais quoi ? Tu vas pas le croire. Dans le patelin de Prohm, on pratique encore la défloration des filles nubiles. Je t'assure, c'est elle qui vient de me le dire.

— Un rite de défloration. Tu veux dire de... de dépucelage ?

— Oui monsieur, et par les religieux, précisa Rénot dont l'expression se mit à osciller entre le mystère et l'enjouement mutin.

— Un droit de cuissage par les religieux, répéta Boni.

— C'est un rituel bouddhique. Ça parachève une sorte d'initiation à l'enfantement. La consécration de la future mariée.

— Ils ne s'emmerdent pas les bonzes ! Je te signale que c'est tout ce qu'il y a de moins légal. Si c'est vrai, on va avoir du pain sur la planche.

— Ne rigole pas. Tu te rends compte ? C'est un truc attesté depuis des centaines d'années. Pfeuh ! On en a une description à Angkor, par un

Chinois, à la fin du XIIIe siècle. Seulement, c'est vu de l'extérieur. Les récits de voyageur font surtout connaître celui qui parle. Prohm, elle sait, elle explique. C'est dingue. Je me creuse la tête là-dessus depuis des années…

— Ça n'existe qu'au Cambodge ?

— T'es fou, ça a été observé partout. Y a des sources en pagaille. Birmanie, Thaïlande, Laos. À partir du XVIe siècle, les Européens rapportent la même chose sur la côte de Tenasserim, au Pégou, en Arakan. Le rite était à la charge des gens importants, des pèlerins occidentaux. On parle de marins hollandais qui faisaient souvent le voyage, parce que le service était rémunéré. T'imagines un peu ces grands blonds ? Les salauds ! Ils devaient avoir en eux la force, le courage, toute la fécondité des contrées d'où ils venaient. Leur union était privilégiée, et toute la fierté des familles avec ça.

— Dis donc, c'est à croire que tu y étais ! Ton arrière-grand-père, c'était pas non plus un grand blond, des fois ? »

Étendu à l'ombre des palmiers, l'inspecteur entreferma les yeux. Dans la grande forêt, en plein après-midi, quand tout s'arrête de vivre, c'est une multitude d'autres choses qu'on pressent autour de soi, d'un coup. On s'égare en contemplations, on se consume dans le tourbillon d'une vie sans attente. Lorsqu'il rouvrit les yeux, Rénot n'était plus là. Les filles avaient bougé mais dormaient toujours. Les palmes qui surplombaient sa tête avaient leur éventail brisé ; elles s'inclinaient lourdement, tels de grands papillons refermés, munis d'invisibles battants qui les faisaient bouger. Il observa que leurs bords s'échevelaient sur des lambeaux mal pliés, terreux, oscillant du fond de leur cloche, avec des yeux immenses et des narines en forme de fer à cheval. La vision le fit bondir du sol avec les gestes convulsifs du baigneur qui se noie. Sa contorsion fit fuir plusieurs rhinolophes, et il sentit dans son dos le mol mouvement de leurs ailes, semblable à des coups de torchon.

« Hé ! regardez ce qu'on ramène, cria Rénot de retour avec le caporal. Une anguille ! Elle est belle, il faudrait la faire revenir au gingembre, hmm !... Qu'est-ce que t'as ! demanda-t-il à la vue de Boni tout ébouriffé.

— Rien, mais c'est bourré de chauves-souris ici.

— Faut dire que tu vas te foutre juste en dessous, aussi. Tiens, t'es plein de guano. Tu sens pas ou quoi ? Pouah, t'es bon pour retourner te laver. »

Le Khmer tentait d'assommer l'anguille et Chhüey se leva pour l'aider. Leur excitation faisait taire les regrets qu'un bouddhiste éprouve quand il supprime une vie, fût-ce celle d'un poisson.

Rénot se rapprocha de Prohm.

« Trlrl !... Comment c'est, le livre que les filles de chez toi doivent apprendre ? "Le composé transmigrant" et quoi ?

— Non. "Les formations mondaines et l'établissement du composé transmigrant."

— Tu pourrais m'en dire un passage ? Ça commence comment, par exemple ?

— *Lok !* fit-elle en prenant un air las. Maintenant, comme ça, tout de suite ?

— Juste pour voir de quoi ça parle, insista l'ethnologue. Le début. »

La jeune fille resta silencieuse, elle ferma les yeux, lèvres pincées, recueillie, pour retrouver d'abord des mots, qui s'amplifièrent par bribes, comme des volutes sonores.

« Je crois que c'est, heu... "Frères ! Vous tous, *euy* ! Parlons de la réincarnation qui... qui est l'origine des actes bons et des actes mauvais. Le Dhamma inspire l'élan sexuel du père et de la mère. L'eau de cristal s'écoule du nirvana, la naissance se produit, euh... Le nom et la forme apparaissent dans les œufs des périodes, semblables à des petites bosses qui se forment, tels de minuscules grumeaux."

— Oui, oui, continue, dit Rénot, tout tendu vers elle.

— Hmm, je ne sais plus... Ah si ! "Quand les organes de la fille ne sont pas encore prêts, ils mesurent de six à sept doigts, du haut de la porte conjugale à son orifice. En dessous se trouve le chemin de l'évacuation des selles. Par-devant, sous le nombril, se trouve la vessie pour l'urine. L'entrée de l'utérus a la forme du fruit sali, long de trois doigts, large en haut de deux doigts et en bas d'un doigt et demi. C'est comme le col d'un pot dont l'ouverture ressemble à des pétales de fleur." »

Prohm se tenait assise, yeux clos, bien droite, mains jointes, les jambes à plat repliées de côté dans un rapport combiné avec une attitude précise, qui lui rappelait ses remémorations.

« "L'entrée de l'utérus, poursuivit-elle, comporte deux longues veines au bout desquelles se trouvent des petits noyaux en grappe. S'il n'y a pas eu d'union sincère avec un garçon, rien ne se produit. Les œufs se cassent et donnent du sang qui s'écoule et fait dire 'avoir son cycle'. Cela arrive chaque mois.

« "Si le liquide de la mère, mélangé à celui du père, s'écoule dans une des veines, cela fait naître ce qu'on appelle l'esprit-conscience. Cinq ou six jours après, le cœur prend naissance. Il tète et grandit. Il est de couleur rouge. Les propriétés du vent lui donnent des impulsions... top ! top ! Lorsque les seins de la mère grossissent, il sort progressivement de l'œuf. Au bout de trente jours, il est gros comme une graine de sésame ou de haricot. Sa forme est comparable à l'asticot. Au bout d'un mois et demi, il est grand de deux doigts mais on ne voit pas clairement où sont la tête, la bouche, les yeux, le nez. On voit seulement leur trace, comme les marques sur le simulacre de farine dans les rites." »

Prohm reprit sa respiration.

« "La peau qui enveloppe l'utérus de la mère est garnie de minuscules vaisseaux sanguins, comme les racines de *khlok* ou de *rbov*, qui se réunissent en un cordon épais. C'est le cordon placentaire, dont l'extrémité est fixée au nombril. Il y a deux cordons enlacés comme des tiges de lotus, l'un pour le sang rouge que reçoit l'embryon, l'autre pour le sang noir. L'embryon ne se nourrit ni ne tète par sa propre bouche, il dépend du sang mélangé au liquide provenant du cœur de la mère. Il n'aspire ni ne respire à l'aide du nez, mais à travers le cordon." »

Les mots lui venaient maintenant sans effort, mécaniquement, avec un rythme et des modulations. Rénot la regardait, fasciné. Ce qui le surprenait toujours, c'est qu'on puisse croire avoir compris un être quand il suffit d'un instant pour en découvrir l'étrangeté.

« "Le cœur de l'embryon absorbe sans interruption le sang nécessaire à son développement. Ce sang devient noir et retourne dans le côté droit du cœur de la mère avant de passer dans les poumons, où l'air de la respiration le rougit. Alors, le sang rouge est aspiré par le côté gauche du cœur, pour maintenir la vie de l'embryon et produire la chair et les os. Au bout de trois mois, sa forme mesure huit doigts et demi environ, il jouit des cinq sens. Il possède les trente-huit caractères du corps, et toutes les parties se distinguent. Le nom a pris naissance." »

Elle rouvrit les yeux. Chhüey et le caporal étaient venus s'asseoir.

« *Lok*, c'est très long, dit-elle. Il y a encore des dizaines de passages comme ça, avec les lettres et les mantras pour chaque organe.

— Je n'ai jamais entendu rien de semblable, dit Rénot. Comment ça se termine ? »

Prohm se recomposa le visage, avec un soupir.

« "Frères qui suivez le noble chemin, *euy*! Si l'utérus de la mère n'est pas consacré par le rite, l'être qui prend germe tournera comme une roue de charrette, mourra, renaîtra, en un nombre incalculable d'existences. À l'inverse, l'utérus de la mère parfumée qui adhère à l'enseignement de l'Auguste est empli du trésor des sages de jadis, la clef du nirvana, qui comble tous les disciples. L'embryon dans son sein devient diamant, comme avant lui les Bouddha, les Bodhisattva et tous les Arahant. Car ce n'est ni la mère ni le père qui donnent naissance à l'enfant, c'est l'auguste Traï!" »

Sur ce, Prohm fronça les sourcils, se rengorgea dans une sorte de demi-sourire pour baisser l'appui de sa voix, et, d'un timbre que Rénot ne lui connaissait pas, chanta les versets d'un poème qui s'épanouit dans le soir. Son doigt traça en même temps une figure sur le sol.

> *« En premier la goutte,*
> *C'est après la hampe,*
> *Puis la division,*
> *Passé cela les branches,*
> *Et ensuite la tête.*
> *Les cheveux, les poils, les ongles du Dhamma.*
> *Buddham, incomparable diamant!*
> *Dhammam, parfum plus suave que les fleurs!*
> *Sangham, chemin du Nirvana!*

— Qu'est-ce qu'elle dessine? demanda l'inspecteur.

— C'est ce qu'on appelle le "figuier à cinq branches". Regarde. C'est toi, avec ta grosse tête et tes membres, tu vois ? Quand tu étais tout petit. »

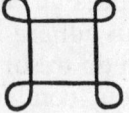

IV

Le petit groupe frayait son chemin sous la lune, le long de marécages où dansent des feux follets, d'invisibles nageoires remuaient dans la vase leurs empennes d'argent. Des vols de chauves-souris circulaient sans bruit. Le bonze retenait sa marche. Rénot épiait les sons étranges, cherchait des signes du danger. Là où le banian déployait ses racines rampantes, à l'endroit où se décomposaient ses fruits, la terre surélevée s'affaissait en effondrements vineux. Des odeurs d'évents, portant l'indice de l'orchidée, du pandanus en fleur, du palmier pourri, s'élevaient du sol où s'enfonçaient leurs pas. En pareil milieu, le sens des choses surgit : pour régner sur terre la mort devait alimenter la vie.

Ils s'insinuèrent dans d'étroits boyaux, courbés en file indienne, entre des étangs sur le miroir desquels luisaient des lunes d'eau. Le religieux comptait chaque touffe du parcours, notait la branche en travers, scrutait la trace sous la feuille, la brèche dans le buisson, décidait du cheminement. Du bout de sa canne il dégageait des pièges sans les désarmer : arbalètes à carreaux, fléaux suspendus, trappes de pieux acérés. Boni se laissait gagner par l'assurance de leur nouvel allié, ignorant de quoi le moine était dépositaire. Leur lente progression les mena au bord d'un dégagement, en direction d'un roc : d'énormes pierres brisées, d'un grès calcaire où se tapissent les mousses, laissaient passer l'unique chemin dans leurs anfractuosités. Des oiseaux évoluèrent dans le ciel en virevoltes subites, comme manœuvrés par un cerveau central.

« *Chao, veuy !* fit le vieux moine. Regardez ! Les oiseaux nous montrent le passage. Ce rocher provient du mont Andeng, au début des temps. C'est la porte du domaine des génies. »

Devant eux, non loin du rocher, s'élevait un bois sacré dont les arbres émergeaient d'un massif d'euphorbe. Le houppier chenu d'un *Callophyllum* s'y élevait au-dessus des autres. À sa base tourmentée de verrues s'adossait l'abri d'un *neakta* entouré de dizaines de phallus de toutes tailles, peints en rouge, rongés de fourmis blanches. Des perruches transparentes criaient sur la longe épineuse d'un rotin.

« C'est l'autel de grand-mère Thép », dit le vieux en s'agenouillant devant une image taillée dans un morceau de bois flotté.

Fouillant le taillis de ses petits yeux sanguins, il sortit de son sac une idole en or brandissant un serpent entre ses quatre bras, et se mit à chanter, avec des accents de flageolet ; une soudaine légèreté passa en lui, tel un souffle dans une marionnette.

« Dis, ça sert à quoi tous ces trucs ? demanda l'inspecteur.

— Ça veut dire que le gardien de cet arbre, la "vieille Thép", c'est comme ça qu'elle s'appelle, a perdu son mari. Tu lui offres un phallus pour te concilier ses bonnes grâces. Ta gueule ! Ce type d'offrande, ça se fait aux gardiens des frontières, quand tu traverses un nouveau périmètre. Va savoir pourquoi. »

Brusquement, chacun retint sa respiration. Le sous-bois autour d'eux s'amplifia des résonances d'une course, pareilles à des craquements de bois mort.

« Attention ! cria Rénot. Ça, c'est un sanglier qui charge ! »

À peine le bonze eut-il reçu le signal qu'il tomba en transe, se mit à valser sur lui-même, exécutant une pose farouche, culbutant les phallus. Des mots inaudibles sifflaient dans sa bouche. Il se pencha au-dessus de la statuette en dansant, l'effleura des lèvres, et partit. Rénot supputa leurs chances en cas de guet-apens et se lança à ses trousses.

Il était déjà loin. Son pas délié fendait les hautes herbes. Percevant le Français qui suivait à grandes enjambées, il lui intima l'ordre de se mettre à l'écart. Rénot n'osa en croire ses yeux. À une portée de jet de pierre se dressait un reptile. Il attendait pour charger. Son capuchon parcouru de rayons s'élevait à un mètre cinquante, semblable à une feuille de taro. Les bords du cou basculé en arrière oscillaient, suspendus à la tête hiératique, constellée de bigarrures. Le reste du corps, lourdement bâti, dénouait et reformait les ocelles de sa livrée blanche. On distinguait le trou des naseaux, voilé d'un exsudat cireux, et en dessous les crocs cannelés, où s'encadrait la langue.

L'ascète fit encore plusieurs mètres en prononçant des incantations à haute voix, et l'on eût dit que, le danger se rapprochant, son être jouissait d'une acuité plus grande ; sans doute, dans le jeu mené ici, y voyait-il plus clair que nul autre. Il alluma trois baguettes d'encens, salua les dieux des quatre directions dans un calme parfait, puis se planta comme un piquet sous l'œil glacé du monstre. Ses genoux fléchirent, il mit un pied devant l'autre, remua les mains, et balança le buste en exécutant une danse.

Tel un spectre sorti de l'arc-en-ciel d'Indra, le serpent glissa au milieu du terre-plein et se détendit à la vitesse d'un trait. Son corps déployé resplendit dans l'attaque. Le vieux esquiva par bonds, le forçant à projeter ses mâchoires en bout de course, faisant des écarts d'escrimeur, s'abattant sur le sol, reprenant sa danse et ses roulements du tronc. La bête se dandinait, soufflait, crachotait, elle porta bientôt ses bottes sans surprise, avec l'élasticité d'un ressort de punching-ball, que l'homme parait en la bloquant de la main. D'un mouvement de côté, il se coula soudain contre elle, puis avança les lèvres avec lenteur. Les bras dans le dos pour ne pas donner prise, il la fit se courber sous la poussée de son regard. Entre les deux créatures l'instant se figea : l'ermite posa sur sa tête un long et sacro-saint baiser.

Le moins étonnant ne fut pas que le serpent rompit juste après, et Rénot en éprouva cette peur qui saisit l'homme lorsqu'il se heurte à l'incompréhensible — « ce diable de religieux était-il sûr de vaincre ? ». Il pressentit une connivence entre le maître et la bête, comme si chacun avait joué son rôle, selon un scénario prévu, dans un combat primordial, réglé tout entier par le mythe.

Le bonze s'en retourna, son costume alourdi de projections mortelles. Parvenu devant l'autel, où les autres attendaient, il poussa des cris rauques, tomba à la renverse, et reprit connaissance comme au sortir d'un rêve. Le caporal nettoya sur sa peau les parties embues de crachats venimeux.

« Qu'est-ce qui s'est passé ? cria Boni. Putain, merde !

— Je te raconterai plus tard, dit Rénot. Maintenant, on file.

— C'était un sanglier ou quoi ! Prohm dit qu'il y avait un serpent. C'est quoi, toutes ces conneries !

— Tu n'imagines pas. Viens ! »

Ils s'insinuèrent dans l'encaissement gréseux, où les épiaient des ombres. Le passage s'étrécissait ; une barbe épiphyte d'où suintait un latex mauvâtre colonisait ses bords. Des profondeurs d'une cave montaient un souffle humide, avec des odeurs de caillé, un mélange d'os et d'humeurs aqueuses. Chacun pressa le pas, sans se retourner.

Ils se trouvèrent face à tout ce qu'une flore tropicale peut offrir de plus riche, de plus dense, bien plus que Rénot ne l'aurait cru d'en haut.

« Le domaine des génies ! dit l'ermite. Les Vieilles Terres, le dos des ancêtres. Ça commence ici. Plus loin, c'est la forêt à manger. »

A même le sol basaltique appesanti de mousses, les fûts dominants clairsemaient la poussée végétale en îlots de lumière. L'exubérance des formes orientées vers le ciel, les poches d'eau, l'abondance des grandes sterculiacées et des bambous géants, tout ramenait à ces formations primaires qui forcent l'homme au silence. Rénot n'avait jamais imaginé de plantes plus magnifiques ni ressenti une telle inquiétude. Une peur inconnue, pour la première fois, lui ôtait l'assurance. De l'assaut du cobra, il gardait le balancement, le roulis qui se poursuivait sans fin, l'agitait, le détournait de lui-même, pour l'empêcher de se tenir sur ses gardes ; quelque chose d'invisible les surveillait. Une volonté sournoise. L'extrême beauté de ce qui s'offrait à eux formait un tel contraste avec ce qu'il éprouvait, qu'il flairait que l'autre moitié de la forêt où les menait le bonze — le finage des habitants d'ici qu'il découvrirait enfin, la partie nourricière de leur espace vital — serait l'inverse de celle où ils venaient d'entrer. Cependant les deux filles paraissaient se distraire, et leur troublante insouciance, elles habituellement si conscientes, conforta Rénot dans ses pressentiments. Il les suivait des yeux, les voyait fureter, s'aiguiser l'appétit sur des crosses de fougères, des germinations de toutes sortes, soulever des pierres, ramasser le champignon, la larve, et quand l'une voyait une fleur qui s'était ouverte, elle appelait sans prudence pour rapporter la joie de sa trouvaille aux autres.

D'impasses en traverses, leur pénétration dans cette part « comestible » s'infléchit en une lente torture. Plus de passage, mais une brousse secondaire, serrée, avec un sol compact, issu de la décomposition du schiste ; des blocs de latérite affleuraient, partout des souches calcinées, coupantes, des épines, des troncs versés dans le talweg où filtraient de minces filets d'eau. Il leur fallut s'accrocher à la côte, se couler dans les tailles, se glisser sous des tiges volubiles chargées de pucerons et de fourmis, cheminer sur des surfaces grumeleuses, glissantes, infestées de repousses, et s'arrêter sans cesse pour ôter les sangsues fixées par dizaines entre leurs orteils et aux chevilles. Le caporal avançait devant au coupe-coupe. L'inspecteur s'agrippait, tremblait, soufflait par le nez, et Rénot éprouvait de l'admiration devant les efforts qu'il faisait.

L'essart et le bambou à manger cédèrent enfin la place à une galerie d'essences plus nobles, à des fûts envahis d'aracées, certains tendus de cartilages, d'autres compliqués d'échasses secondaires, d'étais, dont Rénot déduisit la proximité d'une rivière.

« Lok ! »

Devant Prohm se tenait un guerrier. L'homme était à demi caché, le fer de sa lance ramené contre lui. Il portait un chignon orné d'un peigne cornu, d'un canif à lame courbe et d'une aigrette en poils de cerf. Deux lourds bouchons d'ivoire allongeaient ses oreilles. À son cou, un large collier de fer, des dents de chien, un bandeau de perles, une amulette bouddhique sertie dans sa monture en or. À l'épaule, la grande arbalète et le coupe-coupe de combat posé sur la cambrure du manche. Au dos, le carquois à bec de calao. Sa taille musclée était prise dans une longue ceinture à pompons passée dans l'entrejambe.

Rénot fit une volte-face.

« Hé ! Hé ! Hé ! » cria-t-il en se ruant au secours de Prohm. Une agitation courut dans le sous-bois. Un sifflement léger vibra dans les feuillages. La flèche lui perça la jambe, sans stopper sa course. Il entendit des voix tout près de lui, et sentit à ses tempes le sifflement d'un autre projectile. Il se sut touché, sans savoir où mais c'était profond, et chuta plus loin, au creux d'un massif de palmiers pinanga. Un second choc, asséné de la crosse d'un coupe-coupe, l'atteignit à la tête.

Les accidents de notre vie réalisent-ils toujours le souvenir d'événements qu'on a vécus en rêve ? Le haut des palmes bascula, secouant la poussière, puis un coin du ciel, un morceau de nuage déchiqueté à coups de bec, et cet enchaînement des choses lui parut familier. « Les yeux ouverts. Je garde les yeux ouverts. Ils ne m'auront pas comme ça. » C'était sa propension naturelle : l'instant primait tout. Un souffle vanillé sortit du tapis humifère, signe de merveilles à venir, quelque part. « Ces feuilles sont raides comme des coquilles », se dit-il. Et la forêt l'ensevelit, tel un dieu dont les bras nous attirent. « Ah ! mais d'où vient ce frais de la terre ? Est-ce de la cendre sur les vagues ? Ma parole, c'est du sang ! » Il ramena sa main toute rouge et la tint un moment près des yeux, en pensant : « Comme je saigne, je perds tout mon sang. Pas un mot. Ne jamais pleurer. » Un homme, ça ne souffre pas, répétait son père. Et par d'obscures liaisons, Rénot éprouva tous les sentiments de refus et d'ennui de son adolescence. Son obsession devint celle d'une jambe suspendue — tentacule dans un jardin de corail. Du membre empoisonné, au-dessus d'un abîme empli d'effluves nauséeux, s'élevaient des bourgeons mobiles.

« *Lok ! Lok !... Lok !* criait Chhüey en lui soutenant la nuque. *Lok !* »

Elle ôta le *krama* enroulé dans ses cheveux, étancha le sang qui noyait la tête de Rénot.

« Qu'est-ce qu'elle a donc à hurler comme ça ? Aïe !... Aïe !... mais elle me fait mal ! »

Prohm arracha la flèche d'un coup. Des traces de résine y adhéraient par petites traînées rousses sur la pointe. Derrière le genou sourdait un filet de sang noir. Elle lui fit un garrot à la cuisse et, à coups de dents rapides, la bouche enfoncée dans l'articulation, ménagea un orifice qu'elle se mit à sucer. « Suis-je blessé au ventre ou à la cuisse ? » s'interrogea-t-il. Ses yeux pouvaient suivre la trace du poison qui progressait dans les bronches, imbibait le cou par capillarité, dilatait le gosier, durcissait la langue. Il s'étrangla en avalant sa salive. Il vit sa mère recevoir la nouvelle de sa disparition, dans les forêts du Cambodge, assassiné par des sauvages.

L'inspecteur n'avait pas compris ce qui se passait qu'un autre guerrier barrait le passage, avançant par petits bonds légers. Il avait débouché du bois en une marche oblique, comme s'il eût dédaigné, dans l'excès de sa force, de s'élancer en droite ligne. Caché derrière son bouclier, il brandissait une lance et portait une hotte. On ne distinguait que sa coiffure surmontée de deux plumes de coq blanc.

« Grand-père ! *Chop !* dit l'homme d'une voix belliqueuse tout en baissant sa garde à l'aspect du bonze. Moi, digne de compassion, je salue l'honorable gourou ! Qui sont ces gens ? »

Le moine toussota, ajusta les plis de sa robe sans répondre.

L'inspecteur se retourna pour appeler Rénot. Une douzaine de chasseurs les cernaient. Leur beauté arborée comme une arme, consistait en un rapport subtil des formes de la nature avec quelque modèle millénaire transmis de père en fils depuis les origines. Ils étaient comme aux jours où l'homme se cachait à la première alerte et ne sortait de son trou que pour protéger le clan, à peine vêtu, tel que la forêt lui permettait de croître. L'inspecteur mesura l'abîme qui séparait ces Cambodgiens de ceux qui cultivent la rizière inondée, avec leurs troupeaux, leurs charrues, leurs routes. Soudain, il aperçut Rénot étendu sur le sol, et avança d'un pas. Un jet de lance le cloua sur place ; la hampe de bois et de fer oscilla, à un pouce de sa chaussure. Son pouls s'éleva brutalement : Rénot pouvait être mort. Pour la première fois depuis longtemps, il eut à nouveau peur. Pas la peur de l'autre, qui inquiète, mais celle dont l'homme ne peut se dispenser longtemps, qui chauffe le cœur et pousse à vivre, ce suc pour lequel on tremble : la peur de perdre un être qui compte, qu'on aime, dont on a besoin. Que ferait-il à présent ? Y aurait-il jamais dans le monde quelqu'un d'autre pour lui ?

La voix du religieux le tira de sa prostration :

« Que les génies te gardent ! Qui es-tu, toi ? Comment t'appelles-tu ?

— Mon nom est Douk, répondit le guerrier. Le vieil homme ne me reconnaît pas. Ça fait longtemps qu'il est parti. Je suis le fils aîné de Ta Bo.

— *Bate*. Écoute-moi bien. Ces gens-là ne viennent pas en ennemis. Ils sont sous ma protection. La fille de Ta Khlok est de retour. Les étrangers l'accompagnent. C'est moi qui les conduis. Le maître "qui siège au sommet de nos têtes [1]" en décidera. Songeais-tu le faire à sa place ?

— *Veuy !* Grand-père. Ce sont les ordres. Le pays est fermé.

— Allons ! Es-tu trop jeune pour ne pas voir que les choses ont changé ? Que sont tes ordres à côté des arrêts du destin ! L'homme comprend trop tard. Ces gens sont des messagers. Aide-nous plutôt ! Tu en es responsable. »

Le jeune chef se tut, hésita, rejoignit ses guerriers. Il regarda le blessé, observa le battement des narines, les lèvres violettes, le tirage du larynx

---

1. Désignation du roi, protecteur de ses sujets ; il est comparé au « dieu gardien » dont le siège réside au sommet du crâne de chacun.

à chaque inspiration, et ordonna qu'on l'emmène.

« Ce Français n'est pas un étranger ! cria Chhüey, désemparée. Il est comme les Khmers !

— C'est un étranger comme toi ! » lui répondit le chef.

Le caporal s'approcha de l'inspecteur.

« Dans quoi on ne s'est pas embarqués ! lui lança Boni. Qu'est-ce qu'il a Rénot !

— Il a reçu une flèche imbibée de poison. »

L'inspecteur fut saisi d'un frisson.

« Bon Dieu, mais faut faire quelque chose ! On ne va tout de même pas le laisser crever comme ça ! »

Rénot fut traîné jusqu'à la rivière. Ils débouchèrent dans le contrebas inondé. Plusieurs pirogues se trouvaient cachées sur la grève, mêlées aux racines blanchies d'un banian où s'amusait une troupe de macaques. Trois d'entre elles furent poussées à l'eau. Un vol de canards sauvages, tous rangés à la file, traversa l'horizon. La rivière formait un bief profond, détournée par des saillants rocheux, et ses flots chargés d'écume s'enfonçaient sous la forêt-galerie. Ils remontèrent son cours en silence, glissant le long du bord, là où l'impétuosité du courant était moins sensible. L'eau plissait sous le battement des rames, heurtait les coques par saccades, bondissait en petites gerbes de pluie, et sa surface s'enroulait parmi les remous, faisant scintiller leurs paillettes autour d'incessants tourbillons.

Le moine avait été invité à prendre place dans la pirogue de tête, la plus longue, la plus rapide, propulsée par six pagayeurs, que le chef dirigeait entre les récifs, arc-bouté à une perche. Rénot était entre les filles dans la seconde, les yeux attachés sur elles, claquant des dents, ruisselant de sueur. Boni se tenait raide dans la pirogue de queue, derrière le caporal.

La forêt s'emplit des premiers bruits du soir, trille des gibbons, cormorans, étranges appels d'animaux inconnus. Les pirogues fendaient l'eau au rythme égal des pagaies, berçant au passage une compagnie de pélicans, débusquant de petits crocodiles affalés sur l'écueil. Devant eux la rivière faisait des détours, puis s'élargissait en décrivant une grande boucle, dont le tracé au loin circonvenait les toits d'un village pelotonné dans la végétation. L'endroit était surmonté par un rocher à pic. À mi-côte du bassin-versant, le sommet d'une tour surplombait les arbres, et sur la crête boisée dominante se détachait l'eau d'une source, en suspens dans le vide, comme un rai de vif-argent.

« Ça doit être là, dit Boni. C'est bien la peine, maintenant. Qu'est-ce qu'on vient foutre ici ! »

Le Khmer se retourna et considéra le Français directement dans les yeux, avec une si soudaine sympathie que celui-ci sursauta. Sous le dehors rustique du coureur des bois, un cœur sensible battait suffisamment fort pour émanciper l'inspecteur. Personne moins que lui n'ignorait qu'il est des circonstances qui dépouillent l'homme et révèlent ce qu'il est. Boni se prit à rêver que c'était en de tels moments qu'on voyait des individus ordinaires déployer soudain des forces que personne n'eût soupçonnées en eux.

Les pierres d'un débarcadère disjoint affleuraient la rive. Les pirogues ralentirent leur train, dérivèrent obliquement, avant d'accoster sans bruit au pied d'un ponton relié à la terre. Des gens et des enfants attendaient, d'autres accouraient au loin, tous parés de plumes, de boucles, de verroteries. Les femmes avaient des jambières et allaient seins nus, avec des anneaux d'étain échelonnés sur leurs bras, des bijoux, des colliers de charmes.

Quatre porteurs chargèrent le moine dans un palanquin à double brancard, décoré aux extrémités d'un naga en or. Rénot fut emmené à flanc de fossé, le long d'un talus où arpentaient des porcs.

« Hé, ça va aller ? lança Boni, parvenu à sa hauteur. On va s'occuper de toi, ne t'en fais pas. »

À force d'arrêts, de cahots, de bercements ajoutés à l'hémorragie, Rénot avait glissé dans une somnolence indolore, mais gardait sa tête ; il récupéra un filet de voix en forçant sur les cordes vocales.

« Écoute... la jambe est foutue. Le poison... c'est de l'upas... *Antiaris toxicaria*, une moracée. »

Boni ne répondit pas, impuissant devant l'empâtement de la voix, la cyanose des ongles. Plus rien de cette mobilité surnaturelle qui illuminait son ami et le distinguait des autres.

Devant eux, le coteau environnait une vaste coupée, de petites cultures s'arrêtaient à mi-flanc, des buffles paissaient de distance en distance. Près d'un plant de lotus, le toit de palmes d'une *sala* construite sur pilotis émergeait d'un bouquet d'aréquiers, sous des chutes de bétel. Rien dans ce paysage qui coïncidât avec la vision que Boni se faisait d'une cité ensevelie dans la jungle.

Au même instant, l'ethnologue releva la tête et se mit à étouffer, à se débattre, jugulaires dilatées, avec des secousses qui le projetaient en avant. Sa peau vira au bleu, il tomba en syncope. Les porteurs allongèrent leur foulée en désordre, paniqués par Boni et les filles qui appelaient à l'aide.

Le caporal déboula, suivi d'un vieillard très calme qui donnait des ordres. Rénot fut hissé sur le plancher de la *sala* où brûlaient des baguettes d'encens. Trois femmes le tirèrent au pied d'une idole, et pendant qu'elles disposaient ses épaules sur un oreiller, le cou en hyperextension, le vieux *krou* rajustait sa coiffure et mâchonnait des plantes. Il se pencha sur Rénot et lui tâta la gorge. Pas un trait de son visage racorni comme un vieux coco ne bougeait. D'une suite de mouvements précis il le désencombra, mais l'œdème était trop gros. Il appliqua la pointe d'une lancette sous la pomme d'Adam. D'une secousse, comme on ouvre un poisson, il incisa, sur deux centimètres, et glissa l'embout ajouré d'une canule en or dans la trachée-artère. Une des vieilles enjamba aussitôt le mourant, arc-boutée sur lui. Tout alla très vite : le mucus s'évacua avec des glouglous de bouteille, le larynx se désobstrua, libérant les bronches, l'air retourna dans les poumons, le pouls se remit à battre. Le chirurgien cracha le jus de sa chique sur l'étroite boutonnière où se formaient des bulles. Les yeux turgides de Rénot s'ouvrirent, papillotants, avec une expression soumise. On assura la canule à l'aide d'une cordelette nouée, et les femmes répétèrent des mouvements de bascule sur sa cage thoracique.

« Ça y est, mon chef ! Il est sauvé.
— Et le poison !
— *At oy té !* Ça va partir tout seul. »

Prohm et Chhüey aidèrent à laver le sang et à frotter la peau qui reprenait ses couleurs. L'inspecteur regarda revenir à la vie l'homme qui lui avait donné tant à penser et sur lequel il arrivait le moins à se faire une idée.

D'autres personnes montaient à l'étage, s'asseyaient, s'interpellaient, indifférentes ; Prohm reconnut son frère, debout près de l'autel. Il la regardait et tourna les talons, dans un mouvement qui fit cliqueter les pompons de sa coiffure. Elle le suivit, impatiente de retrouver sa mère. Des hommes buvaient la bière d'une jarre à tour de rôle, au moyen de longs chalumeaux. L'atmosphère aurait paru naturelle, paisible, n'eût-ce été la respiration stertoreuse de Rénot, sous l'œil d'une demi-douzaine de femmes, penchées sur lui, comme si elles l'aimaient. Toutes le palpaient, le massaient, et quand l'une passait ses doigts le long des bronches, une autre palliait de tout son poids l'insuffisance des poumons.

En un clin d'œil le crépuscule s'éleva, baignant les dehors dans une obscurité languide. Aux quatre coins de la *sala*, la lueur vacillante des bougies fit danser l'idole sous des nuées d'insectes dont les vapeurs alaires vinrent se cristalliser en un halo blanchâtre.

De l'endroit où se trouvait l'inspecteur, une échappée de vue s'ouvrait parmi les arbres. Un temple fantôme profilait la silhouette de sa tour centrale, immense, géométrique, découpée comme la tiare du bonze, d'où montait un bourdonnement de gros village. Boni se sut arrivé au Saut du Varan, la cité perdue, le but vers lequel lui semblait tendre maintenant depuis toujours sa vie.

Des bruits de voix réveillèrent l'inspecteur avant le lever du jour. Il bondit sur ses pieds quand firent irruption plusieurs indigènes, courbés sur des gongs qu'ils frappaient à main nue, tirant du bronze des modulations semblables à des appels de voix. Rénot fut soulevé sans ménagement, descendu par l'échelle, et placé sur un brancard au milieu du rassemblement qui se formait en cortège. Les plus légers déboîtements imprimés à sa canule lui causaient de violentes douleurs. Une musique criarde d'anches et de percussions mit tout le monde en branle. La procession s'allongea sous d'immenses *Tetrameles*.

De longues traînées minérales en ronde-bosse s'embrasèrent aux couleurs de l'aurore, tout ce que les ombres et les effets rétractiles de la nuit avaient jusque-là comprimé fit explosion dans le ciel. Sur cette incandescence se dessinaient les ruines d'une architecture céleste qui faisait comme un lever de rideau à son pendant monumental sur terre.

L'escorte déboucha devant une porte encadrée

d'éléphants érodés, couronnée de grands visages. Au premier abord on aurait dit la voûte d'une grotte où croissent des saxifrages, lorsque ce fut l'entrée d'une ville qui les attendait, irréelle, comme un mirage au travers d'une muraille, avec des arches, des arcatures se recoupant à l'infini. Ils contemplèrent l'interminable perspective, tout de suite poussés par le désir d'y sombrer. L'abîme horizontal fuyait à mesure que l'œil plongeait dans ses lointains, par-delà les enceintes, jusqu'à la tour centrale. La voie charretière se resserrait sur une avenue dallée qui scindait l'espace des dépendances et des habitations. Un rayon coulait sur les toits pointus, les uns de plomb ou de tuiles vernissées, les autres de palmes reverdies par les mousses. Serrés dans l'ombre des ruelles, des manguiers, des jambosiers, des goyaviers, et même de hauts litchis, donnaient à ce village dépourvu de charrette, de bétail, une allure de jardin d'Éden. Le tam-tam des pilons et des enclumes résonnait, partout s'épandait le parfum de la citronnelle, du jasmin, de la frangipane.

Les hommes sortirent des maisons, prenant à peine le temps d'enfiler leurs parures, tandis que le visage curieux des femmes apparaissait aux fenêtres. L'aboiement des chiens se déchaîna en geignements aigus. Parmi les poules et les cochons, des enfants déboulèrent sur les bas-côtés de la chaussée pour les voir, quand bien même aucun n'aurait trop approché.

Ils passèrent la seconde enceinte dans l'axe du sanctuaire, entre plusieurs bassins brillants, pareils à des miroirs ; Boni perçut ce qu'apportait à l'ordonnance des toits, des colonnades, des terrasses, la magie de ces lumières clignotant l'une sur l'autre, telle une vision surgie de son enfance : tout éclatait en lames d'argent et de soleil, lointains, blanc du ciel, à l'instar des reflets jetés dans le sillage des barques sur l'eau inerte des étangs de l'Yonne.

Des servants circulaient, émergeaient des vestibules, traversaient des corridors, entraient dans des salles tendues de brocarts, meublées d'orfèvreries ; leurs dos courbés se profilaient à la lueur des lampes, sous l'œil demi-clos de grands dieux enfumés.

L'inspecteur précédait le caporal. Ce qui mobilisait ses sens, c'était la résonance des espaces, les émanations halitueuses du grès, les surfaces usées, laquées, l'encens, toute cette vérité du monument qu'il aurait aimé « toucher avec son corps », comme ça, sans autre raison que l'envie d'exalter la réalité qui les environnait, d'en éprouver à fond la présence ; il aurait voulu s'imprégner jusqu'aux moelles de la beauté des lieux. Car nul besoin n'était d'attendre que Rénot ouvrît la bouche pour désirer maintenant appréhender les choses comme lui. Il sembla à Boni que c'était le cours de son existence qu'il remontait, aux origines de sa propre histoire, comme l'ermite dans la tour faisait chemin arrière pour mieux recommencer de vivre. Il avait l'impression de sortir d'un tunnel, mais de lutter aussi contre un cauchemar affreux. Il se demandait s'il était possible que tout cela fût vrai, qu'existât ce temple avec ses habitants, que ce corps égrotant, infecté de poison, hébété, trachéotomisé, fût celui de son ami, espérant soudain que la mort qui planait se dissiperait d'un coup.

Rénot était brisé par l'agonie. Il se voyait errer dans d'immenses salles, passer de porte en porte pour revenir aux mêmes endroits, parler à des paysans dans des langues inconnues, et il ne s'étonnait pas que Berthier et Brinvillier soient là, leur posent les questions sur lesquelles lui-même s'interrogeait. Il voyait Chhüey à ses côtés, sans pouvoir dire si les images qu'il avait d'elle, penchée sur lui, entre les porteurs, provenaient de sa mémoire ou de l'entrebail des paupières. Son être s'était chargé d'une densité voltaïque telle que ses perceptions du dehors devenaient suffisamment intimes pour l'envahir du dedans, avec des impressions physiques.

Le cortège s'arrêta dans un espace clos, aux épaisses murailles, empli d'une foule de gens qui se prosternaient devant un pavillon. Le corps de l'édifice, couvert de plaques de bronze, formait une sorte de nef à doubles bas-côtés, surmontée de faux étages d'attique. Une fenêtre gisante perçait l'unique façade, laissant peu de lumière entrer. Dans l'embrasure se profilait l'ombre d'un homme que cachait à moitié un lambrequin à franges derrière trois parasols. Autour de sa personne, rampant sur les genoux et les coudes, des servants se déplaçaient, lui offrant du tabac, du bétel, tenant des chiques à sa disposition. Tapissée de peintures, la salle d'audience s'élevait d'une douzaine de marches. On apercevait des gardes, les uns porteurs de gonfalons, les autres de sabres dans leur fourreau laqué.

À droite de l'édifice, auquel le vert du bronze faisait une mante couleur de feuillage sombre, une centaine d'indigènes, avec des boîtes pour l'arec, différentes en fonction du rang. À gauche, le chapitre des moines présidé par le vieux Yao ; à droite, sur des nattes, une douzaine de brahmanes à chignon. Les chefs de haut lignage s'étaient campés le long du mur, immobiles, dans leurs atours guerriers. Les bonzes agitèrent leurs cannes, les brahmanes sonnèrent de la trompette avec leurs conques marines. Sur un signe du roi, Boni et le caporal furent priés de s'approcher. Le Khmer avança plié en deux, Boni tenta de l'imiter. Rénot fut porté sous la garde vigilante de Chhüey jusqu'au pied de la fenêtre.

Le monarque les considéra l'un après l'autre. Ses yeux plissés le montraient plutôt sous les traits d'un Chinois très âgé. Pour la circonstance, il avait ressorti d'on ne sait où un habit d'officier des débuts du protectorat, entre l'uniforme militaire à la française et le costume local, mais si mal en point et si chargé de chamarrures que, dans une autre disposition d'esprit, Boni n'aurait pu s'empêcher de rire. Ce qui frappait d'emblée, c'était le shako à cocarde, emmanché de travers sur sa chevelure blanche, puis les épaulettes qui n'étaient pas bridées mais pendaient dans les entournures ; ensuite, la veste de drap bleu, ornée de boutons à facettes et garnie d'un passepoil de dorure à l'or rouge ; enfin, l'écharpe moirée blanche dissimulant la moitié de sa passementerie, et les aiguillettes de la fourragère, entre la croix de Saint-Louis et un gros soleil. Pour conclure, ses hanches grêles étaient prises dans un sampot jaune plissé, retenu par une ceinture dont la plaque étincelait d'émeraudes et de diamants.

Il fallut un moment pour comprendre que Rénot voulait qu'on offre ses colliers en or. Boni y ajouta sa chaîne de baptême et produisit l'ébauche d'un salut militaire avec une révérence de la tête. Le roi répondit d'un geste de la main portée à son képi, lorsqu'un garde précipité vint saisir les cadeaux.

« Monseigneur ! dit Boni en reprenant faute de mieux l'expression consacrée pour le prince Sihanouk. J'ai l'honneur de vous transmettre les compliments du gouvernement cambodgien et des autorités françaises, improvisa-t-il d'une voix pompeuse, sur le ton ronflant et ampoulé qu'employait Rénot pour parler au bonze. Je proteste en leur nom contre l'agression dont nous avons été victimes. J'exige que tout soit fait pour sauver cet homme ! »

À la manière dont le vieux tendit l'oreille, on sentait qu'il était informé sur les forces en présence et que son jugement se trouvait arrêté. Il écouta le Français avec courtoisie, sans saisir la moitié des tournures que le caporal employait pour traduire, et dit quelques mots à un officier de sa suite qui s'éloigna rapidement. Il se rapprocha de la fenêtre, fit une grimace aimable à Boni, regarda Rénot. La surveillance que le roi exerçait sur tout le monde ne laissait place à aucun écart. Son air simple, franc, curieux cocktail de finesse et de ruse, exprimait sous l'allure bouffonne le je-ne-sais-quoi de majestueux et de paterne qu'on attend d'un monarque. Prohm apparut dans la cour, rejointe par l'officier du roi, et se faufila au milieu des gens, buste incliné, rampant dans les derniers mètres. Elle portait un turban bariolé fixé avec de longues épingles, plusieurs rangs de graines noires oscillaient sur ses seins, des cercles de bambou distendaient ses oreilles, des spirales de laiton chargeaient ses mollets. Elle s'enquit auprès du caporal de ce que venait de dire Boni et traduisit au roi.

« Voilà dix-neuf jours, reprit l'inspecteur, que le corps d'une jeune fille a été trouvé dans la brousse. Les traces de la victime nous ont menés ici. J'ai l'honneur de solliciter l'aide de Sa Majesté. »

Le vieil homme retourna sur son trône pour répondre.

« Aujourd'hui, je vous ai appelés, vous tous, chefs issus d'enracinements profonds, pour vous parler du pays des ancêtres. Êtes-vous tous venus ? Dites-moi, les esprits de vos morts sont-ils là ? Les morts d'avant, les morts d'après, les esprits des aïeux, les morts de jadis, les morts d'hier, les morts d'aujourd'hui ? Leur foule est-elle là ? vous a-t-elle suivis ? Sont-ils tous là les esprits de vos pères, de vos mères, de vos oncles, de vos tantes, des enfants, des adultes, des vieillards, des esclaves, des maîtres ? »

Le monarque s'était exprimé dans une langue hachée, redondante. Sa voix sénile résonnait sur les murs, et Rénot, en son demi-sommeil, reconnut les esprits des morts que les montagnards des plateaux énumèrent dans leurs prières aux génies.

« Moi, je vous dis non, poursuivit le roi. Non, ils n'y sont pas. Pourquoi suivraient-ils une bande de *tchkè kwa*[1] ? Ils ne vous connaissent plus. Vous n'êtes pas ce qu'ils furent. Ils étaient une grande famille puissante, propriétaires des eaux, des arbres, de la paillote, des bambous, des buffles, des poules, des porcs, des poissons dans la rivière, des animaux dans la forêt jusqu'à la mer. Ils étaient les maîtres du pays et des peuples voisins jusqu'aux montagnes de l'Ouest. Le couple céleste des ancêtres Gato et Gata leur disait la loi. Ils obéissaient. C'est pourquoi les sonneries de leurs gongs ne cessaient de planer sur tous les pays nuit et jour, et leurs jarres d'être pleines de vin de riz. Leurs filles étaient belles, toutes savaient tisser la vaste couverture et fabriquer la longue ceinture brochée. Elles n'acceptaient le bétel que des garçons du sol. Les enfants naissaient et vivaient sur place. Toutes redoutaient les dieux qui gardent nos frontières. »

Le roi se tut pour recracher une petite pelote de récréments dans une bassine en or.

« Cela n'est plus ! reprit-il. Et parce que cela n'est plus, vous, les esprits de vos morts ne vous reconnaissent plus. Depuis cinquante-cinq fois douze lunes, je vais boire à vos jarres. J'ai protégé vos enfants qui sont devenus vieux, j'ai vu vos fillettes devenir mères, puis grand-mères, puis arrière-grand-mères. N'est-ce pas vrai ?... Eh bien,

---

1. K. : « chiens aveugles ».

je vous dis cela. La fuite de vos filles a tari la lignée, et le vin de vos jarres est devenu acide. Bientôt, nous n'entendrons plus nulle part le grondement de vos tam-tams ni la sonnerie de vos gongs. »

Il s'arrêta tout à coup. Quelle pensée amena sur ses lèvres un sourire d'une telle amertume ?

« *Chao euy !* L'arrivée jusqu'ici de ces nez pointus est un signe. Les *hora* l'ont prédit. Jusqu'à cette blessure causée à l'un d'eux, elle préfigure le silence des divinités. Qu'est-ce que l'intention et la volonté des hommes, quand la catastrophe est déjà tout écrite ? Que l'unique Vajrasat vous garde ! »

Il ajouta d'une voix sourde :

« Au sujet de la fille de Ta Pim qui est morte, je réponds ceci : personne ne l'a tuée. *Hong !* Cette affaire est close. Toutefois, à la demande de l'auguste *krouba* dont la sagesse inspire, nous allons remettre au Français ce qu'elle avait ramené. Débarrassons-nous de cela comme des séquelles de nos actes mauvais, *hong* ! »

Boni ne comprit pas ce que le roi avait en tête. Mais, plus tard, il repensa souvent à cette audience à laquelle présidait une étoile fatale.

Sa Majesté fit apporter, sur un carreau de soie, une pochette couleur bleue, une épingle et un sachet de coton. Il prit le sac du bout des doigts en regardant Boni.

« Voilà ce qu'elle avait sur elle, dit-il en fronçant le nez. *Phoutho !* Par Bouddha ! ce *kôn krâk* sèche mal. C'est peut-être qu'il est français comme toi. Rapporte-le à son père. Je forme le vœu que tu retrouves la paix et que ton ami guérisse. *Hong !* »

Sur ce, il ferma la fenêtre.

Les gens rassemblés dans le préau se retirèrent. Un groupe d'homme vint prendre Rénot et l'emmena jusqu'au seuil d'une *cella* en brique ornée de stucs et de fausses portes. Un aqueduc, partant du rocher, y acheminait l'eau de la cascade : la source sacrée ondoyait l'idole avant d'être recueillie dans une cuve. Des moines y chantaient en permanence les prières de l'Abhidharma. Le chirurgien attendait le Français ; il le fit porter sur l'autel, retira sa canule, boucha l'incision à l'aide d'un emplâtre de résine, et l'immergea dans l'élixir divin. Quand les porteurs le ramenèrent, Rénot allait mieux. À la vue de Prohm et de Chhüey, il put dire quelques mots. L'intervention du vieux maître lui avait rendu la parole. Sa gorge et sa respiration lui faisaient mal, mais ses forces revenaient. Il avala le bouillon noir apporté par les vieilles.

Les affaires de la morte leur furent remises dans un étui laqué rouge et noir. Un repas fut servi à l'ombre de la salle d'audience avec des coussins et sur des tables basses.

« Mon chef ! À Ta Siem, on dit aussi *kôn krâk*, c'est le même mot ; *krâk*, ça veut dire "séché", *kôn*, c'est l'enfant. »

Boni regarda le caporal et l'étui posé à côté de lui ; et puisque l'œil s'accroche toujours à certains détails, il observa un instant les cornes et les antennes d'un petit scarabée coprophage, véritables pierreries, qui le parcourait.

« C'est une coutume cambodgienne, continua le Khmer. Du temps des Français, ça avait été supprimé.

— Comment ça ?

— Le roi dit qu'elle n'a pas été tuée.

— Monsieur Kim, je ne comprends rien.

— Le petit sac », dit Rénot d'une voix rauque, souhaitant intervenir, et il se redressa lentement. « Tu as compris, hein ? C'est l'avorton de ta cliente. Entouré de bandelettes. Mollo, mollo, ne t'affole pas, dit-il à la vue du regard ahuri de l'inspecteur. C'est comme ça. Faut cinq mois. Ça fait vingt-cinq centimètres, guère plus. On met des trucs avec, de la poudre d'or, de l'extrait de lémuriens, je crois, et tu laisses sécher. Les Khmers disent que l'embryon sait tout et voit tout mieux que l'homme, parce qu'il possède la "vision intérieure". C'est un *preay*, un "ange" avec un corps d'homme, sans rien ingérer ni respirer comme nous. Il vit dans les deux mondes à la fois. Ça devient une petite momie et tu lui rends un culte. Elle te protège. Tu communiques avec. C'est ton ange gardien, si tu veux.

— Mais il faut que la mère soit d'accord, ajouta le caporal. Sinon, on dit qu'il est "forcé". Et dans ce cas, il se venge. Il devient furieux et prend une odeur de moisi.

— "Il", qui ça, "il" ? demanda l'inspecteur pétrifié, en se mettant à tousser.

— Mais l'enfant ! dit Rénot. C'est là le hic. Le culte ne peut s'établir que si la mère se laisse faire, sans protester. Que si elle le laisse prendre. Il faut son consentement.

— Mais le prendre comment ! au couteau ? s'énerva Boni, tout crispé. Je rêve !

— Ben oui, avec un couteau ! Comment tu veux, autrement !

— Ah ! Ça se demande comme ça. Bien poliment !

— Y a des formules pour, avec offrandes et baguettes d'encens. Comme toutes les amulettes prises sur un être vivant, c'est le même principe. Sinon, tu violes le caractère sacré du rite.

— Mais bordel, elle meurt ! dit Boni en se levant, furieux.

— Non, mon chef, c'est pas vrai, répondit le caporal. Dans le temps, les *krou* savaient s'y prendre. »

L'inspecteur n'avait pas remis ses idées en place qu'une rumeur de gaieté se propagea dans le préau. Chaque son leur arrivait, net, distinct, comme des billes répercutées aux murs d'une succession de salles vides. La vibration d'un tambour enflait, des chants circulaient à travers les galeries, de partout une musique décalée de cymbales, de tympanon, de cithare, signe avant-coureur de noces, et toutes ces sonneries voisinaient en d'étranges échos, au milieu d'éclats de rire.

Un cortège déboucha sur eux. Le prêtre ouvrait la marche, exécutant des figures au sabre, suivi de gens qui portaient des fleurs d'aréquier sur de larges plateaux. Les femmes entouraient une jeune fille cachée derrière des éventails, sous un tendelet de palmes. Parée comme une déesse, le visage tout blanc de fard, son front était ceint d'un diadème d'Apsâra constellé d'élytres de scarabée, hérissé de pendeloques. À ses épaules, des ailerons brodés dont les brides se croisaient sur sa gorge d'ambre clair. Un fourreau en drap d'or gainait ses jambes et ses reins.

« Mon chef ! dit le caporal. Ses parents demandent que tu sois son mari pour trois jours. Rénot, il a dit oui pour toi. *At oy té*, ça va porter bonheur à tout le monde.

— Mais qu'est-ce que c'est que cette histoire encore…, émit Boni en refrénant un élan d'exaspération.

— La "réunion des oreillers" doit avoir lieu ce soir, ajouta le Khmer. C'est le seul bon moment sur le "bananier d'or[1]". »

L'inspecteur voulut aller s'en prendre à l'ethnologue, qui justement le regardait, l'air de dire : « Espèce de salaud, va ! » Mais deux habilleuses s'approchèrent pour le draper dans un brocart à ramages et cerner ses pieds de bracelets. Le père de la jeune fille vint saluer le caporal, ici dans le rôle du *méba*, celui qui représente les intérêts du garçon ; il sortit du nœud de son pagne une petite chandelle de cire jaune avec deux noix d'arec. Trois jeunes gens apportèrent le mortier rituel sur lequel le fiancé devait s'asseoir. L'adorable créature arriva sous un parasol, au bruit des gongs et des cymbales, et Boni fut incapable de ne pas la dévisager. Ses contours suaves, son sourire d'énigme, ses paupières closes, lui donnaient un air de petite reine un peu frêle. Elle se prosterna à trois reprises et posa devant lui une coupe contenant l'arec et le bétel. Le son instable d'une flûte à anche double soupirait dans la cour.

1. Figure permettant de calculer le moment propice d'une cérémonie.

« Il faut accepter, souffla le caporal à Boni. *At oy té !* »

La jeune fille tendit la chique au Français, en un mouvement qui la fit se soulever à demi sur les genoux. Il vit la pureté, la grâce, la douceur sous l'épais maquillage, ainsi que le double dôme de sa jeune poitrine qui bougeait à peine. Lui qui répétait que c'était dans l'approche, dans la conquête, dans la durée que résidait le plaisir, la beauté de la princesse fit taire ses convictions comme l'ivresse ôte la honte. Il saisit la boulette d'où se détachaient des paillettes de gingembre et commença à mâcher ; une crue de saveurs et d'arômes envahit son palais. Prenant place sur le mortier, il se retrouva dans la peau d'un marin hollandais.

C'était le signal attendu. L'assemblée exaltée remplit l'air de vivats et le cortège se disposa à repartir. Quatre jeunes hommes torse nu apportèrent la litière du marié. L'inspecteur s'approcha de l'ethnologue qu'une subite recrudescence de fièvre avait contraint à s'allonger. Un coup de vent balaya la cour, soulevant un flot de poussière dont Chhüey protégea Rénot en lui couvrant la gorge. La chaleur précipita de petits tourbillons à l'intérieur des galeries qui chantèrent comme des tuyaux d'orgue.

« Mon chef ! intervint le caporal. La demoiselle s'appelle Boua, ça veut dire "fleur". Il faut y aller, maintenant. Tout le monde attend. Je prends les affaires et j'arrive. Le "Pavillon des fleurs d'aréquier" est en dehors du village, à une demi-heure de marche. Il va pleuvoir. »

L'inspecteur regarda Rénot.

« Ça va ? Tu ne veux pas que je reste, dis. Hein ? Je ne sais même pas où on m'emmène.

— Tu vas passer ta lune de miel dans une cabane exprès. C'est la coutume, dit l'ethnologue avec un mauvais filet de voix.

— J'ai plutôt envie de me tirer, oui ! Cette histoire me fiche la trouille. Je l'sens pas. On en parlait il y a deux jours, tu te souviens ? En plus, c'est odieux, non ? Elle doit être morte de peur !

— Je crois que tu te fais des idées. C'est la plus belle partie de la balade, tu verras. De toute façon t'as pas le choix. On se ferait manger tout crus. Allez, file ! file ! »

En ce 29 septembre 1970, la lune était dans son croissant. De petits bouillons bossuaient son verre dépoli en la couvrant de macules et réfléchissaient une lumière incertaine. Les prémices de la pluie bougeaient dans les buissons. D'instant en instant, les vibrations d'un gong laissaient croître et mourir de mystérieux harmoniques, issus d'une basse essentielle peu audible. N'en était-il pas de même ici-bas, se dit Boni en se laissant balancer aux cahots du chemin, où l'existence s'appuie sur quelques notes fondamentales que nous ne pouvons ni voir ni entendre ? Il repensa à Rénot, à cette enquête devenue un cauchemar, qui n'avait pas de sens, qui ne menait nulle part. Puis à cette foule joyeuse qui le traitait comme un coûteux verrat, dont tout l'entrain reposait sur la foi qu'elle plaçait dans ses dispositions a couvrir une jeune fille, *illico presto*. Sa conscience se porta vers le bas de son ventre. Il fut incapable d'y trouver autre chose qu'une impression de vide. Une bouffée de panique le saisit. Il se sentait trop gros pour s'allonger sur elle. Elle, délicate, menue ; lui, lourd, hirsute. La représentation lui fut insupportable. Il eut honte de son corps de Blanc. Des images brouillèrent son cerveau. Faire l'amour, le saurait-il encore ? Il en douta comme aux jours de ses premiers baisers. Ses ivresses avaient toujours procédé de la passion, à rebours de l'opération à laquelle le forçaient ces sauvages.

Le cortège arriva au débouché d'une case de palme et de bambou entourée de vieux arbres. La mariée fut montée à l'étage, où six musiciens jouaient sur un rythme lent. La voix tremblante de l'un d'eux s'éleva comme un fil, soutenue par le *Fla | Rim… ra-ta-plan | Rim, plan-plan-plan-plan, shot !* de trois tambours à la fois. L'inspecteur gravit l'échelle à son tour, aidé par les indigènes pleins de gaieté. Sur le palier, des gâteaux de riz gluant en offrande, certains cylindriques, d'autres triangulaires, figuraient le sexe du dieu Shiva et de son épouse Uma. Boni prit place dans la première travée, sous l'œil d'hommes groupés autour d'une jarre de bière et qui fumaient la pipe. Adossés à la cloison, cinq bonzes récitaient des mantras. Un brahmane à la peau de cuir bouilli dressait les grappes d'arec dans des soucoupes d'argent. Il alluma une bougie de cire vierge dont la longueur mesurait le tour de tête du Français.

C'est le moment que la mariée attendait pour venir s'asseoir, entourée de ses demoiselles d'honneur. Son masque de fard avait été ôté et ses cheveux plantés bas remontaient dans la nuque. Une étoffe brodée lui couvrait l'épaule gauche en sautoir. Elle portait maintenant un *sampot* plissé rouge et noir. Le brahmane glissa une boîte à chaux dans les mains du garçon et des ciseaux pour l'arec dans celles de la fille, symbolisant leur union. Il fit circuler autour d'eux un cierge allumé aux deux bouts, et l'assistance approcha pour leur nouer des fils aux poignets et prononcer des vœux. Le son précipité d'un gong fit lever la mariée. Elle se retira dans la seconde travée, réservée pour la chambre nuptiale, et Boni fut prié de la suivre, en la tenant par le pan de son écharpe.

Passé le rideau, plusieurs chandelles éclairaient la pièce. Des ombres renversées s'élargissaient jusqu'au chaume du toit en des tracés abstraits. Une grande jarre poreuse, gardant à l'eau sa fraîcheur souterraine, alourdissait l'extrémité d'une plate-forme qui prolongeait le plancher. Le coassement des grenouilles redoublait au-dehors. Deux femmes attendaient dans l'ombre, pour rassurer la jeune fille, préparer son coucher, parfaire sa toilette. Boni prit le *krama* que l'une d'elles lui tendait. Il choisit une boule de gomme parfumée en guise de savon, et la douche eut sur lui l'effet d'un exorcisme, d'un nouveau baptême. Il regagna la chambre, les femmes postées près de l'entrée se retirèrent.

La princesse s'était mise sur la natte, la tête au sud, immobile ; on l'aurait dite subjuguée par quelque puissance magique. Elle était visible, moulée dans la pénombre sous une écharpe de nacre, dont elle s'était couverte comme d'une traîne transparente. Boni ne pouvait plus se payer de mots : il se trouvait à l'une de ces minutes où l'homme n'a d'autre choix que de foncer. Il pensa à son père, probablement stupéfié, d'où qu'il fût, et alla s'allonger près d'elle, précautionneux, silencieux, comme un amant clandestin. Elle sourit courtoisement, sans bouger.

« Boua ? murmura-t-il.

— *Tcha, lok. Neang chhmoh* "Boua", répondit-elle avec une petite voix.

Un silence s'ensuivit, qu'il ne chercha pas à rompre. La proximité des convives, leur bonne humeur, leurs accents familiers — il reconnaissait la voix du cher caporal — paraissaient de nature à les rapprocher, à les isoler ensemble. Elle bougea le bras, et ce geste minime fut l'ébauche d'une complicité dont il se mit à guetter d'autres signes. Lui-même hésitait à remuer. Du bout des doigts il chercha sa main, lentement, sans fouiller, prenant soin de ne faire aucun mouvement brusque. Elle se prêta à l'avance, devança son geste : sa main se blottit tout entière dans la sienne. Il prit ses doigts, en les palpant à peine, comme les objets délicats et trop petits pour qu'on en devine la matière autrement qu'en les touchant doucement. Boni n'avait jamais imaginé pareilles phalanges de femme, gourdes, forcies par le pilon, avec des cals sur l'intérieur ; leurs bourrelets cutanés furent une telle surprise qu'il sentit sa verge se gonfler. Il craignit que le simple tissu serré sur lui après le bain ne le révélât trop vite, et rencontra ses yeux en amande.

« Boua », dit-il une seconde fois, puis il lui répéta avec tendresse : « Fleur, Fleur.

— Pleur ?... », reprit-elle à voix basse.

Sous l'étranger, Boni voulait lui faire voir l'être, et sous l'être son âme. Maintenant, il exhibait pour elle la crosse incontournable de tous les mammifères, dont le nœud bilobé, depuis toujours, figure la manifestation du dieu Shiva sur terre.

Oh ! quelle différence avec les heures lointaines, terribles, où sa femme se refusait à lui dans les derniers moments. À la pâle clarté de la cabane, il vit les attentes passionnées de ce petit corps mouvant, soudain agité, qui prenait les devants, telle une épiphanie de la déesse dans une créature charnelle. L'inspecteur sentit son cœur se rompre quand elle pressa contre lui sa poitrine. Tous les trésors de la terre eussent pâli devant son bonheur. La divine parèdre se glissa si doucement que pour lui le monde disparut. Elle enjamba son époux, comme la voûte en surplomb se prépare au lèchement des vagues, et prit sa forme farouche. Cédant aux approches de la volupté, bientôt livrée aux assauts de la tempête, elle cria dans ses bras, pareille au naufragé qui coule. Par-delà le clapotement rageur de leurs deux ventres captifs, Boni n'entendit plus que le va-et-vient de l'haleine hors de leurs bouches ouvertes. À la fois guidé et désorienté, tel un fantôme qui réapprend son chemin, il se sentit bouger en elle et commencer à fondre, puis se liquéfier tout à coup, à la brûlure d'un mystérieux foyer. La flamme de vie qui embrasait les entrailles de la belle Apsâra, ruisselant d'elle au plus profond comme une onde centuplée par des jeux de glaces, se répandit sur lui en ressacs infinis.

Un heurt violent percuta Boni en plein ventre, avec une force effroyable. Le plancher bascula. Il se retrouva les pieds en l'air, à demi versé hors du pavillon, et avisa les piliers, les cloisons, les panneaux du toit, couchés à terre, presque à l'horizontale. La petite était dans ses bras, les tympans assourdis, en manque d'oxygène ; elle le regardait sans comprendre. Il se releva en titubant comme un automate au milieu des décombres, parmi les musiciens couchés, les instruments renversés. Au-dessus des arbres s'élevait une poussière minérale. Le jour commençait à poindre.

Il rêvait de Rénot, dans le hall d'une gare, blessé à l'occasion de circonstances qu'il cherchait à retrouver, lorsque la violente pression d'air l'avait arraché à lui-même. Alors, la nuit était passée de l'obscurité à une épouvantable lumière. L'onde de choc était arrivée à la vitesse du son. Une implosion, dense, profonde, une sorte de « bouf ! » inimaginable, puis un aérosol bruissant de particules et de propane, l'allumage du gaz, une telle commotion que l'air s'était déplacé.

L'effet de souffle avait tout balayé. Et juste après, le plus effrayant : un long calme plat, sans haleine, d'une bonne dizaine de secondes, où tout s'était immobilisé, hors les bouts de branches, les racines, les débris enflammés qui passaient au-dessus d'eux. Le vent était revenu à une vitesse folle, aspiré par la chaleur du centre qui dévorait l'air en sifflant, pour se ruer à l'assaut du ciel, dans le sillage ascendant d'un champignon monstrueux.

Il n'eut que quelques enjambées à faire jusqu'à l'arrondi de la colline. Le caporal accourut en sueur ; une légère poudre argentait ses cheveux et ses jambes. Sans réaliser pleinement les paroles entrecoupées qui lui échappaient, Boni saisit que là-bas tout le monde était mort. Rénot et les filles.

Sous le ciel rempli de clartés d'incendie, le Saut du Varan était plongé dans le silence. La trombe de feu avait nivelé le paysage tel un cirque lunaire. C'est à peine si la falaise effondrée émergeait encore de la plaine, avec ses enceintes calcinées, et au fond la rivière sous un voile d'or mouvant. Sur les sentiers de la périphérie, des indigènes refluaient devant les embrasements. Des bestiaux bêlaient, mugissaient dans l'amas des cendres, à côté des grands arbres couchés qui se fendaient en craquant. Dans la vase surchauffée des marais dansaient de misérables présences, à la recherche d'un abîme par où se dérober. Tous ces êtres, au loin, ne semblaient que passer. Dans quelle réalité inexorable se puisait leur vie ? Qu'avaient-ils à sauver ? Que désignaient-ils ? Pas même des ombres : des effets de transparence sur une lithophanie.

Le murmure d'une prière s'éleva de la pagode voisine.

« Mon chef, il ne faut pas rester ! Maintenant, c'est fini. Ta Yao est mort. Le roi. Tout est fini. On doit vite partir. Ils peuvent en lâcher une autre.

— C'était une bombe, hein, c'est ça ? N'est-ce pas ? Mon dieu ! Ils sont devenus fous.

— *Bate*, c'est les Américains. Il faut s'en aller.

— Et Rénot ? Les filles ?

— *Até*. C'est fini, *lok*. »

Boni souhaitait trop que son ami fût encore en vie pour douter vraiment. Ils descendirent la butte, suivis en silence par des convives de la noce, jusqu'aux abords du théâtre. La lune, sur le dos, semblait rendre l'âme, et son atmosphère d'astre mort recouvrait le champ de bataille, où persistait un grognement : celui du monde en marche surgi au cœur de la forêt.

D'autres villageois s'étaient regroupés derrière eux, sans savoir où aller. Chacun regardait la zone engloutie, telle une image effacée dont l'œil cherche à reconstituer ce qui manque. La chaleur y rayonnait comme dans les pierres d'un four. Au-dessus de l'espace vidé d'air, des oiseaux au cou grêle tombaient un à un, semblables à des lampions en flammes. Des lambris se détachaient des décombres, basculant les dieux de pierre que le brasier recevait et absorbait sans bruit. L'arcade d'un portique croulait, les colonnes d'un fronton, les morceaux d'une galerie. La moisson de tant de siècles retournait au néant, comme si rien n'eût jamais existé.

De loin en loin, des cadavres isolés dont les entrailles finissaient de bouillir. Les restes de Rénot et de ses femmes ne laissaient que des cloques sous le poêle enneigé, au milieu des roches noires enveloppées de gaze blanche. On eût dit les ruines d'un temple cyclopéen venues en écraser un autre. Le feu avait stérilisé la pierre, et à jamais tari la source du Grand Varan. Car ce n'est point dans ses œuvres mais dans ses ravages que vit en ce bas monde la part impérissable de l'homme.

Boua avait suivi Boni. Des traits altérés brouillaient son visage au-delà de toute expression. Il pouvait encore deviner sa beauté, de tout près, comme blottie au fond de lui, et il en fut effrayé. Il la vit avec une tendresse subitement découverte, une impatience nouvelle, et sa pensée se ramena sur lui-même ; Boni retombait sans cesse à la notion de soi, à la condition humaine. Il s'étonna d'être au milieu des morts, de sentir cet intervalle infini qui s'évanouissait, entre des moments de vie achevés, presque confondus, et en même temps de continuer à vivre. Douce est la proximité d'un être qui presse le pas, à notre côté. Une autre existence, inimaginable, commençait-elle pour lui ? Il en chassa l'idée, comme une feinte à laquelle il faut échapper. Dans la police, chacun doit apprendre à repousser l'émotion, à gouverner ses actes. Depuis que sa femme l'avait laissé, plus une seule impulsion ne s'était opposée à une pensée raisonnable, ni n'avait osé devancer son jugement. Qu'allait-il faire de la petite ? L'emmener ? Sa raison criait au fou, le courage lui manquait. Toute cette part de lui-même, qui avait besoin de savoir, sonnait ici le glas. Mais, à la perspective qu'elle reste ou qu'il la laisse, son corps se révoltait d'un coup. Tout son être se cabra.

Il saisit Boua par la main et rêva à un port retiré, quelque part, au bout de l'horizon.

Le bruit caractéristique d'un rotor bipale surgi du silence fracassa l'atmosphère. Le Huey déboucha d'un affaissement de la falaise, son nez arrondi dans leur direction. L'homme à côté du *door-gunner* criait, en faisant des signes. Un turban retenait ses cheveux. Boni s'élança en agitant les bras. L'engin bascula vers lui à quelques mètres du sol.

« *Are you French ?* » hurla le GI d'une voix entrecoupée par le claquement des pales.

Il n'y avait qu'un Français pour se trouver dans un coin pareil.

L'inspecteur avança secoué comme un drapeau, penché de tout son poids, les mains en conque sur les oreilles.

« Hein ? *Yes, French !*

— *Hey ! You're fucking lucky !* vociféra l'Américain. *That was a Commando Vault*[1], *man !*

---

1. Appellation commune du BLU 82B/C130. Le premier lancement de cette bombe au propane en territoire cambodgien eut lieu le 6 mai 1970.

Les yeux du policier se déplacèrent vers le second soldat, torse nu, qui pointait sa mitrailleuse sur lui.

— *What are you doing here !* rugit à nouveau le GI.

— *What ?* cria Boni. *I work for the Narcotics ! Narcotics !*

— *Yeeea. Who's the girl !*

— *My wife !* » s'époumona le Français, sans hésiter une seconde.

L'Américain regarda la jeune montagnarde sans trouver dans ses représentations d'équivalent pour les anneaux, les oreilles, les seins nus.

« *OK ! Come on !* » s'égosilla-t-il avec un bon sourire.

Boni hissa la fille qui se raidit comme un petit chat dans le vide, fit passer le caporal, s'agrippa à son tour. Les autres s'étaient enfuis. L'hélicoptère virevolta et s'éleva à la verticale.

D'en haut, le regard embrassait la dépression immense. Tonsure d'apocalypse creusée dans la forêt. Les nuages réverbéraient violemment la lumière. Le pilote se tourna vers eux, les épaules tatouées, le menton mal rasé.

« *A fucking mistake, man !* hurla-t-il d'une voix étranglée. *It's only a mistake. A fucking ! bloody ! mistake !* »

Le caporal poussa le bras de l'inspecteur et lui remit l'étui contenant les pièces de l'enquête.

Mme Verdier entrouvrit la porte du bureau de La Tour, glissa un regard et entra.

« Votre téléphone, dit-elle. Vous l'avez mal raccroché. J'ai M. Van Dooren en ligne.

— Le type de la CIC ?

— Oui, avant-hier.

— Non, lundi.

— Lundi ? Mon Dieu, c'est vrai. Excusez-moi. Ça passe si vite !

— Ce sont les jours qui passent vite, dit La Tour. Mais la vie est longue, madame Verdier. La vie est longue.

— Vous trouvez ? Bon, je vous transmets l'appel. Oh ! J'allais oublier ! »

Le diplomate ouvrit un œil sur elle.

« L'inspecteur Boni est revenu. Oui ! Il paraît qu'il vient de passer à son bureau et qu'il est reparti. Comme ça. Sans rien dire. Il a juste pris des papiers et ne voulait voir personne. Josiane a appelé... Mais je vous passe M. Van Dooren. »

La Tour tendit machinalement le bras pour replacer le combiné, appuya sur la touche du haut-parleur, s'adossa dans le fauteuil et observa ses ongles avec un œil soucieux.

« Allô ? dit la voix de Van Dooren dont l'accent était déjà reconnaissable.

— Bonjour, monsieur le représentant.
— Allô ?
— Oui, allô ! Je vous écoute ! Bonjour !
— Bonjour, monsieur le conseiller. Allô ?
— Oui ! Bonjour, parlez ! Je vous écoute.
— C'est Van Dooren à l'appareil. Bonjour, monsieur le conseiller. Je suis le représentant de la CIC. J'étais venu vous... »

La Tour leva les yeux au ciel et ouvrit grand la bouche pour conjurer l'impatience.

« Oui ! Je me souviens parfaitement, coupa-t-il. Lundi dernier. Eh bien, qu'est-ce qu'il y a pour votre service ?

— Alors, je vous appelle suite à la bombe qui a été lâchée la nuit dernière.

— Où ça !

— Vous n'êtes pas au courant ? Plus exactement hier matin, à cinq heures trente-deux. Au nord-est d'Angkor. Dans cette région dont je vous avais parlé. En plein milieu.

— Et alors ?

— Eh bien voilà. Pouvez-vous me confirmer ce que vous m'avez dit ? À savoir qu'il n'y avait aucun village, aucun grand temple, aucun chantier dans cette zone ? J'aurais besoin d'un document officiel. Je suis désolé de vous embêter encore avec ça.

— Absolument. Pas du tout. Le conservateur d'Angkor pourra vous le certifier de son côté. Je lui demanderai de le faire. Pourquoi ?

— Merci. Parce que je procède à une contre-enquête. Les protestations d'un pilote d'hélicoptère à la radio américaine, reprises ce matin dans un journal de Saigon, ont introduit le doute sur l'objectif militaire visé par cette bombe de forte puissance, en pleine jungle. Comme ils nous avaient consultés, pour une fois, ils sont maintenant couverts. Vous comprenez ? J'ai sous les yeux des photos de l'endroit prises après. On ne voit plus grand-chose, quelques rochers, des pierres, et des arbres carbonisés ; alors pour ça, y en a.

— Ah ! Mais, moi...

— Monsieur le conseiller. Il y a sans cesse des problèmes comme ça. Des soupçons, des plaintes, des demandes d'enquêtes, j'en reçois tous les jours et j'y attache la plus grande importance. En cas de pépin, il suffit de distinguer le vrai du faux, n'est-ce pas ? Et le faux, c'est ce qu'on ne sait pas. Grâce à vous on sait.

— Que puis-je dire ?...

— Rien, monsieur le conseiller. Votre garantie suffit. Comme ça, pour une fois, les Américains ne diront pas que la CIC fait le jeu des communistes. Entre nous, je vais vous dire. Une intensification de la menace vietcong était prévue depuis avril. C'est pour ça qu'ils avaient touché de nouvelles bombes au propane. Jusqu'où vont-ils aller, mon Dieu ! Enfin, la CIC aura bien fait son boulot, avec la coopération des Français. N'est-ce pas ? Alors, merci, hein ? monsieur le conseiller. Ça nous fait économiser beaucoup d'encre et ça nous évite aussi de coûteux déplacements. »

La Tour poussa pensivement le bouton du haut-parleur. Il sursauta quand Mme Verdier ouvrit de nouveau la porte.

« L'inspecteur Boni a appelé, vous étiez en ligne. Je lui ai demandé de patienter, il n'a pas voulu. Il rentre à Paris.

— Quoi ? Quand ?

— Demain, je crois.

— Ah, mais c'est hors de question ! Je ne vais pas le laisser partir comme ça ! Et l'enquête ? Son rapport ? J'ai des choses à lui dire !

— Il quitte la police.

— Hein ? Mais quelle mouche le pique ! Qu'est-ce qui s'est passé, il est devenu fou ou quoi ?

— J'ai à peine reconnu sa voix au téléphone, dit-elle avec l'air de tomber des nues. Il voudrait vous voir. Pas ici, il a dit. À l'aéroport, avant son départ. J'ai compris qu'il avait quelque chose pour vous. Il a proposé le salon Air France, demain matin dix heures. »

Jamais La Tour n'aurait supporté qu'on lui dicte ainsi sa conduite. Il s'était passé quelque chose. Mme Verdier le vit pâlir d'un coup.

« Moi non plus, je n'en reviens pas, dit-elle. Partir comme ça, sans dire au revoir. En douze ans de poste, je n'ai jamais vu ça.

— Et, euh... il n'a rien dit d'autre ?

— Non. Il s'est excusé, sans s'étendre. Et quand je lui ai dit que ce n'était pas sûr que vous iriez demain, je crois qu'il a répondu "Si si, il viendra", ou "Ça serait mieux qu'il vienne", je ne sais plus. Quelque chose comme ça.

— "Mieux"? Il a dit "mieux"? répéta La Tour en fixant Mme Verdier.

— Non, non, peut-être pas. » (La secrétaire comprit que le conseiller irait au rendez-vous.) « Je ne me souviens pas bien, au téléphone. Si vous voulez, je vous ferai envoyer une voiture. Disons neuf heures et demie chez vous, ou un peu avant.

— Pourquoi une voiture !

— C'est samedi. Vous n'avez pas de chauffeur.

— Ah ! décidément... »

Aéroport international de Pochentong, dix heures.

À quelques minutes d'intervalle, La Tour et Boni franchirent le comptoir encore vide des enregistrements et entrèrent dans l'espace VIP. Un souffle bruyant sortait des lames de l'aérateur, mêlé à des odeurs de renfermé ; aux murs, des stores cramoisis que le soleil enflammait du dehors.

La Tour, arrivé le premier, transpirait abondamment. Le désir de masquer sa crainte écarquillait ses yeux. Il aperçut le policier, accompagné d'une jeune fille.

Boni s'approcha et lui tendit l'étui, en guise de préambule.

« Tenez. Je voulais vous remettre ça en main propre. Et voilà la copie de mon rapport. »

Assis dans la demi-obscurité rosâtre, le fonctionnaire fouilla la physionomie de son collègue et peina à le reconnaître tant il avait maigri. Il regarda la fille endimanchée, dotée d'un je-ne-sais-quoi de la petite servante.

« Qu'est-ce que c'est, monsieur l'inspecteur ? Oui, je voulais vous dire. Hier, sur le coup, la secrétaire n'a pas réagi. Elle aurait dû vous retenir au téléphone. Est-ce vraiment votre décision de vous en aller comme ça ? Laissez passer quelques jours, qu'on en reparle, non ? Cette mission vous a beaucoup fatigué. Allez une semaine à Pattaya !

— Ça vous dit quelque chose, ça ? » coupa Boni.

La Tour regarda l'étui laqué, en retira le couvercle, et sortit la pochette de nylon couleur bleue. C'était là qu'il rangeait ses dollars. Il l'avait laissée à la petite. « Pourquoi suis-je venu me battre ici ? » s'interrogea-t-il, pris d'une soudaine lassitude. Du fond de ses entrailles lui vint la réponse, emphatique : « Pour qu'advienne enfin le temps où tu puisses te regarder à nouveau dans une glace, imbécile ! »

« Euh, oui. C'est à moi, admit-il. En effet. »

L'homme se sentit rougir, pris d'une confusion atroce.

« Quatre cent quarante dollars en coupures de vingt et trois billets de cinq cents francs, dit Boni. Il en manque ?

— Euh, non ! Je ne me souviens plus. Je ne crois pas.

— Et ça, là, dit Boni. C'est à vous aussi ? »

Piquée dans la pochette brillait une épingle à cravate en or, garnie d'un bouton gravé d'entrelacs minuscules (JMLT) :

« Ça ?
— Oui, ça. »

La Tour passa ses lunettes, tint le bijou à la lumière, le ramena près des yeux.

« Non, à mon père. Lui, c'était "Jean-Michel". Je l'ai toujours avec moi, depuis longtemps. Mais c'est franchement incroyable ! Je… je ne comprends pas. Où vous avez trouvé ça ? »

L'inspecteur ne répondit pas.

« Enfin bon ! soupira le diplomate, anéanti. Tout est bien à moi. Sauf ça, peut-être. Je ne sais pas. Qu'est-ce que c'est ? »

Du bout des doigts, il retira le sachet de coton, minutieusement cousu, qui affectait une forme bizarre. Il lui sembla humer une odeur.

« Euh, mais asseyez-vous ! Vous… je ne pense pas qu'on puisse prendre quelque chose, c'est encore fermé. Il n'y a personne. Les vols pour la France c'est plus tard. »

Mais Boni posait ses pièges de telle façon qu'il n'était pas facile de s'en défaire par une échappatoire.

— Dites, ça sent drôle, non ? dit La Tour. Vous ne trouvez pas ? »

Son cerveau s'arrêta sur le mélange douceâtre, intraduisible, et se mit à battre la chamade. Il approcha le sac de son nez, en fronçant les sourcils. Son imagination lui fit soudain redouter le moment où il faudrait l'ouvrir.

Quand il releva la tête, Boni n'était plus là et la fille s'esquivait dans l'entrebâillement de la porte.

Il prit l'enveloppe que le policier avait laissée sur la table.

République du Cambodge
Ministère de l'Intérieur

RAPPORT D'ENQUÊTE

LE 1ᴱᴿ OCTOBRE 1970

L'INSPECTEUR DIVISIONNAIRE BONI

À

MONSIEUR LE PROCUREUR DE SIEMREAP

Objet : Enquête pour décès suspect.
Référence : Votre Commission Rogatoire n° 87 délivrée contre X.

J'ai l'honneur de vous rendre compte du résultat des investigations effectuées, conformément à vos instructions, sous le contrôle du Commissaire Lun Di de la Police Cambodgienne, entre le 22 et le 30 septembre 1970.

Des auditions effectuées comme des constatations sur place nous n'avons pu découvrir aucun élément susceptible d'identifier une piste ni de recueillir le moindre indice amenant à un suspect.

La difficulté d'accès des lieux comme les circonstances d'insécurité de la région n'ont pas permis de poursuivre plus avant les recherches qui sont restées vaines et infructueuses.

> L'INSPECTEUR DIVISIONNAIRE
> LE COMMISSAIRE DE POLICE

DU MÊME AUTEUR

Aux Éditions Flammarion

LE SAUT DU VARAN, 2006 (Folio n° 4655).

Aux Éditions La Table ronde

LE PORTAIL, 2000 (Folio n° 3606).

Aux Éditions Talents hauts

LE PORTAIL : NAISSANCE D'UN BOURREAU, *illustrations de Guy Forgeois*, 2006.

Aux Éditions de l'École française d'Extrême-Orient

LE FIGUIER À CINQ BRANCHES : RECHERCHE SUR LE BOUDDHISME KHMER, 1976

LA GROTTE DE LA NAISSANCE : RECHERCHE SUR LE BOUDDHISME KHMER, 1980

LE DON DE SOI-MÊME : RECHERCHE SUR LE BOUDDHISME KHMER, 1981

RÂMAKER OU L'AMOUR SYMBOLIQUE DE RÂM ET SETÂ, 1989

LE CHEMIN DE LANGKA, TEXTES BOUDDHIQUES DU CAMBODGE, 1992

LA GUIRLANDE DE JOYAUX, TEXTES BOUDDHIQUES DU CAMBODGE, 1993

LE BOUDDHISME DES THAÏS, BRÈVE HISTOIRE DE SES MOUVEMENTS ET DE SES IDÉES DES ORIGINES À NOS JOURS, 1994.

LA PURETÉ PAR LES MOTS (SADDAVIMALA), TEXTES BOUDDHIQUES DU LAOS, 1996

Composition Nord Compo.
Impression Bussière
à Saint-Amand (Cher), le 8 janvier 2008.
Dépôt légal : janvier 2008.
Numéro d'imprimeur : 074157/1.
ISBN 978-2-07-034914-2./Imprimé en France.

154929